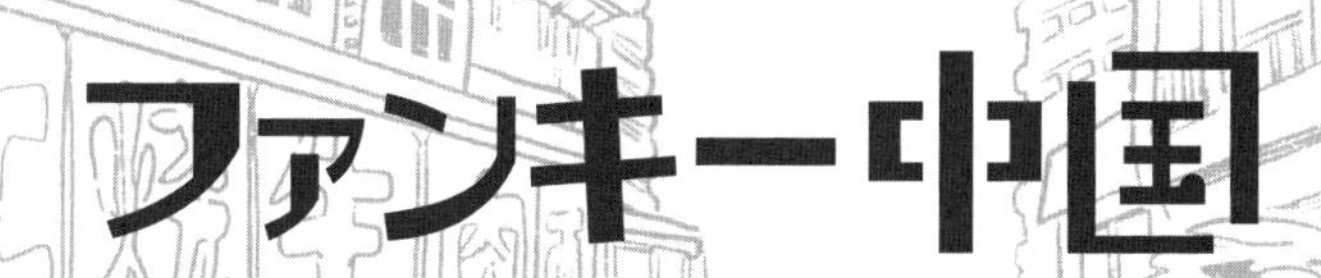

出会いから紡がれること

井口淳子 山本佳奈子 編

佐々木優 画

灯光舎

まえがき

二〇二四年一〇月、コロナ禍の数年を経て久々に京都でとある国際シンポジウムが開催されました。五八組の発表者の大半が中国からの参加者であり、われわれ日本人は、中国語が飛び交う完全にアウェイと化した会場で立ちすくんでいました。周囲はほぼ中国人、でも場所は京都という不思議な空間で、まず声をかけてくれたのがあの二か月以上封鎖された武漢在住のS先生。「一九九五年を覚えていますか？　私はあの時、大阪の学会で初めてあなたに会いました。もう三〇年も経ちました！」。そう言われて、あっ！　と当時を思い出しました。その後も次から次へと懐かしい面々との再会が続きました。思わず涙ぐむほどみなさんはしっかりとご自身の記憶の中の日本と日本人を鮮明に記憶されていました。日本人どうしなら相手の身体に触れませんが、もうさわる、さわる、引っ張る、抱きつく、ああ、この感じ！　これが中国だ！　そう感動している最中にある出来事を思い出しました。

国際間の往来が完全に遮断された二〇二一年旧正月、遥か黄河流域の村に電話をかけたことがありました。三〇年ぶりの電話（甥っ子の携帯）に出たホームステイ先のおじいさんが開口一番「今年、ジンコウ（井口）は＊＊歳になったな」と言ったのです。私はびっくりして頭が真っ白になりました。世界中の一体どこに、三〇年前に自分の村にやってきた外国人の干支＝年齢を覚えている人がいるでしょう。短い出会いをかけがえがないものとして記憶し続けるそのピュアな心もちは私を打ちのめしました。

この本の中には大きな主語は存在しません。中国とか中国人とかそのような茫漠とした巨大過ぎる主語はありません。私たち一三人はそれぞれテクテクと自分の足で曲がりくねったデコボコ道を歩んできました。そしてその道中、記憶の中で決して色褪せることのない人々や出来事に出会いました。その一つひとつのかけがえのない出会いから生まれたのが本書の一三編です。

今、確かに中国は遠い国になっています。けれども、突然、氷河が溶解しないと誰が断言できるでしょう。

それまでにわれわれはじっくりとこの『ファンキー中国』という書物の中の一三の旅に同行しようではありませんか。

井口淳子

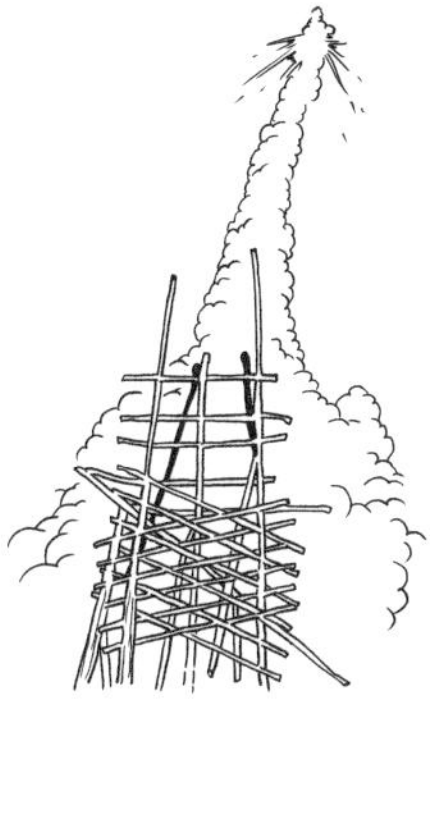

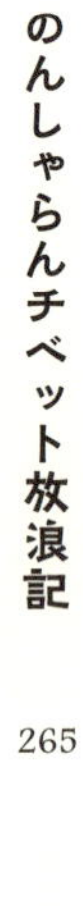

中国の〝ないないづくしの音楽〟

山本佳奈子

［やまもと・かなこ］
アジアを読む文芸誌『オフショア』発行人で、ライター（インタビュー・ルポ・エッセイ）、編集者。一九八三年生まれ、尼崎市出身。二〇一一年、東アジア各都市を訪れ現地のライブハウスやギャラリーをめぐり音楽家やアーティストらと交流を深めたことから、アジアの文化を日本語で発信するメディア「オフショア」を立ち上げた。アジア各地からの音楽バンド来日ツアーやドキュメンタリー映画上映会ツアーもプロデュース。

WeChatの通知が届いた。友達申請のようだ。アカウント名「,」（コンマ）からの友達申請に添えられたメッセージには、こうある。「〇〇の元彼女です。私たち別れました。引き続き山本さんに連絡をとりたいので、友達申請しました」

中国籍の八〇年代生まれの、あの女性だ。顔は思い出せるが、名前は思い出せない。個人情報を守るためなのか、WeChatを使う人たちには、名前とまったく関係のない記号や意味のない文字列をアカウント名にしている人が多い。日本のSNS利用者の多くが匿名アカウントであることと似ているだろう。WeChatの場合は電子マネー機能もついたアプリなので、より慎重になる人が多いのもよくわかる。便宜上、この女性を〝コンマさん〟と呼ぼう。コンマさんの友達申請を承認すると、間髪入れず、焦ったようすのメッセージが届いた。「彼氏と別れたので、一緒に住んでいた部屋を引っ越します。今、部屋探しをしています。部屋の契約に保証人が必要です。山本さん、保証人になってもらえませんか？」。保証人とは、もちろん連帯保証人のことである。

コンマさんとは過去に三、四回会って食事をしたことがある。初対面のとき、コンマさんの名前を聞いたような気はするが、忘れてしまった。人の名前を覚えない私は失礼な奴だと思う。でも弁明すれば、彼女は私の友人（中国籍の男性）の付き添い人のように私の前に現れ、彼女のほうから私に対して主体的な会話のボールを投げてくることはなかった。「パートナー（結婚はしていなかったが）なのだから我々が二人セットでいることは当然なのだ」という感じだったし、私も、特にそれに違和感を抱くことなくインスタントな会話で二人との会食を楽しんでいた。私とコンマさんのあいだには「ウチら友達だよね」みたいなグッとくる感情も特に芽生えなければ、共通の趣味や考え方も見つからなかった。私は、そう思っている。ならば、果たしてコンマさんは私の友人なのだろうか？　友人と言い切る自信がない。友人とはどこからどこまでなのか？　知人から友人に昇華するラインはどこなのか？

「えー、マジか、別れたんだ。そりゃ部屋探し大変だね。でも、こっちは貯金もないし、年収二五〇万円ぐらいしかないから、保証人として審査に通るかどうか……」とこね回しながらも、「いいよ！」と明るく返信した。彼氏と二人で故郷の中国を去り、日本で同棲したはいいが別れることになり、引っ越しを余儀なくされているコンマさん。私は彼女に同情し、サポートしてあげたいと思った。私は、コンマさんの数少ない日本国籍の友人、いや、少なくとも知人ではある。コンマさんへ手をさしのべるべきだ。

昨今、どこに行っても「それは、詐欺です！」と、特殊詐欺を警告する放送や掲示が溢れているが、私こそカモなのではないか？　と、いくぶんか冷静な今は思う。連帯保証人になることを二つ返事で引き受けたが、よく考えてみたら私はこの人の名前を知らない。私は彼女の中国のご実家の事情も知らなければ、彼女の年収も知らない。彼女の勤め先も知らないし、日本でどういう生活をしていくつもりなのかも聞いたことがない。コンマさんは、いったい誰だ？　一旦はコンマさんに言われるがまま、私の本名、住所、生年月日、年収等をWeChatメッセージで送っていたが、ハッと我にかえり、そのテキストを画面上で長押しし「削除」した。コンマさんはまだ控えていなかったらしく、まにあった。さすがにコンマさんは詐欺師ではなく本当に保証人のアテがなくて困っていただけだと思うが、引き受ける側には引き受けるための準備と、何より、金銭的余裕が必要だ。コンマさんに謝り、私にはその懐がないことを説明して断った。「私はあなたのことを知らなさすぎる。万が一、あなたがいつかのっぴきならない理由で家賃を払えなくなったとして、私は、あなたの代わりに六万円の家賃をとても払うことはできない。ごめんなさい。不動産屋によっては保証人不要の物件があるはずなので、それを探してみてください」

そんな一件があってから、しばらくWeChatは見たくない……ような気分だったが、私の左手は手癖でスマホの画面をさわり、WeChatの「朋友圈」（フェイスブックや旧ツイッターでいうところのタイムライン）を開いていた。画面をなぞり、スクロール。今日も昨日も一昨日も、音楽をやっている北京や上海の友人たちは、淡々と、演奏活動や展示の告知、ライブの記録映像等を投稿している。私の朋友圏を埋める、私の友人たちの、日常的な音楽の営み。コンマさんの一件があったからか、私は妙に、この朋友圏に感動した。「私には、共通の好みをもった、ゆるがない真の友人がいるじゃないか！」

私の友人たちは、音楽を演奏するといってもリズムもない、メロディもない、サビやリフレインもない〝ないないづくしの音楽〟を演奏する。ときには完全に構成のない即興演奏だったりするし、ときには鼓膜と身体を震わせる大轟音のノイズだったりする。蚊の鳴くような音をプーンと鳴らしたかと思えば、数分間沈黙したりする。ジャリッ、ブチッ、と電気系統ノイズやＰＣのグリッチ音を発したり、吹奏楽器であれば吹かずに叩いたり。不協和音は当たり前。数名で演奏するときも他者と音程を合わせない。また、ひまわりの種をひたすらバリッと齧り続けるだけの生演奏もあれば、中国の全国人民代表大会の名簿を読み上げるだけという録音作品もある。ジャンル分けされるときには、ノイズとかフリーミュージックとか実験音楽とか呼ばれ、即興的に奏でられるときに限っては即興演奏と呼ばれることもある。とにかく一般的な音楽を構成する要素やルールがない。こういった音楽を奏でることが好きな人たち、そしてこういった音楽を飽きずにじっくり聴き続けることの好きな人たちが、世界中どの地域にもわずかにいて、私はアジア諸地域のそういった人たちとまあまあ繋がっていて、友人関係にある。同じ音楽に魅了された仲間であり、ふつうは人が聴きたがらない（ときには耳を塞いでしまう）音楽を、延々と味わいつくすことのできる同志である。

このような音楽を演奏しなおかつ中国に住む友人たちの多くとは、かれこれもう一〇年ぐらいの付き合いになる。二〇一一年に初めて中国を訪れてから、干支も一回りした。数年の付き合いしかない新しい友人もわずかにいるが、だいたいは、もう、メンバーが固定されている。あらためてWeChatで私の友達リストを眺めてみると、このような音楽を演奏したり聴いたりする友人たちは、概ね本名か固有のステージネームでWeChatを使っていることに気づく。記号や意味のない文字列をアカウント名にしている人はいない。私がSNSに本名を公開しているのと同じだろう。音楽を奏でているわけではないが、私は表現者として本名で活動することに価値を置いているし、中国の音楽家たちだって、いくらプライバシーの問題があれども本名か固有の名前で演奏活動をしている。

愚かなことかもしれないが、私は「私とコンマさんのあいだにあったもの」と「私と〝ないないづくしの音楽〟の友人たちとのあいだにあるもの」を、つい比べてしまう。

無論、コンマさんはノイズや実験音楽や即興演奏を聴かない。逆にそういう音楽を聴き続ける人となら、不思議ではあるが、会った回数や話した時間には関係なく、瞬間的に信頼関係を築くことができてしまう。仮に、コンマさんがないないづくしの音楽を好きな人だったとしたら、彼女と私はこの問題をどのように処理することができただろうか？

二〇一九年一二月二七日。Covid-19が流行する直前、私は上海のとあるライブホールにいた。いまのところこれが私にとって最新で最後の中国訪問である。「上海アヴァンギャルドフェスティバル」というタイトルのイベントにどうしても行きたくて、仕事の休みを調整した。二一時頃から明け方まで行われた長丁場のショウケースで、ないないづくしの音楽を演奏する二〇組ほどが出演した。会場は上海市徐匯区のLOFAS。地下鉄を降りて、LOFASがテナントとして入るショッピングモールに足を踏み入れたが、もう夜だからか周辺のテナントはどこも開いていない。暗い。人のいないモールをズンズン歩いていくと、数人がガヤガヤとたむろしている場所が見えてきた。あそこが目的地だろう。しかもだいたいみんな黒っぽい服を着ているので間違いない。この日の会場LOFASに着いた。黒い扉を開け、キャッシャーを通り抜け、ホールに入ると、なんと約二〇〇名もの若者たちがアヴァンギャルドの名の下に集まっていた！大盛況じゃないか。ないないづくしの音楽が、こんなにも注目されている！[★1]

出演ラインナップには顔見知りも多く、久々に会えた音楽家と近況を少し話したりした。そのなかの一人が、ジャンキー（※あだ名）という男性。もう何年も前から顔見知りで、WeChatでも友達だし、フェイスブックや旧ツイッターでも相互フォローしている。彼はTorturing Nurseという名前で二〇年間活動するベテランだ。インキャパシタンツ[★2]のような耳をつんざくノイズを放出し、暴力的（にみえる）パフォーマンスを行う。頭部にすっぽりと目出し帽を被り、上半身は裸。動かすことによってノイズが鳴る装置を持ち、それを握った拳を力強く四方八方に動かして暴れる。ときには、自身の機材がすべて乗っかったテーブルをライブ中にわざと倒したり、挑発するように観客に向かってきたりもする（とはいえ決して暴力はふるわない）。いつもフルテンションで、爆音で、激昂したかのようにバンッ！　と爆発して終わるライブ。この日も、「ジャンキー、最高！」と最後に叫びたくなるほど痛快なライブだった。

ジャンキーの出番が終わり、余韻に浸りながら、彼と最初に会ったのはいつだったろうかと記憶を辿る。やはりあのときも上海だった。二〇一四年、今はもうない696Liveという小さなライブハウスが会場だった。観客はたった二〇名ぐらい。ライブが終わ

★1　しかし、上海市の人口は大阪市の人口の約一〇倍だから、大阪市で例えると二〇名そこその集客だったということになるんだろうか……。

★2　インキャパシタンツとはどんな音楽か？　と思った人は、公式ドキュメンタリー『Incapacitants the movie』（丸山太郎監督）をYouTubeでぜひ観てほしい。ちなみにインキャパシタンツのお二人は普段はサラリーマン。書けないが、ジャンキーも普段は似たような堅気の仕事をしている。〈https://youtu.be/ASa80SyUCso?si=npp44Or4Pk77KtG6〉

り打ち上げにも参加したが、打ち上げの席は私を含む外国人がいる円卓（英語と中国語が半々で飛び交う）と、外国人のいない円卓（中国語のみが飛び交う）に分かれてしまい、後者の円卓に座ったジャンキーとはあまり話せなかった。私は当時、日本語以外の言語は英語しか話すことができなかったし、ジャンキーはあまり英語を話さない。だから、無理やり向こうの円卓に割り込んだとしても黙々と火鍋の具をつつくだけだったろう。だが、あれから時を経て、私はついに中国語普通話で日常会話ができるようになった。この「上海アヴァンギャルドフェスティバル」では、ジャンキーと、ついに中国語で話すことができたのだ。

二四時を越えそうな頃、すでにライブを終えていたジャンキーが身支度して帰ろうとしているのが見えた。まだ彼に挨拶していなかったから、慌てて寄って（中国語で）話しかけた。「ジャンキー、お久しぶりです。覚えてます？　日本から来た、カナコです」

暴力的（にみえる）パフォーマンスを行うジャンキーは、オフステージではとても品があり、フレンドリーだ。

「え、久しぶり！　わざわざ日本から⁉」。ジャンキーは私が話し終わる前からそう言って、喜んだ顔で反射的に右手を出した。私たちはしばらくぶりの再会の歓喜を、握手の固さで互いに表現した。私は空いていた左手の親指を立てて彼を称賛した。「ライブ、最高だった！」

ジャンキーが私のことを覚えていて、ホッとした。もしかしたら私のことなんて覚えてないんじゃないかと不安になっていたので、実は緊張しながら声をかけたのだった。でも、よくよく考えてみたら、まあ忘れるわけもないのかも。というのも、こういったないないづくしの音楽を、飽きずに、何年間も、わざわざ外国からやってきてまで聴いている人は、とてもとても珍しいのである。しかも演奏する側ではなく観客として、中国に何度もやってくる。こんな人間は、日本国を代表して私か、英国代表のエドワード・サンダーソン[★3]ぐらいしかいない。私とエドワードは、もちろん、定期的にＳＮＳで連絡をとりあう親しい友人である。

いつだったか、中国のノイズやないないづくしの音楽も、西洋から注目された時期があった。「ジャパノイズの次はシノノイズだ」と言わんばかりに。特に、ヨーロッパや北米のレーベルが目をつけた。北京や上海の小さなライブハウスに行けば、腕を組んで鉱脈を見極めようとしているような硬い表情の白人男性をよく見かけた。まあしかし、こういう人は中国にやってきたとしても数回どまりで続かない。

★3 Edward Sanderson: 香港在住のキュレーター・研究者。昔は北京に長く住んでいた。筆者がエドワードにインタビューした記事はここで読める。〈https://offshore-mcc.net/interview/810/〉

ジャンキーとまだ中国語で話せなかったあの日の696Liveで、まさにその種のレーベルオーナーに出会った。カナダからやってきたというその男性は、香港や北京や上海をめぐりアーティスト探しをしていたらしい。別の出演者から紹介を受けて、私は「日本から来たライターです」と挨拶した。先方は、「あの有名レーベルやあの有名音楽家とも付き合いがあるんだぜ」と冗長に話してくれた。彼は、三脚付きのZOOMレコーダーを観客のまんなかのちょうど邪魔になる場所に置き、演者が変わるごとに録音停止／再開ボタンを押しに飛んでいって、まるで測量士がライブハウスに紛れ込んだようだった。この夜もTorturing Nurseは大音量のノイズをアンプから放出し、最後は機材が乗った机を自らドーンとぶっ倒してアンプからケーブルがブチッと抜けて終了。床に散らばった機材、観客の拍手、「ジャンキー、最高!」と心の中で叫ぶ私。ZOOMレコーダーの録音を停止したレーベルオーナーは、三脚よりも後ろにいた私を振り返り、自分の感想を述べてきた。「こういう演奏はよくあるパターンだ。似たような演奏家を何人も見てきたから、今さら驚かないよ」

そう言いながらも必死に録音していたのが滑稽だったし、私は一言、「続けることが大事だと思う」と返しておいた。あれ以来、そのレーベルオーナーの顔は見ない。どんな小さなライブでも情報を得てふらっとやってくる、そういう奇特な外国人の観客は（誠に残念なことに）エドワードか私ぐらいになってしまった。

なぜ私はないないづくしの音楽を聴くようになったのか。しかも、わざわざ中国に行ってまで、この音楽を聴くことになったのか。そのあたりの話もしておこう。

それは、天の邪鬼から始まった。音楽を聴き漁り、深掘りしていくと、その探究心がどこかでねじれてしまって、「誰も聴きたがらない音楽を聴きたい」と思うようになった。耳を塞ぐ人がいるような音楽や、音楽として認識してもらえないような音楽。ヒットチャートや夏フェスに嬉々とするリスナーからは、見向きもされない音楽。さらには、近年日本人の旅行先として熱烈な支持を得ている台湾でも香港でもなく、中国大陸である。そう、私は、天の邪鬼なのだ。物心ついた頃からアメリカ文化が傍にあり、アメリカで生まれた音楽が最上だと思い込んできた。周囲にも欧米の音楽を熱心に聴く洋楽マニアが多かったし、日本の音楽雑誌を眺めていると洋楽は基礎教養のように語られている。一方で、中国の基礎知識は誰も求めないし得ようともしない。だから天の邪鬼な私は、洋楽の基礎教養の乏しさはそのままに、日本国内ではまるで辺境扱いになる中国の音楽に目を向けはじめた。「誰も聴きたがらない音楽を、誰も行きたがらない中国へ行って聴く自分こそイケてるのでは？」——青臭い虚栄心に天の邪鬼を絡めたややこしい情熱を育み、私は中国を目指した。

中国へ初めて足を踏み入れようと決意した二〇一一年の初め頃、まずはインターネットで中国の音楽シーンの状況を調べた。日本語検索ではほとんど何も引っかからないのに、英語で検索するとたくさんの記事がヒットした。西の世界を経由させると、中国の情報が摑みやすくなる。裏返していえば、「中国の（伝統音楽ではない）今の音楽を知ろうとしていない」のは日本語世界に住む私たちだけなのでは？　と、焦りのような感覚をおぼえた。当時、中国の音楽記事を英語で書いていたライターにはアメリカ人が多かった。日本と中国は隣国で漢字も共有するのに、距離が遠くイデオロギーが相反している国どうしのほうが親密そうで、うらやましくもなった。

渡航直前、私は日本国内で、中国のないないづくしの音楽を事典にしたかのような、大作に出会う。『An Anthology of Chinese Experimental Music 1992–2008』という四枚組ＣＤで、フランスのSUB ROSAレーベルが二〇〇九年にリリースしたコンピレーションだ。当時定期的に訪れていた京都のパララックス・レコードで、ふいに思いついて「中国のノイズとか、ありますか（ないですよね）？」と聞いてみたら、オーナーの森さんが「あるで！　けどこれしかないわ……」と申し訳なさそうに出してくれたのが、そのコンピレーションだった。やはり西を経由する。
英語のライナーノーツを読み、英語でその音楽家たちの名前を検索して、実際に現地で彼らのライブを探したり、彼らが普段出演している会場で周縁の音楽家の演奏を見たりした。情報が入ってこなかっただけで、日本と同じか、それ以上の規模で、中国にもやばい音楽家がたくさんいる。拍子抜けするほどだった。それを知らないのは、日本語世界に住む私たちだけで、台湾や香港や日本以外の東アジアの音楽家たちはもうとっくに中国の音楽を熟知している。この感覚、リズムやメロディやサビやリフレインがある音楽しか知らなかった私が、ないないづくしの音楽の広大な世界を知ったときの開放感にも近い。あれ以来、海外へ行ったら、土産話をパララックス・レコードへ持ち帰る。パララックスにも中国や東アジアの音源が増えてきた。

中国現地でないないづくしの音楽を演奏する音楽家たちと交友し、彼ら彼女らの音楽を聴き込んでいった私は、いつだったか、めでたく天の邪鬼を卒業できた。青臭い虚栄心が満たされたというわけでもない。天の邪鬼から素直な自分に戻ってもなお、私はこの音楽を、自らの意志で選んで聴きたいと思うようになった。音楽家たちと友人になったから情が湧いたということでもない。理由は判然としないが、もしかしたら、中国の彼らのほうが私なんかよりずっと天の邪鬼で、かつ、消費的でも一過性でもない豊かな音楽のあり方を示してくれているからかもしれない。

ないないづくしの音楽の歴史が日本より二〇年ほど若い中国では、一九七〇年代生まれの顔峻(イエンジュン)が、この種の音楽のパイオニアとされている。九〇年代から音楽批評家・ライターとして活躍した彼は現在、音楽家ではなく「音の演奏家」と自称している。以前、私がインタビューした際にはこんなことを言っていた。「サウンドアーティストって書かれるのが嫌で嫌で、そう書かれたら逐一編集部に連絡入れて訂正してくれと頼んでいた」。冗談なのか本当なのかわかりづらかったので「マジで?」と聞いたら、「マジだ」と頷き、続けて「きりがないからもうやめた」と。

彼が二〇二〇年に発表した「観客は誰か?」と題した文章★4は、私のお気に入りだ。世界中のないないづくしの音楽ライブでは、「観客がアーティストや音楽家だらけだった」(つまり仲間内だらけ)という状況がままある。しかし、それを悲観してしまうことを彼は疑う。観客というのは職業でもなければアイデンティティでもなく、その瞬間の状態にしかすぎない。音楽家は、あるときは農家だったり、ただの隣人だったりする。同じように観客だって、あるときはアーティストなのだと。アーティストがたくさん住むベルリンで、彼が長期滞在中に経験したことから綴られたこの文章は、アー

★4 原文はフェイスブックで公開された。この文章については、ウェブ版「オフショア」に解説記事を書いている。「対コロナ期における中国――『観客は誰か?』密集音楽会66に寄せられた顔峻のテキストからの考察」〈https://offshore-mcc.net/column/875/〉。

ティストや音楽家が神格化されてしまうことを否定し、さらに、観客を個性のない消費者集団のように扱うことに疑問を呈している。

　顔峻がこの文章を発表する少し前、顔峻とも親しく、同じくないないづくしの音楽を北京で長く演奏している朱文博（チュウェンボ）は、SNS上で急に「素人による音楽アルバムをつくります！」と宣言した。オープンコールで、音楽活動をしたことのないアマチュアを募り、各々で演奏・録音に挑戦してもらい、その音楽データを集めてアルバムとして編み、二〇二〇年九月に『一箇素人合集』としてリリースした。[★5] リスナーはそれを一聴すれば必然的にこう考えてしまう――「ないないづくしの音楽において、素人と玄人の違いとは何か……？」

　一般的に、私たちは音楽を聴こうとするとき、それをプロフェッショナルが与えてくれたありがたいものとして受け取り、お金を払う。この仕組みを音楽家の側が疑うのであれば、自分たちの実入りが危うくなってしまうわけで、本当に天の邪鬼というか、変な人らだなと思う。が、彼らがこういった文章や作品を発表する前、私も、沖縄の観客席から似たようなことを考えていた。

　那覇市にかれこれ四年間住んでいた私は、那覇近辺のライブハウスやバーで、しょっちゅう沖縄のないないづくしの音楽を聴いていた。沖縄には、世界から有名音楽家

★5　この作品はbandcampから聴くことができる。『一个素人合集YIN YUE: An Amateur Compilation』〈https://zoominnight.bandcamp.com/album/yin-yue-an-amateur-compilation〉

二〇一八年七月、とある小さなコンサートで、朱文博作曲「電灯のための音楽#2」を演奏する(左から)朱文博、趙叢、筆者。譜面はシンプルだが難しく、私は冒頭思いっきり間違えた。

がツアーでやってくる。有名音楽家と、地元の無名音楽家が、共に即興セッションを行うことも多い。そういうライブを観に行って、あるとき、自分の耳が「有名音楽家の音」と「無名音楽家の音」を聴き分けてしまっていることに気づいた。幻滅した。リズムもメロディもサビもリフレインもない音楽なのだから、極端な話、技術は不要なのだ。演奏する側は、ただ自分の出したい音を出せばいいわけで、観客のほうも、ただそこに鳴る音を楽しめばいい。音に「有名性」や「熟練度」を掛け合わせて聴くのなら、「国籍」や「民族」や「アイデンティティ」をも掛け合わせてしまいそうだ。幻滅した瞬間、私はそれまでの聴き方を一新した。ないないづくしの音楽には、規定するものが何もないのだから、とにかく純粋に、音そのものを楽しむこと。そうして聴き方をあらためた今は、ないないづくしではない（リズムやメロディやサビやリフレインがある）音楽をも楽しんで聴けるようになった。

世界中どこを見渡しても、ないないづくしの音楽だけで食っている音楽家なんていない。この音楽はマネタイズできないし流行しないし、消費対象にもならない。だからなのか、演奏する側も観る側も長らく顔ぶれが変わらない。外からみれば停滞しているように映るかもしれないが、経済活動ではないのだから、刷新され続ける必要はない。観客も、いい消費者である必要はない。とはいえ、私は彼らの音源をしばしば購入するのだが、これは、新しい音楽を聴かせてもらうための模合（もあい）サークルあるいはサロンに参加しているような感覚だ。ジャンキーも顔峻も朱文博も、私にとってはステージ上の気高いアーティストではなく、いい友人であり、いい同志だと思っている。

先日、関西までやってきた北京人がいた。コロナ禍以来、私にとっては初の海外からの来訪者で、顔峻や朱文博が仲良くしている北京在住の音楽家だ。名前は孫一舟（スンイーチョウ）。私より一回り以上若く、まだ二十代だ。私たちに面識はなかったが、朱文博の紹介で、孫の滞在中に、予定を合わせて会食することになった。私が最後に北京へ行ったのが二〇一八年七月。孫は、その直後に顔峻らのイベントに足を運んだことがきっかけで、ないないづくしの音楽を演奏する側に仲間入りしている（当時、孫はまだ十代）。とはいえ、さすがに十数年も歳が離れていたら、話がはずまなかったりしないだろうか……と心配ではあった。

しかし落ち合って一言二言交わせば、もう長年の友人と話しているような感覚だった。落ち着きはらった態度で愛想笑いをしない、つまりその若さをまったく感じさせない孫と、適当なレストランに入ってランチをとった。私は自己紹介の一環で、私の活動についてこう説明した。「もともと、アジアの音楽家とかアーティストを紹介するウェブサイトを運営してたんだけど、最近ウェブ運営をやめて、紙の雑誌を発行しはじめたんですよ」

すると孫は、実に不可解だと言いたそうな顔をして、言いにくそうにこう返した。

「え、紙ですか？　中国ではみんな、スマホで記事読んでますよ……」

来たか、ジェネレーションギャップ。あるいは、中国のないないづくしの音楽をやっている人のなかにも、ウマが合わない人はいるのかも？　不安をおぼえながら、自分が使える中国語を駆使してこう伝える。「わかるよ、私もウェブとＳＮＳを離れられない。でも、ウェブとかＳＮＳの世界って、とにかく時間感覚が速すぎるし、すぐに忘れられていく。だったら、じっくりつくって、受け手もじっくりと読める、数十年後のために残せることをやりたいと思ったんだよね……」

なんとか中国語は伝わっているようで、孫はきちんと聞いてくれている。でも、聞いた言葉を音声的に理解することと、聞いた言葉の本質を理解することは、違う。孫が返してくる言葉は……。少しドキドキしていると、孫は何度か頷いて、晴れた表情でこう言った。「なるほど。そういうことならよくわかるし、いいやり方ですね。確かにWeChatでもタイムラインの記事が無数にありすぎて、もうついていけないです」

円安のおかげで、以前のようには中国へ行けなくなった。私の中国語も下手になった。けれども、中国にいる〝ないないづくしの音楽〟の仲間たちとは、これからも永く友人でいられそうだ。この言語化しづらい音楽は、ぎらついた経済大国のもとでも地味。金や名声と縁遠いこの種の音楽に心惹かれた感覚を、私は常々頼りにしている。

上海一九八七

広岡今日子

［ひろおか・きょうこ］
二〇世紀前半の中国服＆戦前日本企業の中国向けポスター＆一九八〇年代の上海関連がらくたの収集を行う人。著作は『時空旅行ガイド大上海』（共編著）、『食べる指さし会話帳 中国』（以上情報センター出版局）、『食べる中国語』（三修社）など。

初めてこのアンソロジーのオファーメールをいただいた時にはわが目を疑ったし、執筆陣の錚々たる顔ぶれを聞いた時には尻に帆かけて逃げ出したくもなった。それは何らかの分野に秀でた、あるいは学者であり、あるいは専門知識を持った方ばかりで、在野とも呼べないただの野良猫がいる場所ではないと思ったからだ。

中国服のコレクションなどをしているせいか、今までも何を勘違いしたか学識高い人々の集まりで話をせよと呼ばれ、講演代につられてのこのこと出ていったことが何度かある。が、私と面識がない司会者はもれなく困惑し、「えー、何とご紹介すればいいのでしょうか……」と聞いてくるのだ。それまでは語るべき肩書と実績がある方々ばかりが登壇していたから、ということだろう。かくして満面の困惑顔で曖昧に紹介された登壇者たる私は、得も言えぬ気まずさを生来の声のでかさでごまかして、何とかその場を切り抜けるのであった。

そんな苦い経験ばかりだから、学識高い集まりへのお誘いをやんわりと断ることにして久しい。だから今回も何度か辞退を申し出たつもりではあったが、編著者の井口氏から再三にわたり粘り強く説得され、いい年をして駄々をこねるのは大概にして殊勝な面持ちでパソコンに向かったはいいが、私が辛うじて書けそうなテーマといえば、中国と無駄に長く付き合っているということくらいだ、ということに遅まきながら気づいた。というわけで、「つゆほども興味がなかった中国と四〇年近く付き合ってしまった理由」を中心に話を展開していく……つもりだったが、計画性のなさが災いし、後半は食べ物の話に終始してしまった。

ちなみに、私は中国と関わり始めた三九年前から今に至るまで、一度も「中国好き」を自覚したことはない。と言うととてもびっくりされるのだが、むしろこっちのほうがびっくりだ。そもそも「中国」という主語が大きすぎる。中国を太湖に例えるなら、私の中国知識はあの茫洋とした水中ををひょろひょろと泳ぐシラウオ一匹程度だ。知らないことのほうがはるかに多いのに、好きも嫌いもなかろう。

私が初めて中国に行ったのは、一九八七年の九月だった。当時の私は中国語専門学校の日中学院の本科で中国語を習っていて、学校派遣の長期留学の制度に乗っかり選んだ留学先が上海……というわけでは全くなく、中国の国教委（国家教育委員会）がたまたま私を上海に振り分け、たまたま留学先が上海になったというだけのことだった。

当時の日本では今のように「中国に好感を抱かない日本人がほぼ九割」（第20回日中共同世論調査結果）なんてことはないけれど、それでも中国語を習うとか中国に留学に行くというと「えっなんで中国なの?」とびっくりされる程度にキワモノ扱いされる存在ではあった。今、中国というとクローズアップされがちなきらきらぺかぺかな都市風景とは真逆の、もやがかかった桂林の山水や、北京の長安街を埋め尽くす自転車の群れや、長いひげをたくわえた老人が繰り出す太極拳のゆったりした動きといった、サントリーのウーロン茶のＣＭに植え付けられたイメージが先行していて、浮かれぽんちなバブルの空気がそこはかとなく漂い始めた日本から見ると、そこはやはり「神秘の国」以外のなにものでもなかった。

当時自分で中国の留学先を選べるのはごく限られた人で、語学で個人留学なんて、よほどのコネでもない限り無理な話だった。多くは大学や専門学校や友好団体からの「派遣」の体で留学の申し込みをする。一応希望の大学を三つばかり書けるとはいえ、中国の大学なんて北京大学くらいしか知らない輩が大半だから、誰も彼もが北京大学と書く。よって、地方のマイナー大学でも書かない限り、志望大学に潜り込める可能性などまずない。第一北京、第二南開（天津）、第三南京と書いた私は、なぜか同済大学という建築に強い理系の大学に放り込まれた。急増する語学留学生に対応するため、理系文系に関わらず、漢語（中国語）クラスがばんばん新設されたからだ。「済」の字がつくから済南（山東省の省都）の大学かと思ったが、どうやら上海らしい。とにかく都会じゃないと嫌だと思っていた私は、胸をなでおろした。

当時、中国語を習う人、中国に関わる人は、中国に対してそれなりの思い入れがあることが多かったのだが、私は残念ながら中国に対しての思い入れが何らなかった。中国語を習い始めたのも、将来の方向性を転換せざるを得なくなり、とりあえず今後就職がよさそうなロシア語か中国語でも習って仕切り直そうと思ったからで、いざ日中学院に入学してみたら、周りの中国偏差値が自分よりもはるかに高くて面食らった。にもかかわらず中国にハマろうとか積極的に中国人の友達を作ろうとかいう気には全くならず、担任に「お前は早々に中国から離脱するだろう」と予言までされた。なのにしつこく細々と中国にしがみつき続けて四〇年近く経つのだから、なにごともほどほどが一番ということなんだろうと、つくづく思う。

そんな私が留学を視野に入れたきっかけは、中国語の教科書の「飴を一斤（五〇〇グラム）ください」というスキットだった。

私が小さい頃、街の菓子屋は大抵量り売りだった。どうやら中国ではいまだにそれをやっているらしい。それは日本と同じやり方なのだろうか。はかりの形は日本と同じなのだろうか。その量られる飴とは何味なのだろうか。ああ見てみたい食べてみたい。

つまり、飴がどうやって売られてるかを見るがために留学を決めたのだ。奨学金狙いならまっさきにはねられたであろうが、幸いにして私費だし日中学院の成績は一応オールAの優等生だったので、くだらん志望動機を心の底にしまっておくだけで、すんなりと「派遣」資格を受け取ることができた。

当時は中国留学をする人がまだ少なかったから、公費私費を問わず中国大使館のレセプションに招かれることになっていた。昼間の催しだったから酒は出ず、宴会場のテーブルには果物が絵に描いたように整然と盛られた大盆が置かれ、その傍らに明らかに中国製とわかる蝋引きのレトロな包み紙の飴が山積みになっているのを見て、「おお！　これが！」と心が踊った。大使が、「今年は七〇〇人もの日本人留学生を受け入れることになり、とても嬉しい」と言っていたのを今も覚えているが、その後留学生は増える一方だったから、このレセプションも早々になくなってしまったことだろう。大使館の宴会場に足を踏み入れる機会などそうそうないから、いい経験をさせてもらった。宴会のあとの映画鑑賞が、「夫婦交換と中国初のベッドシーン」がセンセーショナルだとNHKでも報道された、顔学恕監督の『野山』[★1]だったのは、「開かれた中国」をアピールしたかったからなのかもしれない。

というわけで、何の予備知識もなく上海に留学することになったわけだが、「上海はかつて東洋一の港湾都市で、〝魔都〟〝東洋のパリ〟という異名を持ち、銀座など片田

★1　一九八五年公開。陝西省の山奥に住む、関係に亀裂が入った貧農夫婦二組が、紆余曲折あって互いの配偶者を交換して一緒になる、というストーリー。問題の「ベッドシーン」は、下着をつけた夫婦（もちろん布団はかぶっている）がベッドで会話するというだけのもの。それでも、当時の中国では充分に衝撃的だった。

舎というほどの栄華を誇った街なのである」などということは当然知らなかった。「上海はすごいのよ～。魔都の頃の建物がそのまま残っているの！」といくら言われても、脳内の中国は山水に太極拳に毛沢東に自転車なのだから、全くピンとこない。

前職がフランス菓子などの飲食関係だったこともあって視線はいつも欧州方面を向いていたし、いわゆる戦前のものが好きだったので、上海にハマる資質は充分にあったのだが、脳内イメージは相変わらず山水に太極拳に毛沢東に自転車のまま、一九八七年の九月某日、夕刻に成田を発つ飛行機に乗った。初日は上海一の繁華街・南京路にある国際飯店というホテルに一泊し、大学へは翌日昼間に行けという。国際飯店の旧名はパーク・ホテル。一九三三年にハンガリー人のヒューデックが設計し、二〇世紀半ばまでは東洋一高い建物だった――などという予備知識は当然ない。

空港から迎えの車に乗り、いつまで経っても暗い道をひた走り、上海一の繁華街にあるはずのホテルに着いても周囲が暗いままなのに、軽いカルチャーショックを受けたが、旧式の回転ドアからホテルのロビーに足を踏み入れた途端、眼前に広がる光景に思わず立ち尽くした。

当時の国際飯店のロビーは一九三三年の竣工時のままで、床も壁も白黒ストライプの大理石で統一されていた。直線的フォルムの金属フレームにおさまる壁面照明は、青白い光を放つむき出しの直管蛍光灯。冷たい光とモノトーンの大理石が織りなす、アール・デコ好きなら悶絶必至の世界が、そこにあった。九〇年代の半ばあたりに見る影もなく改装されてしまったので、今のロビーから当時を想像することは残念ながら不可能だ。

あてがわれた部屋も、一見して建築当時のままだとわかるものだった。バスルームのボロボロに朽ちた作り付けの木製メディスンボックスについている鏡は腐食だらけで顔もまともに映せない、ひび割れが目立つ白いタイルの上に置かれた黄ばんだバスタブは、ホーローの猫足。「バイオハザード7」に出てきそうな朽ち果て方ではあったが、「自分の大好きな時代のものが何の手も入れられず、今ここにある」という興奮のほうが先に立って、もしかしたら私にとって、上海とはとんでもない宝島なのかもしれない、と、これから始まる留学生活がにわかにバラ色を帯びてきた。

いったい当時の上海には、新中国誕生四〇周年を迎えようというにもかかわらず、往時の残り香がぷんぷんしていた。最も惹かれたのは、往時の風俗文化が凍結保存され、そのまま受け継がれていたことだった。

街に一歩出ると、二〇世紀初頭に流行した全ての建築様式が揃っているのではと思わせるほどで、実際当時の上海は「近代建築博物館」とも呼ばれ、近代建築を学ぶ人にとっては、まさに生きた資料であったという。外灘（バンド）の裏手あたりで建物を見上げれば、その風景は絵に描いたようなロンドンなのに、戻した目線の先を不機嫌そうに歩くのは、紺色の人民服を着た上海人であり、アール・ヌーボーの美しいフランス窓の把手には、干したみかんの皮がぶら下がっている。上海は外灘から西へ行くほど、建物が高層ビルから広大な庭を抱える邸宅へと変わっていくのだが、その大豪邸のほとんどは何家族もが住む「共同住宅」になっており、広々とした階段の踊り場は共同炊事場と化して、かつてそこに住む子供たちの紅毛を明るく照らしたであろうあかり取りの大きなガラス窓は、ほこりと油の層にまみれ、コンロがずらりと並ぶ空間に薄暗い影を落としていた。「個体戸」なる個人の小商いがようやく認められつつあるものの、人々の就業先は国有企業がほとんどだった当時の中国では、住居は単位（ダンウェイ）（職場）にあてがわれるものだったので、外国人が去ったあとのアパートや邸宅の一部をあてがわれた家庭は、アールデコの図柄が美しく彫られた遺留物のマホガニー家具をそのまま使っていたし、昔はチェコ人が住んでいたという一九三〇年代築のアパートに住む家庭で、キッチンに作り付けのオーブンで焼いたというアヒルの丸焼きをごちそうになったこともある。旧フランス租界のタウンハウスに住む友人宅の台所には、かつての住人が粉をこね、パイをこしらえたであろう分厚い大理石が作り付けられていて、なんとかそれを持ち帰ってやろうと苦心惨憺したが、どうしても取り外すことはできなかったのが今も残念だ。

上海語には「上只角（サンザッコ）、下只角（オーザッコ）」という「上層階級エリア、下層階級エリア」を表す言葉があるが、留学当時の上海は上只角＝ホワイトカラーや富裕層のもの、下只角＝ブルーカラーのものという、租界時代の棲み分けがそのまま受け継がれていたので、エリアが変わると街の風景もがらりと変わった。どんよりと鉛色に曇る冬の上海が好きで、旧フランス租界のお屋敷街も、かつて腰巻き横丁と呼ばれ水夫向けの娼館が建ち並んでいたという蘇州河のほとりも、工場とあばら家で殺伐とした雰囲気の閘北（ザッポ）も、曇った日を選んではあてもなく歩き回った。清濁全てを併せ呑み、あらゆる民族を受け入れることで混沌と膨れ上がっていった大都会・上海の残滓が、重くかぶさる鉛色の風景からまざまざと浮かび上がってくる気がしたからだ。

しかし一九九二年の鄧小平の南巡講話以降、工場と畑しかなかった浦東エリアの開発が進むと同時に、租界があった黄浦江の西側も、下只角を中心に次々と開発のメスが入れられていった。つまり、私が住んでいた一九八〇年代後半は、租界時代の残滓と共産中国が同居するさまを目の当たりにできる、最後の時代だったということになる。新中国成立以降、長らく西側との距離をもち続けたこと、国が豊かでなく「とりあえずありもので済ます」時代が長く続いたことで、建物はもちろん、数々の文化が何十年も凍結保存されたのだ。そこに住む人々にとっては「立ち遅れた恥ずかしい姿」だったかもしれないが、私にとってはまさに「取っといてくれてありがとう」。そんな上海があっという間に更地にされ、高層ビルに取って代わってキラキラピカピカになるほど「オールド上海」ブームが加熱していくのは、なんとも皮肉な話だ。

もともと飲食に関わっていたせいか、凍結保存の中で最も興味を惹かれたのはやはり食文化だった。

街のそこここにベーカリーがあり、間口一間ほどの小さな店の奥から小麦粉が焼ける香ばしい香りがただよってくるなんていうのは、上海ならではの風景だった。冷蔵ケースがある店はまれだったから、洋菓子のほとんどが焼菓子かショートニングかマーガリンで作ったバタークリームのケーキ。デコレーションケーキも同じだ。素朴といえば素朴だが、安物の油脂で作られた菓子は手放しで美味しいと言えるものではなかった。ただしクロワッサンとパルミエだけはどの店もきちんとバターを使っていたので味が良く、特にクロワッサンは街中探し回って南京西路の電気屋でようやく見つけた電気オーブンで焼き直すとパリッとした食感が戻ってきて、留学生食堂で買った牛乳と雲南コーヒーでいれたカフェオレとともに、フランス風朝食としゃれこむことも時々あった。

上海ではシュークリームを奶油泡芙(ナーヨーポーフ)（クリームパフ）[★2]と英語由来の中国語で呼ぶが、上海租界のトップダンサーだった和田妙子氏の自伝『上海ラプソディー』にはこのように描かれている。

たまにしか手が出せなかったフランス租界の『リトル・コーヒーショップ』のクリーム・パフも、毎日食べられるようになった。

シュー・クリームは英語ではクリーム・パフというが、これが普通に見かけるシュー・クリームの倍以上の大きさ。直径十センチはあった。シューにはパウダー・シュガーがかかっていて、中には生クリームがぎっしり！　一個食べたら、しばらく御飯が食べられないほど満足できてしまうのだが、これがまた、高い。（後略）

この描写と寸分たがわぬ奶油泡芙が、留学時代にもあった。ただし生クリームではなく、ショートニングを泡立てた粗末なクリームだったので、半分も食べると満足の前に胸焼けしてしまう。今もそれに近いものが、国際飯店の洋菓子部門で売られてい

★2　仏式の「シュー・ア・ラ・クレーム」はおおむねカスタードクリームを詰めるのに対し、英国式の「クリームパフ」は泡立てた生クリームを詰めることが多い。つまり昔ながらの上海のシュークリームは英国式。

上海大廈1階の
コーヒーハウスで出てきた
朝食。フレンチトースト、
紅茶、ヨーグルト。

金属のポットの柄に金巾のナプキンが添えられていたり、
ヨーグルトのグラスにソーサーが敷かれていたりと、
クラシカルなしつらえにブロードウェイ・マンション時代の残香を感じる。

る。

　では当時の上海で生クリームがなかったかというと決してそうではなく、むしろ上海には生クリームに砂糖を加えて泡立てたホイップ・クリームをお菓子感覚で食べる習慣があることに驚かされた。

　当時は牛乳がまだ配給制だったため、つねに牛乳が飲める西蔵路の牛奶公司（ニウナーゴンス）（国営の牛乳会社）の喫茶部は庶民にとってはなかなか敷居が高い存在で、奮発したカップルが背もたれの高いボックスシートに隣り合って座り熱いひとときを過ごす、同伴喫茶まがいの空間になっていた。ほとんどのカップルはヤカンからコップに注がれた常温の牛乳とバタークリームの花が絞られたケーキを頼んでいたが、私の目当てはいちごジャムを載せたホイップ・クリームだった。

　当時の上海の牛乳はノンホモだったようで、数日置くと上にクリームが浮いてくる。それを原料に作られた生クリームに砂糖を加えて泡立てた、混ぜものなしのホイップ・クリームなのだから、まずいわけがない。それを目当てに、牛乳を飲みながらねっちり絡むカップルの観察も兼ねて、延々自転車をこいでは通った。

国教委に振り分けられた同済大学は、街の中心から外れた文教地区にあったから、バスでも自転車でも街なかに出るのに一時間もかかるのが嫌になり、半年で旧フランス租界の真ん中にある上海音楽学院に転校した。以降街歩きに古道具屋めぐりにとますます精が出るのだが、領事館員や駐在員が多く住むエリアだったこともあって、近所の食品店の品揃えが同済大学近辺とはえらく違って、ニュージーランドのバターやアメリカのマヨネーズ、その場で挽いてくれる雲南コーヒーなどが普通に売られていたので、食生活も一気に豊かになった。同済大学から延々自転車をこいで通った牛奶公司に行かなくても、近所の店で缶詰のフルーツカクテルを混ぜたホイップ・クリームが手に入るし、学校から徒歩一五分くらいの場所にあった洋菓子店の老大昌（ローダーツァン）（一九三七年創業）の喫茶部では★3、春限定の砂糖でマリネしたイチゴにたっぷりとホイップ・クリームを載せた「草莓攢奶（ツォーメーグゥネー）」を食べるのが、何よりの楽しみだった。

上海人のホイップ・クリーム好きは、ナチスから逃れ上海に移り住んだオーストリア系ユダヤ人が相次いで開いたカフェ文化にさかのぼると思われる。

★3　当時の老大昌は上海一の高級洋菓子店で、喫茶部では濃くいれた紅茶と牛乳を合わせたミルクティーや、ローストチキンと焼き卵を薄いトーストで挟んだクラブハウスサンドイッチなど、他では食べられないちょっと洒落たメニュウが売りだった。庶民にとってはそうそう入れる値段ではなかったため、客のほとんどは、金回りがいい個体戸（個人事業主）だった。

アインシュペナー（いわゆるウインナーコーヒー）しかり、各種トルテにたっぷりと添えられたクリームしかり、オーストリアのカフェ文化にはホイップ・クリームがつきものだ。ユダヤ人居住区エリアで、Ward RoadとMuilhead Road（現在の長陽路と海門路）の角にあったCafé Louisの看板メニュウがホイップ・クリームだったことは、当時の店内写真が証明しているが、オーストリアにはホイップ・クリーム単体を食べる習慣がないので、これはCafé Louis独自のものだったと思われる。虹口の小さなカフェから始まったホイップ・クリームをお菓子のように食べる習慣が、次第に上海人の舌をも魅了し、一〇〇年の時を経てなお上海人のソウルフードとして愛され続けているのは、中国のみならず世界各国からの人と文化を飲み込み膨らんでいった、上海ならではのエピソードといえる。老舗洋菓子店では今でも「摜奶油（グゥネーユ）」という名前で売られているが、留学当時と比べると若干人工的な味になってしまったような気がする。

八〇年代当時、他の地方ではほとんど見られなかった「咖啡廳（カーフィーティン）」、つまり喫茶店が繁華街のあちこちにあったのも、租界当時の影響だ。かつて南京東路にあった徳大（ドッダー）西菜社（シーツェーソ）や東海咖啡館（ドンヘーカーフィーグゥ）は軽食も食べられる喫茶部を併設していて、比較的値段が安かった東海は、バタークリームのケーキを箸で食べながらトマト味の羅宋湯（ルーソンタン）（ボルシチ）をすするおのぼりさんでいつもいっぱいだった。当時地方から来る人にとって、喫茶店に入りケーキや洋食を食べるのは、今で言うところの〝打卡（ダーカー）〟★4だったに違いない。

今では上海洋食の老舗として知られる徳大だが、当時の看板料理はすき焼きだった。徳大の前身は一八九七年創業の牛肉商なので、ステーキなどのグリル系料理にわりと強かった。その特色を活かしてすき焼きを出し始めたのは、新中国成立直後の一九五一年。租界時代に住んでいた日本人が残していったすき焼き鍋をサンプルに鋳物で鍋を作り、牛肉の他に魚介も入れて売り出したところ、大当たりしたという。醤油と砂糖で甘く煮染めたすき焼きの味は、上海人にとっても馴染み深いものだったし、★5店外に漂うすき焼きの濃厚なにおいが客引きになったと、当時を知る店員が話してくれた。店内に漂う煮詰まったすき焼きのにおいと鋳物鍋が置かれたテーブルの風景は、私の脳内にもはっきりと残っているが、一九九六年の改装を機に、すき焼きはメニュウから外されてしまった。

それはさておき、一九八〇年代当時の上海の洋食屋のメニュウは、まるで戦前の婦人雑誌でもめくっているようなラインナップだった。本国から逃れた白系ロシア人がAvenue Joffre（現在の淮海中路）にレストランを続々開いた名残か、それから五〇年以上経っても、洋食屋は依然淮海中路界隈に集まっていた。

洋食屋の定番メニュウは羅宋湯（ルーソンタン）（ボルシチ）、土豆沙拉（トゥドゥーサッラー）（ポテトサラダ）、炸牛排（ザーニウバー）（ビー

★4　話題のスポットに行く（＝チェックイン）する行為を表す新語。多くは自撮りや映え写真をSNSにアップしてその場に行ったことを世間に知らしめるまでがセットになる。もとは「タイムカードの打刻」という意味の台湾中文。

★5　上海料理の特色として「濃油赤醤（ノンユーチェッジャン）」（油たっぷり醤油色）という言葉がよく用いられる。食材を醤油で炒め煮にする「紅焼」という調理法も、上海では砂糖をたっぷり加えた甘辛味になる。つまりすき焼きの味は上海人にとってどストライク。

フカツレツ)、匈牙利牛肉《シヨンヤーリーニューニョ》(ハンガリアン・グーラッシュ)、華爾多夫沙拉《ウーアルドゥーフーサラ》(ウォルドルフ・サラダ)、葡國鶏《ポッゴージー》(ポルトガル・チキン)、奶油湯《ナイユータン》(クリームスープ)、そして咖喱鶏《ガーリジ》(チキンカレー)。ちょっと油っぽくて味付けが中華めいているのは、ほとんどの料理を中華鍋で作るからだろう。

中華のちょっといいレストランでも、洋菓子が出ることは珍しくなかった。延安飯店の宴席では食中の口直しに点心とともに生クリームで和えたフルーツサラダが出たし、錦江飯店の広東料理レストランでは、秋になるとマロンシャンテリーがワゴンに乗った。驚いたのは、火焼冰淇淋《フゥーソービンジリン》(ベイクド・アラスカ)★6が大流行だったことだ。バブル前夜の日本ではすでに流行遅れでめったにお目にかかれないクラシカルなデザートで、中国でも一度は食べておきたいと思っていたが、そんな大仰なデザートを出すような宴席に出るきっかけもないまま機会を逸してしまった。

洋食は上海の一般家庭にもしっかりと根を下ろしていた。葱油で和えたクラゲや魚の揚げ煮といった典型的な上海の冷菜の中に、ボロニア・ソーセージが入ったポテトサラダが違和感なくおさまっている。マヨネーズは自家製が当たり前で、梅林のトマトペースト缶で作るボルシチも、上海独特の黄色が強くて香りも辛味も薄らぼけたカレー粉で作るチキンカレーも、多くの上海人にとっては家庭料理の一種だった。今で

★6 二〇世紀前半のアメリカで生まれた、アイスクリームをメレンゲで覆ったデザート。照明を暗くし、食卓でアルコールをかけて火を付ける演出で人気を呼んだ。一九八〇年代当時の上海では、アルコールに茅台酒を使うことが多かったようだ。日本では帝国ホテルや大阪のアラスカなどの老舗のレギュラーメニュウになっているが、最近リバイバルの兆しがあるようで、今様のレストランやデザートハウスで食べることもできる。

こそ、家で洋食を作る家庭は上海以外にもたくさんあろうが、物資も情報も、そして庶民の懐も、今とは比べ物にならないほど乏しかった八〇年代当時の中国では、かなり特殊な存在であったことは間違いない。

それから四〇年近い月日が流れ、再開発が繰り返された上海は原型をとどめないほど街並みが変わってしまった。人々のくらしもどんどん豊かになり、街角にあった小さなベーカリーは前世紀の末には台湾資本のケーキ屋に駆逐され、今ではリーンなパンを売りにした〝ブーランジェリー〟までできている。何十年にもわたって凍結保存された租界時代の文化は、新しい風に吹かれて歴史の向こうのものになり、懐古ブームに乗って商業化され、「オールド上海」という名のもとに、ソフィスティケートされて戻ってきた。一斤の飴から始まった私の中国は、上海は、どうやら気づいたら随分遠くまで来てしまったようだ。

面白がれるものがある限り、中国に、上海に関わり続けるだろうと思ってはいたが、今の上海は残念ながら面白いと思う要素がほとんどない。どうやら私にとっての「上海」はすでに過去のものになってしまったようだ。これからの私は過去の思い出を繰り返し垂れ流すばかりで、今を生きる若者たちに鬱陶しがられるだけの存在に成り果てるのだろう。

文献

広岡今日子・榎本雄二（編著）（二〇〇六）『時空旅行ガイド――大上海』情報センター出版局
木之内誠（編著）（二〇〇一）『上海歴史ガイドマップ』大修館書店
潘光主（編）（一九九五）『犹太人在上海』上海画報出版社
和田妙子（二〇〇一）『上海ラプソディー――伝説の舞姫マヌエラ自伝』WAC

伝統は、生(なま)のものですから。

長嶺亮子

［ながみね・りょうこ］
沖縄生まれ、沖縄育ち。専門は民族音楽学、主に漢族系芸能と社会に目を向けている。また研究と並行してインドネシア・バリガムランの演奏活動も長年続けている。好きなものは古道具、タイル、路上観察。

中国の話をする前に、少し私自身の話をしよう。

音楽教員の父とピアノ教師の母のもと、私は物心がつく前から西洋音楽の中で育った。登校前のヴァイオリン練習と帰宅後のピアノ練習の時間は、起きて食べて寝るのと同列で生活サイクルの一部だったし、食事時間に決まって流れているのは、「N響アワー」や「あさのバロック」といったテレビやラジオのクラシック音楽番組だった。部活は吹奏楽部だったし、暇と時間さえあれば中古CDショップでさまざまなジャンルのポピュラー音楽を夢中で漁り、とにかくあらゆる西洋音楽の楽曲、楽器の音色や音階に包まれた日々を過ごしてきた。別の言い方をすれば、中国どころかアジアの音楽、それに日本で、沖縄で生まれ育った自分の身近で鳴っているはずの邦楽や沖縄音楽からも縁遠い音楽環境だった。

芸術大学の音楽学という専攻に進んだ私は、いつしか中国の伝統音楽、とりわけ京劇に代表されるような伝統劇の音楽を研究するようになるのだが、恥ずかしながら、二〇歳を過ぎる頃まで京劇を生で鑑賞したことがあったわけでもなければ、中国楽器を習ったこともなかった。要するに、実はそもそも中国の伝統劇や音楽に、もっと言えば中国という国にそれほど関心がなかったのだ。それではなぜ、世界中に無数にある音楽文化の中から中国の伝統劇の音楽を研究対象に選んだのかと聞かれても、なんとなく、としか言いようがない。中国音楽や伝統劇に雷に打たれるほどの衝撃を受けたわけではないが、ただ、九〇年代に公開された中国映画で伝統劇を扱ったいくつかの作品があり、それらを観ているうちに、漠然とながら「なんだか不思議な音楽」と感じたのがきっかけのひとつだったように思う。その感覚は明らかに、日本や沖縄の音楽との違いというよりも、私がずっと触れてきた西洋音楽と中国音楽との比較からもたらされる同異への関心だった。

時は二〇世紀から二一世紀に変わろうとする頃で、質が良く安価な視聴覚メディアもインターネットもごく一般的にあった。この際なので告白してしまうと、私は間違いなく「今の時代わざわざお金や時間をかけて旅に出なくてもインターネットでなんでもわかるし」と、イキっていたタイプだ。そもそも「音」から中国伝統劇の世界に入っているので、それさえ手に入ればわざわざ現地に行く必要はない、とすら思っていた。なので、京劇の映像や音源をひたすら視聴して、劇中の旋律を聴いて徹底的に五線譜化して分析し、けれども劇の物語や空間を全く視界に入れずに、中国の伝統音楽や伝統劇に関わっていた。初めは本当にそれでなんとかなった。

だが、映像を観たり音源を聴いているうちに、ようやく、現場に足を運ぶ必要性を感じ始めた。アルバイトでお金を貯めて最初に訪れたのは二〇〇〇年の北京。わずか二週間程度の滞在だったが、戯楼に毎日通っているうちに顔を覚えてくれた従業員に「你来了（来たね）」とにっこりされて気を良くし、上演中も客席でがちゃがちゃお喋りをしながら茶を啜り、劇を観ているのだか観ていないのだかよくわからないお爺さんたちが見栄を切る役者に「好（ハオ）！（いいぞ！）」と賛辞の声をかける瞬間に痺れた。舞台上で繰り広げられる物語の世界には相変わらずあまり興味が持てずすぐ飽きるし、必要以上としか思えない音響の騒々しさに戸惑い苛つくのだが、日本に帰るとなぜかまた再びあの空間を感じたいと思った。視聴覚メディアはたしかに良い状態で音がパッキングされ、譜面は音に意識を集中させてくれる。だが、現場でしか感じ得ない雑音や残響の音の折り重なりを知り、自分の体に染み込ませて初めて、そのメディアが、それを視聴している自分の体内で立体的に再生される感覚を味わった。私は西洋音楽の音を「聴」いて理解してきたが、中国音楽や芸能に関わり始めてからは、音を「感じる」ことを求めるようになった気がしている。

とはいえ、中国の伝統劇や伝統音楽を理解するうえで、幼い頃から触れてきた西洋音楽が私の判断基準となり、音を聴いて考えていることは間違いない。ゼロスタートで未知の中国音楽に入っていくのではなく、これまでの西洋音楽での経験を活かす。中国音楽をいったん西洋音楽に翻訳することで、わりと容易に中国音楽の楽器演奏法や音楽構造を理解することができた。

例えば二胡。右手の弓使いと、左手指の音程ポジション移動の勘所（ギターのようなフレットがない）が二胡奏法修得の最初の関門だと思うが、同じように右手／弓、左手／音程の役割で音を奏でる楽器のヴァイオリンを学んだ経験がある私は、初めから難なく音を鳴らすことができた（上手いか下手かは別の話）。

例えば楽譜。現在、中国音楽で用いる楽譜の多くは、基本的に簡譜（ジェンプー）とよばれる数字譜だ。[★1] ドレミファソラシが数字の1234567に相当し、音高を示す。休符は0で示す。例えば、|3 32 1 1|2 2 32 1|……一見すると数字の羅列だが、これはれっきとした楽譜で、童謡「むすんでひらいて」の冒頭のメロディーである。縦線で等間隔に区切られたスペース（＝小節）や、数字の下に引かれた一重線（＝八分音符）の記号が意味するものは、西洋音楽の五線譜に親しんでいる人なら、すぐ理解するだろう。また、もしも譜面上に「漸慢」「温柔地」などの文字が記されていれば、西洋音楽でいうところの「リタルダンド（*rit.*）＝次第に遅く」「コン・テネレッツァ（*con tenerezza*）＝優しく」と同じように、曲想を表す意味だろうと察するはずだ。だから、私もまた、中国留学中に大学の授業で民族声楽[★2]や民族楽器を学んだ時、あるいは調査地で楽譜を見せてもらった時（口伝でなく楽譜を用いていればの話だが）、それをすぐに口ずさみ音にす

★1　数字譜は一八世紀にヨーロッパで興り、明治期にそれを学校音楽教育に導入した日本経由で、二〇世紀初め頃に中国にも導入された。ちなみに、伝統音楽には元々「工尺譜」という漢字を用いて音を示す記譜法がある。

★2　西洋クラシック音楽の理論や発声法を取り入れた表現スタイルで、中国各地の民謡や伝統劇の歌唱曲を歌う。現代中国の芸術音楽ジャンルのひとつ。

ることができた。楽器を手にし、楽譜を一見して音を鳴らすテクニックが一応身についていたおかげで、周りから感心され、時に喜ばれ、コミュニケーションの壁を取り払いやすかった。幼い頃から浸かってきた西洋音楽の日々は、思わぬところで役に立った。そんなこんなで、私は西洋音楽から中国音楽へと、次第に聴覚を広げていった。

一方で、中国劇や中国音楽のリアルに触れていくほど、それらを取り巻く「伝統」の感覚に戸惑いと混乱を覚えるようにもなっていった。そもそも数字譜は近代以降に中国に伝わった記譜法だ。それなのに、伝統音楽の教授やパフォーマンスの現場で用いられている。劇場では本来舞台袖奥に位置する伝統劇の伴奏楽団がオーケストラピットにいたり、中国楽器ではないチェロやキーボードが用いられている。書物や映像で観ていた「伝統的」な中国音楽や劇とは、なんだか様子が異なるのだ。

「あと一〇〇年くらいしたら、ヴァイオリンもチェロも、きっと中国楽器になるよ」

と、中国の友人は笑いながら言った。もちろん冗談だ。まだ私が中国に行き出して間もない二〇〇〇年頃、他愛もない会話の中で出たひとことである。その前後の話題はよく思い出せないのだが、たしか私がつぶやいた「中国って「良い」と思ったらすぐ自分のところで使うよね、節操ないよね」というような、少し呆れが混じった物言いに対する返答だったような気がする。

西洋楽器を中国音楽の合奏で用いる理由は、音楽表現を豊かにする以外に、低音域を担当する楽器が少ない中国伝統音楽の弱点を、チェロなどでカバーするためだ。二〇世紀初頭に西洋音楽とその理論が中国に入ってきた頃から、次第に伝統劇の伴奏楽器の中に取り入れられるようになった。とくに新中国成立後、文化大革命（一九六六―一九七六）の時期から盛んに用いられるようになっていった。今では、地方劇の伴奏楽団にも、二胡などと並んでチェロが当たり前のように配置されている。西洋のヴァイオリンやチェロも、中国音楽で使っていればそのうち中国楽器になる。それは、西洋楽器で中国音楽を奏でるのではなくて、中国楽器と同様の音楽表現で西洋楽器を鳴らすということだ。それが長く続き定着すれば、中国楽器のひとつとよべてしまうくらい普通のものになるのではないか。友人の言葉は、そういう意味だろうが、中国初心者の当時の私はあまりよくわかっていなかった。ずっと頭の片隅に残っていたその言葉を、中国の人々、文化、音楽や芸能との関わりをそれなりに積み重ねてきた今も、折に触れ思い出す。そして今さら、なかなか言い得て妙だなと感心している。

中国の旅の途中で、京劇などの伝統劇や中国音楽を鑑賞した人も多いだろう。あるいは、来日した中国の芸能団の公演を観たことがあるかもしれない。どうだった？　と感想を尋ねると、何人かはこう答える。

「思っていたのとはなんだか違った」

「面白かったけど、なんとなくがっかりした」

理由は概ね次のような感じだ。伝統的な舞台芸術を観に行ったのに、派手な照明や舞台装置が多用されている。ただでさえ耳を劈（つんざ）くような銅鑼の音や甲高い声がマイクで収音されて、スピーカーがビリビリするほど唸っている。思っていた「伝統」とは違う姿にショックを受けたのだ。

今でこそすっかり慣れてしまったが、伝統劇の舞台でスモークが焚かれたり、オーケストレーションされたダイナミックな音楽が奏でられたり、西洋楽器が加わっていたり、伴奏楽団が舞台前方のオーケストラピットに大編成で配置されているような中国の伝統劇の現実に初めて遭遇した時は、私自身もかなり戸惑った。しかも、都市部にある現代的な大型劇場で上演された新作演目のみならず、地方の劇団でも同様に行われているのだ。近代的なものや西洋的なものをどんどん取り入れ、変わってしまったところばかりが目につく伝統劇のあり様に驚いたというよりも、どちらかというと、それを何ということもなく受け取っている地元の観客に私は困惑した。

いろいろな中国伝統劇の舞台を観るにつれ、ひとつの疑問がわいてきた。そもそも、伝統＝古い、なのだろうか。伝統的なものと現代社会がコミットし、現代の価値観に合わせることは、「がっかり」することなのだろうか。

ある時、日本の伝統文化を学ぶために日本に滞在していた中国の友人に、この疑問を振ってみた。まだ流暢とは言えない、それほど多くはない語彙ストックの中から選んだ日本語で友人はこう答えた。

「伝統は、生（なま）のものですから。死んでいる化石じゃないですから」

伝統とは、生のもの。生きているもの。

中国大陸に限らず、中華系の人々と関わっていると、「伝統」のあり方が私の周りにあるそれとは別物のように感じることがある。全ての事象においてというわけではないけれど、日本では古来より引き継いできたものを「伝統的」と重んじ、原型をできるだけ維持しながら守るべき、と捉えているようなところがあるかもしれない。音楽や芸能でいえば、楽器や発声、奏法、編成、振り付けなど、そのジャンルや様式を構成するための要素を別のモノにすげ替えることはあまりしない。

それに比べると、中国では伝統を引き継いでいくのと同時進行で、模倣、新たな導入、淘汰を繰り返す。時代や世態といった容器が変われば、それに合うよう中身を変化させたり、加飾したりすることをある程度許容している。中国の伝統はわりと軟体である。

私の漠然とした主観だが、「中国何千年の歴史」などといった言葉で悠久の時間や伝統文化が形容される割には、私の知る限りにおいて中国は新しいものが大好きだ。どこかで何か目新しいものが紹介されると、あっという間に取り入れていく。例えば、ハイブランドのシーズンコレクションや国際的な有名ファッション雑誌に掲載されている服やアクセサリーのデザインは、少々奇抜で普段使いできそうにないようなものも少なくないが、なぜか中国の地方の繁華街でそれっぽいものを身につけた人を見かけることがある。あくまでもそれっぽいものなので、知的財産の権利に基づけば、それはおそらくパクリ、剽窃物ということになるだろう。そういった権利侵害を擁護するつもりはないのだが、ただ一方で、「良いものだから取り入れる」「素敵だから真似をする」という、古くからあるミメーシス（模倣）の表現方法がこの地にはまだ息づいているようにも思えて、なんとなく良しとしてしまう。

ヴァイオリンやチェロがそのうち中国楽器になるという話と、パクリの話と、「伝統は生のもの」という話は、一見すると別々の話のように思うかもしれない。しかし私には、これらは本質的に同じところにあるような気がするのだ。つまりどれも、良いあるいは使えると思った他の要素を自分の中に取り入れることで、自分／自文化をより良い生き生きとしたモノにしていこうというポジティブな力の作用だから。「伝統は生のもの」とは要するに、伝統は時が止まった過去形の維持なのではなく現在進行形の状態、ということだ。

伝統は生のものだから、時代や社会に合わなければ次第に消えてしまうこともあるし、受動的あるいは能動的に新しい様式を取り込むことによって生き残ることもある。文化大革命期に創られた、現代京劇あるいは革命京劇ともよばれる京劇の様式がある。これは、模範劇という意味の「様板戯（ヤンバンシー）」★3の一種でもあった。

よく知られているように、中国共産党党首の毛沢東主導による文化大革命は「封建的文化、資本主義文化を批判し、新しく社会主義文化を創生する」というスローガンのもと、政治的イデオロギーを強く押し出したプロパガンダ芸術作品を生み出した時代だ。映画『さらば、わが愛／覇王別姫』（陳凱歌、一九九三）を通じて、文化大革命期の京劇と役者の境涯を知った人も少なくないだろう。中国共産党の価値観においては、封建的社会や資本主義社会の中で育まれ愛好されてきた西洋芸術や、京劇のような中

★3　様板戯には、京劇の他にもバレエ劇や交響楽などが含まれる。

国の伝統文化は否定され、批判の対象となった。しかし、実はその一方で、文化大革命を推し進めた毛沢東自らが「古為今用、洋為中用（古いものを今のために用い、西洋のものを中国のために用いる）」という、革命スローガンとは矛盾しているようにもみえる芸術方針を打ち出し、西洋舞台芸術と中国の伝統劇を融合させたプロパガンダ舞台芸術作品をいくつも制作している。

革命京劇は政治イデオロギーの宣伝という目的や視覚的インパクトが強烈なので、伝統劇の様式とバレエや洋楽オーケストラなどの西洋の芸術様式とを融合させた画期的な取り組みであることは見逃されがちだ。しかし、劇中の音楽が京劇にとって絶対不可欠な伝統的な節回し[★4]を用いており、そのうえで時代（ここでは政治）が必要とする別の要素（ここでは西洋の芸術様式）を移入して発展させていることを意識すると、革命京劇がなぜ「京劇」なのかが理解できる。そう捉えると、革命京劇は、京劇の伝統的な様式美をベースに時代に合わせて発展させた現代的な京劇に過ぎない。

中国の公共放送局・中国中央電視台（CCTV）に伝統芸能専門チャンネルCCTV-11があるのだが、そのチャンネルに伝統劇の名優や名歌唱シーンをダイジェストで流す「典蔵」という番組がある。中国のローカル食堂や理髪店の片隅に置かれたテレビから、この伝統劇名歌唱ダイジェスト番組が流れていることがたまにある。伝統劇が日常生

★4　京劇をはじめ、中国の伝統劇には劇種ごとの特徴的な旋律があり、同じ劇種であれば違う演目でも何度も繰り返し同じ旋律で歌われる。いわゆる替え歌である。そのため、耳馴染んでくると、歌詞はわからなくても旋律をなんとなく口ずさめるようになる。

活の空間に普通にある様子が面白いのだが、その番組でときどき革命京劇の歌唱曲が取り上げられるので、初めて公共の場でその場面に遭遇した時は、けっこうびっくりした。もっと驚いたのは、その革命京劇の旋律がテレビから流れてきた時に、店主のおじさんがワンタンを包みながらその旋律を口笛で吹き始めたことだ。まるで懐メロを口ずさむように。伝統劇が「伝統的」でなくてはならない理由なんてないし、そもそも「伝統的」とは、伝統とは何なのか。ごはんを食べながら、私の知っている伝統の概念とおじさんの「伝統」は別物なのかもしれない、などとぼんやり考えた。

時代と伝統を適合していく中国と、伝統様式を重んじる日本との間で起きた、カルチャーギャップが生んだちょっとしたトラブルに居合わせたことがある。

中国から伝統音楽の団体が来日した時の出来事。私はコーディネーターをつとめていた。企画段階から直接面談やメールで打ち合わせを何度も重ねてきたにもかかわらず、リハーサル前に劇場スタッフと出演団体の責任者が揉めている。ワイヤレスマイクを使用したい演者側と、建築音響に誇りを持ち、生音を活かしたい劇場側との間で意見が対立しているのだ。劇場側が、どれだけ響きの良いホールかとか、舞台に向けて返しモニターを使用するから心配しなくても大丈夫、などと力説したところで、全く聞き入れてもらえない。中国の演者からしてみれば、マイクを身につけないで舞台に立つなんて、衣装や体のパーツをどこかに置き忘れてきたようで、不安で仕方がなく受け入れ難いのだ。これまでの経験で、中国の演者にとってマイクの効能は収音と拡声と「お守り」であることになんとなく気がついていた私は、演者にマイクを装着しても良いと勧めたうえで、劇場スタッフにそっと耳打ちした。「マイクが見えてしまうことは目をつぶってください。音声ボリュームはどうぞ、調整室で必要なだけ下げてください。マイクがあるということが重要なので」。案の定、マイクを身につけた演者は安心し、気持ち良く舞台を続けることができた。

逆の出来事もあった。日本の伝統音楽団体が中国の地方都市に赴き、現地の楽団とともに交流演奏会を開催することになった。リハーサルで客席から音の響きを確認した日本の演者は、スピーカーから吐き出される爆音に戸惑い、「繊細な音を感じてほしいので、自分たちの演奏時はアンプを通したくない」ということに強くこだわった。ホールの音響スタッフは腑に落ちない様子だったが、最終的には演者の意見を汲み、プログラム前半の中国音楽の楽団はいつもの音量で、後半の日本の楽団は極端にも音量ゼロでの上演となった。ステージライトが煌々と照る中に楽器をかまえた人はいるものの、音はよく聴こえない。おそらくほとんどの観客が経験したことのない状況に客席はざわめき、加えて客席のあちらこちらでは携帯の着信音と通話する声が響いていた。

どちらの出来事も、重んじたいスタンスの違いが招いた、笑い話のオチのような結末だ。発展や現代化というと聞こえは良いけれど、中国の音響システムや照明など装置への依存はかなりなもので、受け手側の捉え方次第では、良い芸術表現というよりも低俗でチープに感じる。それが、冒頭で述べたような「思っていたのとなんだか違ってがっかり」にも繋がるのだろう。

二〇〇〇年代初頭の中国は、市場経済の高成長と数年後に控えた北京オリンピックの勢いも相まって、建築ラッシュが凄まじかったと記憶している。私が留学し住んでいた福建省福州のような地方都市も似たようなもので、ちょっと間を置いて久しぶりに訪れてみると高層ビルが建っていたなどということは、一度や二度ではなかった。とはいえ、私の寮があったエリアは発展区からはだいぶ離れていて、大学の音楽堂や教室も民国期に建てられた学校の建物をそのまま用いていたし、清代末期に建てられたという家屋も周囲に多く、新しいものと古いものとが雑然混沌とながらも共存していた。私はそんな福州の街が大好きで、このエリアに住んでいることが自慢だった。

ある時、同級生に誘われて、古い一軒のお家を訪ねることになった。そこは車の通れないような細い道が迷路のように続く老街で、清代末期や民国期の建物にいまだに人々が暮らしているような地域。日が暮れると自宅の門前に椅子を出して涼をとる半裸のおじさんがお喋りしていたり、カンカンカンと金属音を鳴らしながらいく金属ゴミ回収の呼び声が響いたり、ジャージャーと何かを炒める音と香りが広がったり、通りを塞いでスクリーンを張り映画を野外上映していたり。そんな気取らない下町感たっぷりの一帯はとくに私のお気に入りで、寮からも近かったので毎日のように散歩していた。その中に、その家はあった。

雑談中、家主の女性が「この家ともうすぐお別れ」というので、理由を尋ねると、

咥えタバコで煙を
燻らせながら
演奏している姿も、
街角の野外舞台で
よく見かける風景。

土地開発のため一帯を更地にして高層マンションが建ち、そこに住むという。「もったいない！　そんなのだめだよ！」思わずそう口にした私は、すかさず家主に怒られてしまった。「何がもったいないというの！　私たちだって、上下水道の整った台所で料理したいし、バケツじゃなくトイレで用を足したい。みんなのように綺麗で近代的なマンションに住みたい、便利になりたい、それを願って何が悪い？　歴史があるって？　たかだか一〇〇年だよ！　昔より今の生活のほうが大切だ」

その家主の言葉に、私はハッとした。もっともだ。その古き良き街並みは素敵でそのままにしてほしい、と外の人は願う。しかし、そこで生活する人からしてみれば、不便な古い家に住み続けるより、現代の生活に適した快適な住まいを求めるのはごく自然なことだ。

その後しばらくして、福州を一ヶ月ほど離れて、日本へ帰国する直前に福州へ立ち寄ったが、たった一ヶ月の間で以前訪ねたその家も近隣も壁に「拆（建て壊し）」と無造作に書かれ、その日を待つのみとなっていた。さらに六年ほど経ち、久しぶりに福州へ行く機会が訪れた時、ずっと気になっていたその場所へ真っ先に行った。何十階建てだか数えられないほどの高層マンションが何棟も建ち並び、知らない街の顔になっていた。あまりに潔くて笑ってしまった。あの日、家に招いてくれた女性と家族も、このどこかにいるのかしらと眺めながら。

中国音楽や伝統劇と建物の話は、無関係に思えるかもしれない。しかし私からすると、良いと思ったら即導入！　開発！　発展！　前進！　という勢いがそっくりだ。その前のめりな感じが、良くも悪くも中国らしいところなのかもしれない。伝統を旧来のカタチのままで継承し続けるのは、現実として難しい。言うまでもなく、環境も、人間も、かつてのままというわけにはいかないからだ。伝統とは、ずっと昔にわけあって生まれたものを引き継いできたバトンでしかない。時にはフェードアウトするかもしれないし、その謂れも知らないままに形骸化したバトンを粛々と守り抜くのかもしれない。それでも、時代性を孕み「生のもの」として生き生きと存在し続ける伝統のほうが、健全なような気がしないでもない。

中国に住んだり、歩いたり、食べたり、友達と話したり、喧嘩したり、音楽を奏でたりしながら、私は生の中国を学んでいる。それは、伝統劇の音だけを聴き取り、西洋音楽的感覚のまま五線譜に書き出していた頃にはわからなかった、音の感覚や息づかいの会得でもある。伝統は、文化は、生(なま)のものですから。

伝統は、生(なま)のものですから。

「おじさん動画」と自由の風

無常くん

［むじょうくん］

一九八九年、札幌市生まれ。又の名は、「大谷亨（おおたに とおる）」。二〇二〇年二月、コロナ感染症拡大のため中国留学が強制終了し、子供部屋おじさんに転落。以後、少なくとも一日六時間は中国版TikTokをパトロールする生活が始まる。現在、都築響一が発行する有料メールマガジン『ROADSIDERS' weekly』にて、中国の大衆生活をレポートする「スリープウォーキング・チャイナ」を連載中。著書に『中国の死神』（青弓社）がある。

私はTwitter（現X）で「無常くん（副書記）」（@mujo_kun）を名乗る三三歳、無職の男である（二〇二三年執筆当時）。無職で暇なので、実家二階のラボ（子供部屋ともいう）に籠城し、中国版TikTok（正式名称は「Douyin（抖音）」）からめぼしい動画——主におじさんがメシを食ったりダンスを踊ったりする動画——をディグってはハードディスクにせっせとアーカイブする穀潰し同然の毎日を送っている。

あえて自虐的な自己紹介をしたが、実はほんの少し前まで、私は国費留学生として中国でフィールドワークにとりくむ真面目な民俗学徒だった。それが憎きコロナのせいで国外退去を余儀なくされ、ついには子供部屋おじさんへと堕落してしまったのである。

そう、それはコロナのせいだった。しかし、他方でそれはコロナのおかげでもあった。皮肉なことに、それまで鳴かず飛ばずの無名大学院生に過ぎなかった私は、子供部屋で苦肉の策としてとりくんだバーチャル・フィールドワーク、すなわち「おじさん動画」のアーカイブによってむしろ高い評価を獲得し、こうして本書への執筆依頼などもいただけるようになったのである。

しかし、なぜなのか。なぜ、おじさんが食ったり踊ったりするだけのツマラナイ動画にかくも高い評価が与えられるのか。多くの読者の脳裏には無数のハテナマークが浮かんでいるに違いない。だが、心配はいらない。そんな疑問は本エッセイを読了した時点で雲散霧消することとなるだろう。

「おじさん動画」とはなんなのか、そしてそれをアーカイブする意義とはなんなのか、私の活動を知らない方々にもわかりやすく解説してみようと思う。

あのホァ〜っとした開放感

少し前にネット界を騒然とさせた「フィラデルフィアの麻薬動画」というのがある。おびただしい薬物中毒者がフィラデルフィアの街路をゾンビのように蠢(うごめ)くかなりショッキングな動画なのだが、私はそれを見ながら、次のようなかなりズレた感想を抱いていた。

「中国とアメリカどっちに住みたいですか？　と日本人に尋ねたら、たぶん八割か九割の人がアメリカを選ぶんじゃないかな、たとえこういうネガティブな動画が拡散されたとしても」

きちんと統計などとったわけもなく、あくまで日本に生まれ育ち、日本語メディアによる各種報道（中国の圧政、アメリカのポップカルチャー）を摂取するなかで形成された皮膚感覚的な数字に過ぎないのだが、そんなに外れていないと予想する。おそらく私のなかにも、「不自由の国・中国よりも、普通はアメリカを選ぶよな」という感覚が共有されているのだろう。

だが、他方ではそれと矛盾するように、前述の「（私調べの）統計結果」に対して、次のような小言をいいたくなる自分もいる。

「中国に漂っているあのホァ〜っとした開放感ってやっぱ日本人にぜんぜん知られてないんだな、実はけっこう居心地いいんだけどな……」

中国に滞在経験のある者ならば、この歯痒さがよく理解できるはずだ。中国滞在経験者同士のあいだではもはやツーカーの「あのホァ〜っとした開放感」（以下、「ホァ〜」）を、いかに未経験者に伝えればよいのか皆目見当がつかない、例の現象である。

むろん、その責任はひとえに我々中国愛好家の表現力不足と発信力不足に求められるべきなのだが、そもそも中国自身が「ホァ〜」の真価にひどく無自覚であり、それを積極的に海外に宣伝（プロパガンダ）してこなかったという事実も同時に指摘されてよいと私は考える。

中国というのは非常に奇妙な国で、みんなが「うお、中国行ってみてえ！」と思うようなイイところをまるで恥部のようにひた隠しにし、「威勢は凄いけど、なんか好きになれねえな……」みたいなぜんぜんイケてないところばかりを対外的にアピールしたがる謎の悪癖があるのである。

むろん、内政干渉よろしく「お前のイイところはココだろうがよ!」と勝手な価値観を押しつける権利など私にあるわけもないのだが、しかし、ごく素朴に、あの「ホァ～」の魅力をより多くの日本人に知ってもらいたいとそう強く思うのであった。

なぜ中国版TikTokで、「おじさん動画」なのか

多くの日本人が中国に好感を持たないのは、中国のイイところが上手く伝わっていないからだ、と私は主張した。そのうえで、中国のなにがそんなにイイのか、言語化が非常に難しいことを断りつつ、「あのホァ～っとした開放感」というキャッチフレーズを急ごしらえした。伝わる人には伝わるだろうが、あまりにぼんやりしている感は否めない。では、もう少し具体的な言葉にいい換えたらどうなるだろう。

例えば、「ホァ～」≒「一般大衆のごく平凡な暮らし」というのはどうだろうか。つ

まり、「一般大衆のごく平凡な暮らし」こそが中国の真にイイところであるが、その実態が日本人に周知されていないため、中国への好感度も低いままになっている、という図式である。

しかし、先述のとおり、中国自身がそのイイところを世界に向けて発信しようという意図を持ち合わせていない。そんな状況下で、いかに「一般大衆のごく平凡な暮らし」とやらを日本人に広く知らしめればよいのだろうか。前置きが長くなったが、ここでようやく登場するのが、例の中国版TikTokであり、「おじさん動画」なのである。

中国版TikTokとは、ByteDance（バイトダンス）（字節跳動）が二〇一六年にリリースした短尺動画投稿アプリのことである。ややこしいことに、日本で通常使用される国際版TikTokとは別個のアプリであり、これから説明する「おじさん動画」も、あえて「中国版」をインストールしないことには鑑賞不能の代物となっている。そのインストール方法については、すでにネット上にいくつも解説があるので、興味のある方はそれらを参照されたい。

さて、日本でTikTokといえば若者文化の象徴である。アプリ内に出回っている動画もキラキラした若者が飛んだり跳ねたりしているイメージだろう。その点は中国版

TikTokも大同小異といえばそうなのだが、ぼんやり眺めているとある強烈な違和感を覚えることになる。ズバリ、おじさんが多い。飛んだり跳ねたりしているおじさんが多すぎるのである。

しかし、なぜ中国版TikTokには、おじさんが「跳梁跋扈（ちょうりょうばっこ）」しているのだろう。私は、以下の三つの条件が勢揃いしたためではないか、と個人的に分析している。それは、①スマホ普及率の高さ、②顔出しに対するハードルの低さ、③短尺動画投稿アプリの手軽さ、である。特に日本との相違点として注目すべきなのが、①と②だ。

第一に、中国では電子決済システムの推進に伴い、秘境の老人までもがスマホを携帯するような状況がある。第二に、中国では肖像権やプライバシーの観念がまだまだ希薄であり、ネットへの顔出しに対する忌避感も日本人に比べれば相当薄い。そんな環境に、手軽な動画投稿アプリが放り込まれたことで、日本のTikTokではめったにお目にかかれないタイプの動画――例えば、「農村の奇祭」「旅芸人の記録」「知らん人んちのお葬式」といった、いわゆる「映え（ばえ）」の価値観とは対極にあるような「土俗（土地土地の飾らない習俗の意）」の世界までもが撮影され投稿されるという特異な事態が生じているのである。こうした土俗的世界には、鼻毛が出ていたり、Tシャツがダルダルだったりする、言わばごく自然体でイキイキと生きるおじさんたちが往々にしてウロウロしているものであり、中国版TikTokを開くとなぜかとてつもない頻度でおじさんに遭遇するのも、まさにそれ故なのであった。

つまり、私がいうところの「おじさん動画」とは、すなわち「土俗的世界」すなわち「一般大衆のごく平凡な暮らし」すなわち「中国のイイところ（ホァ〜）」を活写した動画を指しているということになる。先述のとおり、「おじさん動画」的中国は、一貫して厚いベールに覆われ、国際社会にほとんど発信されずにきた（そのことが中国に対する無理解に繋がっているというのが先の主張だ）。その意味で、TikTokの出現と「おじさん動画」の氾濫は革命的事件といっても過言ではないのである。中国愛好家かつ暇人の私がそれを日本に紹介せずして誰が紹介するというのか。「おじさん動画」のアーカイブ活動は、実のところこうした崇高な理念に支えられているのである。

さて、以下本篇では、私のお気に入りの「おじさん動画」を紹介し、読者の皆さまにも例の「ホァ〜」を疑似体験してもらいたいと考えている。本来であれば、動画そのものを見てもらうのが手っ取り早いのだが、書籍という形式上それは不可能なので、今回は文字媒体というハンデを逆手にとって、これまで十分に語られてこなかった「ホァ〜」について、ウザいくらいに言語化してみようと思う。

具体的に取りあげるのは、「Ⅰ．チャルメラバンド」「Ⅱ．瀋陽労働公園」「Ⅲ．麺おじさん」という三つの「おじさん動画」である。これらの動画を通じて、中国人の生活実態を微に入り細に入り観察しつつ、〈音楽〉〈公園〉〈食〉を取り巻く三種類の「ホァ〜」について分析を試みたい。

果たして中国は「不自由の国」というワンフレーズで解釈しきれる国なのか、或いは日本は（中国に比べて）自由の国といえるのか、本稿を読みながらいまいちど思考を巡らせていただければ幸いである。

Ⅰ．チャルメラバンド——そこら辺で音楽を奏でる自由

二〇一一年冬、私の祖父が他界した。祖父の遺書には、葬儀の際にBGMとして「石原裕次郎の「おれの小樽」とヴィヴァルディの「四季」を流してほしい」とのリクエストが書き記されていた。たしか、私の弟がCDショップに走り、葬儀では彼が購入した音源を流したと記憶している。つまり、生演奏ではなかった。

……ん、生演奏？　いやそりゃ葬儀でわざわざ生演奏なんて普通しないだろうよ、と多くの方は思われたに違いない。現に私もCDを購入する以外の選択肢は、当時一ミクロンも脳裏に浮かばなかった。

ところが最近、中国版TikTokを日常的に鑑賞するようになって以来、あの時なんの疑いもなくCDをかけた我々遺族の行動が、私のなかで改めて痛烈に相対化されつつある。そう、生演奏したってよかった、いや、むしろすべきだったのではないのか、と。

中国版TikTokには「葬儀動画」が無数に投稿されている。葬儀動画[★1]とは、その名のとおり、葬儀の様子を撮影した動画のことなのだが、仮に日本で誰かの葬儀を撮影しSNSに投稿したらどうなるだろう……想像するだけで嫌な汗が出てくるが、一部の中国人はそうした行為に対してだいぶ大らかなようだ。なにせ遺族自らが動画を投稿し、時には読経に呼ばれた坊主が「葬儀なう」とでもいうかのような軽すぎるノリで（十中八九遺族の許可などなしに）その様子を生配信してしまうことさえあるのだから。

中国における葬儀観は、改めてじっくり考察すべきテーマであるものの、さしあたりここで強調したいのは、TikTokの登場によって、今、中国各地の葬儀の様子が前代未聞レベルで可視化されているという驚愕の事態である。民俗学者ならずとも興奮不可避の事態ではないかと思うのだが、なかでも私の琴線に触れに触れまくっているのが、葬儀動画の一画に必ずといってよいほど映りこんでいる「チャルメラバンド」の

★1　あくまで私の造語であり、当該動画を検索したい場合は、例えば「農村+白事」といったワードが有効となる（ただし、簡体字で入力する必要あり）。

存在なのであった。

　中国の葬儀、特に農村の葬儀において音楽は不可欠の要素である。しかも、彼らは決して複製音源で事足れりとせず、律儀に生演奏で死者を弔うのである。地域によって使用される楽器は一様ではないが、漢民族の場合は、チャルメラ（嗩吶（ソォナァ））が主役となり、そこに笙やミニシンバルやシンセサイザーが加わるのが基本的な編成となっている。これが私がいうところのチャルメラバンド★2なのだが、彼らが創る音と風景は、日本人の常識では「葬儀」とは容易に結び付かない代物となっている。なにせチャルメラのグロートーンが地響きのように唸（うな）り、笙は我々の知る雅楽のそれではなく、まるでロックミュージックのようにヘッドバンキングしながら奏でられるのだから（ちなみに、チャルメラバンドは冠婚葬祭すべてに対応しており、儀礼ごとに適した旋律を使い分ける）。

　私は音楽にかなり疎いタイプの人間ではあるものの、この「チャルメラ動画」がなんらかの重大な発見であることは直感的に理解できた。いや、というよりもごく素朴に、見たことも聴いたこともない音と映像にただただ夢中になり、昼夜を問わず中国版TikTokを掘って掘って掘りまくる生活が始まった。時折、これぞというチャルメラ動画を友人知人に自慢げに披露していると、噂が噂を呼んだのか、各方面から「驚きの声」が続々と届き始めた。

★2　やはり私の造語であり、中国語ではそれを一般に「響器班（シャンチーバン）」と呼ぶ。各バンドは個別に「○○芸術団」と名乗る場合が多く、TikTokに演奏風景を投稿しては、「若くてピチピチのバンドです！　冠婚葬祭の際にはぜひご連絡を！」などの広告メッセージと共に自らの携帯番号を添えておくのである。

例えば、本書の編者のひとりであり中国音楽の研究者である井口淳子氏は、私が紹介したチャルメラ動画について、「中国農村に数ヶ月滞在して遭遇できるかどうかという宝のような瞬間」と評してくれた。また、驚くことにその評判は、レア音源の発掘とキュレーションに定評のあるDust-to-Digitalというアメリカのレコードレーベルにまで伝わり、私のアーカイブの一部が当レーベルのInstagramにて紹介されるまでにいたったのである。

こうした識者のお墨付きにより、私はチャルメラバンドの真価をより自信を持って確信することができた。だが、そうした客観的な評価軸とはまったく別に、私が個人的に深く感銘を覚えたのは、音楽が生活と一体化しているその風景であった。誰かが死んだり生まれたり成人したり結婚したりするときに、軒先や路上や空地で、つまりはそこら辺で自前の音楽が奏でられていることに素朴に感動してしまったのである。

もちろん、日本人の生活だって豊かな音楽に彩られているのは間違いない。誰もがスマホに無数の音源を詰めこんでいるし、仕事の打ち上げは十中八九カラオケだし、バンド活動はいまだに盛んだし、あらゆる音楽ジャンルには煩(うるさ)いマニアがいるし……。

しかし、チャルメラバンドのいる風景を目の当たりにした以上、私はそこに決定的な物足りなさを感じてしまうのだった。なぜなら先に列挙した我々の音楽生活は、ひとつとして例外なく、音楽を聴くべき場所、音楽が奏でられるべき場所に行儀良くおさまっているからだ。まるでこの世には音楽を鳴らしていい場所といけない場所があるかのように調教された我々は、ライブハウスやカラオケルームやスマホのなかに音楽を窮屈に閉じ込めることにあまりにも無自覚になってはいないだろうか。

想像してほしい。仮に、あなたがジョン・レノンだったとして、どんな人々に曲を届けたいと思うだろう。赤盤がどうの青盤がどうのと口角泡を飛ばしながら、正月に雅楽のフリー音源が鳴り響く神社でなんの疑いもなく拍手している人々よりも、軒先や路上や空地で自前の音楽を日頃から奏で楽しんでいる人々にこそ、自身の楽曲を聴いてもらいたいと思うのではないだろうか。チャルメラバンドの奏者にせよ聴衆にせよ、彼らのなかにはビートルズの存在さえ知らない者も少なくないだろうが、そんなことはなんら本質的な問題ではないのである。

あなたが音楽愛好家ならば、まずはチャルメラ動画をチェックしていただきたい。そのうえで、私の意見に賛同いただけるのであれば、ぜひとも我々が知らぬ間に失ってしまった「そこら辺で音楽を奏でる自由」の奪還を目指そうではないか。私もここまで偉そうなことをいった以上、せめて「おれの小樽」くらいは祖父の墓前で演奏できるよう、リコーダーでも引っ張り出して練習することをここに誓う。

Ⅱ．瀋陽労働公園――野外で白昼堂々踊る自由

中国に行ったらまず訪れるべきは、万里の長城でも故宮博物院でもなく、ズバリそこいらにある公園である。私は子供時代、親の仕事の都合で一年ほど北京の小学校に通ったことがあるのでよく知っているのだが、驚くべきことに中国の公園にはキッズがいない。いるのはもっぱら、池で泳ぐおじさん、筋肉を見せびらかすおじさん、スピーカーを持参し踊り狂うおじさん……と中高年以上のおともだちであり、かなりアダルトというかシニアでシルバーな空間となっている。遊び相手のいない私は、そんなおじさんたちの様子をじーっと眺めながら、「なるほど、『少林サッカー』も『カンフーハッスル』も実は自然主義リアリズムだったのか……」と斬新な仮説を脳内にスパークさせていたとかいないとか。

いずれにせよ、仮に日本の公園でそのような行動を大の大人がとったらどうなるだろう。「あそこにヤベえおじさんいんだけど」と嘲笑の対象となったり、「ママ〜あのおばさんなにやってんの?」「見ちゃダメ!」的な扱いを受けたり、ひどい場合には警察に通報されるありさまが容易に想像される。というか、現に私の地元にいた「ダンシングおじさん」（詳細はあえて伏せる）は、ひどく排他的な若者たちのリンチに遭い、ある日忽然と姿を消してしまったのだった。

他方、中国の場合はというと、先述のとおり荒ぶる中高年に人目を気にする気配など微塵もない（ただし「オレ様を見ろ！」的な方向性で自意識がビンビンなタイプはいる）。道行く人も道行く人で、目と鼻の先でおじさんがクネクネ躍動しているにもかかわらず、そこに意識を向ける者はめったにいない。あえて目をそらしているわけではなく、純粋な「アウト・オブ・眼中」。もしやあのおじさん、私にしか見えない妖精なのだろうか、と不安になるほどである。

このように、公園をめぐる日中間の文化的差異は甚だ大きいものとなっている。その差をあえて大胆に図式化すれば、以下のようにいい表すことができるだろう。すなわち、中国人は他者に興味関心がさほどないにもかかわらず、公園に行けば誰か彼か知り合いがいて、仲間と共に泳いだり鍛えたり踊ったりできる、そんな公園コミュニティを形成している（キッズを除く）。一方、日本人は他者に興味津々にもかかわらず、中国にみられるような公園コミュニティを形成することはなく、公園をフラリと訪れたところで一緒に遊んでくれる仲間がいることはめったにない（キッズを除く）。

むろん、それぞれの国にそれぞれのスタイルがあってよく、中国を引き合いに日本にダメ出ししたいわけではない。そうではないのだが、高齢化と貧困の到来がほぼ確実視される我が国にあって、中国の公園コミュニティには学ぶべきところが多々あるようにも思えるのである。老いと貧困を生きぬくためには人と人との繋がりが力強い支えになる、というごくごく素朴な観点において。

だが、いうは易し行うは難しであって、「学ぶ」といっても本当に学ぶことなど可能なのだろうか。陽キャでパーリピーポーな中国人を陰キャでシャイな日本人がマネたところで火傷を負うのがオチではないか、そんな疑念が頭をよぎる。だが、結論からいえばそれは杞憂に過ぎない。そもそも中国人全員が陽キャであるはずもなく、陰キャな人々が意外に多いことは、実際に中国人と付き合いのある方ならばよくよくご存じのはずだ。つまり、公園コミュニティの形成において、「陽キャな国民性」は必須条件とはならない。陰キャでも人目を憚らず公園で泳ぎ・鍛え・踊ることのできるカラクリがそこにはあるのである。

中国版TikTokには、各地の公園コミュニティの様子が無数に投稿されている。なかでも私の心を摑んで離さないのが、おじさん&おばさんによる野生ディスコの動画である。ごくごくフツーの中高年が、いかなるジャンルにも分類不能なザ・自分ダンスを、公園の広場で額に汗しながら踊る様は、「早くこれになりたい」（Twitterジャーゴン）という魂の叫びを我々からごく自然に誘発する。しかし、具体的にどうすればそれになれるのか。私はある動画にそのヒントを見つけてしまったのである。

それは瀋陽労働公園という中国のなかでも特にエクストリームな公園を撮影した動画であった。そこには、ジェイムス・ブラウンを彷彿とさせるファンキーすぎるおばさんや、マイケル・ジャクソンと同等かそれ以上にエキセントリックなおじさんが、中国の公式メディアでは絶対に扱えない危なっかしいダンスを一心不乱に踊るさまが記録されていた。一見してそれこそ「日本人にはムリ！」と思わされる動画であったが、あるカラクリにはたと気づいて以降、その先入観が一変することとなった。

というのも、瀋陽労働公園には濃ゆい中高年が群雄割拠しながら、彼らのあいだには明らかな格の違いがあって、先述のＪＢおばさんとＭＪおじさんがやはり鶏群の一鶴といった様子で突出して異彩を放っていたのである。このごく単純なヒエラルキーに気づくと同時に、私の脳裏にひとつの仮説が舞い降りた。すなわち、瀋陽労働公園のダンスコミュニティは、はじめにＪＢおばさんとＭＪおじさんという恒星的天才ありきで成り立っており、周囲のおじさん＆おばさんたちはあくまで恒星のまばゆい光に照らされた惑星的凡人なのではないか、というものであった。

さっそく私は当仮説の真偽を検証すべく、我がハードディスクに保管された膨大な公園動画を掘り起こしてみた。すると、やはりビンゴ。どの公園にも、近づきすぎると火傷しそうな天才的人物が必ずコミュニティの中心にて光り輝き、彼らの周りを溌刺とした表情の有象無象が取り囲んでいるという前述の構図が確認できたのである。

要するに、こういうことだろう。大前提として、野外で白昼堂々踊るなどという所業は、日本人であろうと中国人であろうと凡人にはそもそも不可能なのだ。しかし、例外的に踊れてしまう特異な人物＝恒星的天才というのがどの地域にも一人や二人必ずいて、そうした人物に我々がどのような態度で向き合うかによって公園の運命は分かれるのである。すなわち、恒星的天才に石を投げて闇に包まれるか、野放しにして光に浴するのか、という差にほかならない。

ごく普通の中高年が、
ごく普通の公園の
広場で踊り狂う。
ダンスのクオリティが
異様に高いのも
魅力の一つ。

であるからこそ、恒星的天才への投石をやめる、ただそれだけで、日本人は「世界一踊れない民族」の汚名を返上することができる、ともいえるのである。むろん「ただそれだけ」といっても、出る杭を打つ島国根性こそ我々に巣くう根深い病理であって、一朝一夕で変われるとはとても思えないが、例えば、近年流行の「排除アート」のごとき不寛容が、すべて「生きづらさ」として己に跳ね返ってくるという因果くらいは、瀋陽労働公園の活況を横目に、肝に銘じておいてもよいのではないだろうか。

Ⅲ. 麺おじさん——健康的なファストフードを食べる自由

丸刈りに無精髭を生やした鋼(はがね)のようなおじさんが、蘭州ラーメンを「ズボボボボボ……ッ!」と啜(すす)り、生ニンニクを「ボリッ」と囓(かじ)り、再び麺を「ズボボボボ……ッ!」と啜る。またある日は、金盥(かなだらい)にドッサリ盛られた羊肉のスペアリブをむんずと摑み、ぶっとい親指で荒々しく塩を塗りたくると、獣のようにむしゃぶりつき、「クチャクチャクチャクチャ……」と激しく咀嚼音を響かせながら、右手に握りしめた長ネギを「グシャッ」と囓る。

いわゆる西洋的なテーブルマナーに死刑宣告でも下すかのような、その破天荒な食べっぷりは、三周まわってもはや気品すら漂い始めている。彼の名は「麺おじさん」

（本名不明につき私が勝手に命名）、甘粛省の農民だ。麺おじさんの口に運ばれる食材の多くは、彼の畑や家畜小屋からもたらされ、時にはブタの解体から調理が始まることさえある。義理の娘が撮影し投稿するその食生活は、私の友人のあいだでも図抜けて人気の「おじさん動画」となっている。

ところで、この麺おじさんを筆頭に「農村のおじさんがただむしゃむしゃ食事をするだけの動画」が中国版TikTokには無数に投稿されており、ぼんやりと「おじさんメシ」とでも呼ぶべきジャンルが形成されている。時折、なにを勘違いしたのか、都会暮らしのはんぺんのようなおじさんが「おじさんメシ」に参入し、自身の食事風景を得意げに披露することがあるのだが、ニンニクの齧り方からネギの握り方までなにからなにまでなっておらず、とても見られたものではないのである。

だが、それはなぜなのだろう。なぜ我々は「都会のおじさん」では昇天できず、「農村のおじさん」ばかりを求めてしまうのだろう。あえて私見を述べるならば、後者の動画には「食の喜びの臨界点」が表現されているからではないだろうか。そう、見方によっては汚らしくも見えるおじさんが希求されているからといって、そこに屈折した需要があると考えるのは大きな誤りなのだ。なぜなら、「食の喜びの臨界点」を表現できるのは、ごくストレートに「農村のおじさん」以外にはありえないからである。

想像してほしい。もし麺おじさんがあなたの家にやって来たとして、あなたは麺おじさんを満足な食事でもてなすことができるだろうか。日々畑仕事に精を出し、酷使したからだにとれたての肉野菜を食べ与えている農村のおじさんに、「これは美味い！」と思わせる食事を提供するのは、控えめにいって至難の業だろう。だが、逆のパターン、つまり我々が麺おじさんのお宅を訪ねる場合、麺おじさんが我々を感動させるのはいかにちょろいことか、もはや想像するまでもない。食における持てる者と持たざる者の関係はかくも明白なのである。

さて、私が今しがたおこなったのは、典型的なスローフードによるファストフード叩きといえる。現代社会における効率化された食生活の貧しさを、麺おじさんが人気を博すその理由と共に指摘したのである。しかし、こうした分析がクリティカルでアクチュアルな意味を持つのは、あくまで「おじさんメシ」の視聴者を都会暮らしの中国人に想定した場合に限られる、と私は考える。いい換えれば、日本人が中国人と一緒になってスローフードを賞賛している場合ではないのである。その理由を、以下に述べよう。

農村のスローフードと対置されるのは、都市のファストフードである。しかし、一口に「都市のファストフード」といっても、日本と中国のそれは大きく異なっている。現に、日本の友人たちに中国のフード系動画を鑑賞させた場合に、農村の「おじさんメシ」と同等かそれ以上に彼らのエキゾティシズムを激しくかき立てるのが、ほかでもない中国のファストフードを映した動画なのだから。

ちなみに、ここでいうファストフードは、むろんマクドナルドやケンタッキーフライドチキンのことではない。そうではなく、学生やサラリーマンが通学・通勤途中に立ち寄り頬ばっている、豆花（ドウホァ）（豆乳のお豆腐）や油条（ヨウティアオ）（細長い揚げパン）といった屋台飯を指している。或いは、ワンプレートに米がドカッと盛られ、その上に、西紅柿炒雞蛋（シーホンスーチャオジーダン）（トマトと卵の炒め物）や土豆絲（トゥードウスー）（ジャガイモの千切り炒め）や東坡肉（トンポーロウ）（ブタの角煮）が次々とぶっかけられていくような快餐（クワイツァン）（文字どおりファストフードのこと）を指している。

要するに、こういうことだろう。TikTokにせよ、リアル旅行にせよ、日本人は中国（に限らずアジア諸国全般）を訪れた際に、侵略的外来種としてのファストフードとは一線を画す、土着的で温もりのあるファストフードに異国情緒を覚えるのである。その理由はごくシンプルで、こうした土着的ファストフードが端的に日本には存在しないからだと私は考える。

「日本にだって牛丼屋や立ち食いそば屋があるだろ！」とブチ切れた方、最後まで聞いていただきたい。先述の土着的ファストフードには、土着的であること以外にも重要な特徴がある。例えば、それらはファストフードといえどもジャンクフード（中国語では「扔垃食品（ラージースービン）」）としての要素は希薄であり、毎日食べても健康を害す心配はない。現に、私なども中国滞在中は、食事の大半を屋台飯やワンプレート飯で済ませるのだが、それらは肉だけでなく野菜も豊富に摂れるので、まさに快食快便といったところ。また、その食事空間には、例えば石田徹也が《燃料補給のような食事》（スーツ姿の男たちが一列に座り、まるでガソリンのごとく牛丼を口に流し込まれている絵）に描いたような鬱屈や悲壮感など微塵もなく、家族連れで訪れてもなんら違和感のない朗（ほが）らかな時間が流れているのである。

どうだろう、これらの条件を加味したとたん、日本において該当するものがパッと消えたのではないだろうか。また、それと同時に気づくべきは、これらアジア的ファストフードが、すでにスローフードの基本的な目的「地域の伝統と美味しい食、その文化をゆるやかに楽しむスローな生活のスタイルを守っていくこと」[★3]を大方実現してしまっているという事実である。

麺おじさんの深遠な食いっぷりは、我々を深く感動させる。しかし、我々は感動す

★3　日本スローフード協会のＨＰにおける「スローフードのあゆみ」項を参照。〈https://slowfood-nippon.jp/aboutus/#aboutus03〉（閲覧日：二〇二三年五月二七日）

るだけ感動して、麺おじさんのような食生活、すなわちブタの解体から始まるような食生活を実践しようとは考えない。スローフードという思想に対しても同様で、「素晴らしい思想だけど、こちとらそんな悠長なこととしてる余裕ねえんだわ」というのが大方の本音であろう。

だが、どうだろう。本項では、ファストフード対スローフードの二項対立を精査した結果、アジア的ファストフードは本来的に欧米的スローフードの特性をかなりの程度備えているという事実が判明した。むろん、中国の食環境は食品偽装をはじめ問題山積であり、いたずらに賛美するようなことは慎むべきだ。だが、現代のせわしない都市空間においても、我々が麺おじさんを介して夢見るような「古き良き豊かな食生活」を、ある面においては高度に維持しているのもまた事実といえるのである。

「農村的生活に逆戻りしろ」といわれてもなかなか聞く耳は持てないが、「都市生活とも両立しうるアジア的スローなファストフードを模索せよ」とのプロジェクトならば、俄然現実味を帯びてくるのではないだろうか。あくまで楽観的な見積もりに過ぎないが、その模索の過程で、（実は周辺諸国に目配りせずとも）日本の食伝統にアジア的ファストフードの痕跡が再発見され、前述のプロジェクトはより堅牢なものへと生まれ変わるのではないか、と私などは予想するのである。ぜひ専門家諸氏のご意見を仰ぎたい。

おわりに

むろん、中国は「不自由の国」である。「信教の自由」「表現の自由」「学問の自由」……我が国の憲法が保証する様々な「自由」を列挙しながら、大陸より伝わる様々なニュースを思い浮かべれば、それは一目瞭然というほかない。

しかし、どうだろう。中国の「一般大衆のごく平凡な暮らし」をつぶさに観察したところ見えてきたのは、「爺ちゃんが死んだときに軒先でチャルメラを吹く自由」「公園で白昼堂々危なっかしいダンスを踊る自由」「安くてヘルシーな屋台メシを家族でのんびり食べる自由」……といった、親しみやすくも聞き慣れない珍妙な自由の数々であった。

そう、確かに中国には公民の教科書で習うような立派でカッチリした自由は乏しいながら、生活臭の漂う質素で無名な自由がそこら中にそよそよとそよいでいたのである。もしかすると、例の「ホァ〜」とは、そんないまだ命名されざる、野に吹く自由の風音（かざおと）だったといえはしないだろうか。少なくとも私は、その風音に耳をすませるために「おじさん動画」をディグるのであり、中国へ行くのであろう。そして、その風音から、より住みよい地域社会創生のヒントを聴き出そうとしているのかもしれない。

「なにが悲しくて中国なんかに?」と訝しんでいた皆さま、とりあえずこんな説明でいかがでしょうか?

尖閣列島わったーむん

宮里千里

［みやざと・せんり］一九五〇年沖縄生まれ。二十代前半から、琉球弧（八重山〜宮古〜沖縄〜奄美）の民俗祭祀の録音に従事。著書に『アコークロー 我らアジアの小さな民』（ボーダーインク）、『ウーマク！ オキナワ的わんぱく時代』（小学館）など。CDでは『イザイホー』を発表、里国隆『路傍の芸』をストリート録音、大工哲弘・苗子&スカル・トゥンジュン『ガムラン・ユンタ』はバリ島にてガムランとのセッションを録音・プロデュース、『めいどいん栄町市場』『THE SHOW CASE NAHA 1994』をプロデュース。趣味は、シマ豆腐を食べること、平敷屋エイサー鑑賞、東南アジアを歩くこと。

こちらは北京放送局です。

深夜、トランジスタラジオのダイヤルを回して音声を探す。シャーッというノイズが続き、いかにも生真面目そうで落ち着きのある声が響いてくる。

「日本の同志の皆さん、友人の皆さん、こんばんは。こちらは北京放送局です。北京からの日本語放送をお送りしています。偉大なる毛沢東同志が指導する中国共産党と中国人民は、アメリカ帝国主義とアメリカ帝国主義に盲従する日本軍国主義一派と最前線で勇敢に戦い続ける沖縄人民に親愛なる敬意と深い連帯のメッセージを送ります。今般、中国大陸棚の釣魚島周辺近海を巡り、日本軍国主義者は、破廉恥にも自らの野望を包み隠すことなく、我が物とせん策謀を張り巡らしています。釣魚島と周辺諸島は我が国固有の領土であることは歴史的にも地政学的にも明らかであります。しかしながら、毛沢東同志が指導する中国共産党と中国人民は、沖縄人民がアメリカ帝国主義とアメリカ帝国主義に盲従する反動佐藤傀儡日本軍国主義と決別し独立を果たすならば、釣魚島と周辺諸島を沖縄人民の領土として譲渡・承認する用意があることを明らかにします」

うろ覚えだが、大凡このような内容で短波の北京放送が深夜に流されていた。一九六〇年代末の頃である。へぇー、中国は尖閣列島＝釣魚島を沖縄に帰属させるという気持ちがあったのか。まぁ、沖縄が日本から独立すればという条件付きだったけどね。

琉球之俗　頗諱言兵

私の父親は、沖縄では初の図書館司書だったようだ。随分と古い時代の沖縄県立図書館のことなのだが、そのときの図書館長は、のちに沖縄学の父と称されるようになった伊波普猷（いはふゆう）であった。

父は一九三一年（昭和六年）、全国図書館大会出席のため旧満州へ渡っている。この図書館大会は、「全国」と銘打っているが、実際には「大東亜圏」の、日本、朝鮮、台湾、満州も含めての図書館大会であった。大会が開催された大連は、街中にセントラルヒーティング設備が施され、中心地では全戸が水洗便所完備という具合に、インフラは世界有数を誇っていた。そういう場所で大会が開催されたのはニッポン自慢の一環だったのだろうな。「中国の他の地域との格差は歴然で、東京と比較しても遥かに上を行っていたな」と溜息まじりでの思い出を聞かされたことがある。

大会終了後には旅順、奉天、ハルピンなどの各地を回ったという。大会開催のその年は満州事変が起こり、十五年戦争に突入した年でもあった。

父は、大連の暗闇の埠頭に佇んで衝撃的な光景を目にした。埠頭では苦力（クーリー）と称された港湾労働者たちが、素っ裸で立ち働いていたというのだ。のちに、「シカラッサー、魂（タマシヌ）脱ギタン」と言っていたことを覚えている。「あの光景に驚いて、魂が抜けるようだった」という意味である。未来都市大連の姿に驚愕し、一方では同じ大連の埠頭で牛馬の如く素っ裸で肉体労働をしている中国人の姿に衝撃を受けることに。日本の植民地支配下の大連で現実を目の当たりにしたわけだ。生涯にわたって中国の文化と歴史にシンパシーを持ち続けていただけに、大連埠頭での目撃は終生忘れることのできない光景で、「唐」の国が蹂躙されている姿であったはずだ。

大連の埠頭で中国の衝撃的な一面を目にした父は、あのときから四二年後の一九七三年に再び中国を訪れる機会を得た。そのときは、沖縄県日中友好協会訪中団として加わっていた。肩書は、沖縄県日中友好協会々長で、訪中の際には副団長の役割であった。ちなみに、団長は沖縄県知事の屋良朝苗。

劇的なピンポン外交、ニクソンの訪中後に日中両政府も一気に日中国交回復に舵を切った。田中角栄が訪中し紅潮した表情で毛沢東や周恩来と握手を交わし、やがて、今度はパンダのカンカンとランランが訪日してきた。

父の世代は、沖縄が歴史的にも中国と深い関係にあることを身近で感じ取れる世代でもあった。同級生などにも数多くのクニンダ[★1]出身の友人たちがいた。日常的に、身近で中国を意識していたことになる。父は日頃から琉球中国交流の歴史に深い関心を示し、それ相当の文献にも目を通していた。

全国から、さまざまな団体が競い合うようにして訪中団を組んだ。その中にあって、沖縄の訪中団は格段に厚遇された。そこには琉球と中国との歴史的な関係とともに、沖縄戦と同時に沖縄を強権支配した米軍政下二七年に対し抵抗したという歴史的背景があった。

沖縄の代表団を迎えた中国側のトップは鄧小平国家副主席であった。一八七四年、最後の進貢使が清国へと派遣されてから九九年ぶりとなる沖縄からの代表団の歓迎宴が、北京の中南海で開かれた。

小さな巨人を目の前にして高揚していた代表団副団長宮里栄輝は、ある詩を披露し

★1　那覇市久米村の中国出身者集落で、その構成員のこと。琉球王府から求められて多くの中国人が沖縄に移り住み、王府のリーダーとして仕えていた帰化集団で、現在でも巨大な組織を維持している。

た。

小國之大勢
弱即久存
強即速敗
琉球之俗
頗諱言兵

宴の主催者を前に筆書きにして披瀝した。一七五六年に琉球を訪れた冊封使の副使を務めた周煌(しゅうこう)が、長い琉球滞在ののちに北京へ戻ってから『琉球國志略』という、いわば琉球国派遣レポートを詩に認(したた)めたものであった。周煌はそこで、琉球国民たちの軍事に対する考え方を見抜いている。

「琉球のような小国のあり方は、軍事に関して、国家としては弱ければ弱いほど存続するが、逆に強い武装力国家は存続することが困難である。琉球の人々（国）の考え方は、軍事力を語ることを極端に忌み嫌う」

武力に力を入れて周辺諸国と競うよりも、むしろ軍事的には劣っている方が国家として長続きすると考え、武力よりも外交に力を注ぎ国家間の貿易を盛んにした。

「琉球国および琉球国民は軍備についてとやかく語ることを忌み嫌う」という国家理念を、中国からの使者は読み取っていたのである。

中華人民共和国政治の中枢である北京の中南海での宴席で、父は満を持して、鄧小平に対し「琉球の俗は……」と披露したわけだ。

父は、鄧小平が「好（ハオ）、好（ハオ）」と、応えてくるものと確信をしていたようである。ところが、期待とは裏腹に、「あれは昔の話です」と、あっさり否定をされてしまった、と溜息まじりに話していた。中国が大きく舵を切り出した曲がり角に差し掛かっていると感じたようだ。

雲南に沖縄をみた

「沖縄・中国雲南省少数民族学術調査団」という、なんとも仰々しいような、恥ずかしいような名称の調査団に加わった。沖縄の地元新聞社が呼びかけて、琉球大学の中国史や民俗学研究者、それに沖縄の祭祀取材を重ねる写真家などの十数名で構成され、そこへ祭祀音の録音者として参加した。一九八六年四月のことで、私にとって初めての中国行きだった。

雲南省は、当時としては踏み込むことが難しい地域であった。

その雲南省都の昆明で、腰を抜かすほどに驚いたことが。強盗犯だという数人の男たちがトラックの荷台の上で、後ろ手に縛られている。罪状が書かれたパネルを首から下げられて市中引き回しにされていた。その姿が無残にも市民の目に晒されている。文革で紅衛兵に吊し上げられた「反革命」の要人たちのようで、時代がタイムスリップした感があった。

当時、雲南省内は省都昆明や大理など一部の都市部や、調査取材のメインだった西(シー)双版納(サンパンナ)付近以外は未開放都市・農村部として位置づけられていて、立ち入ることが叶わなかった。その禁を犯すなど大それた考えは毛頭なかったが、結果として禁断の実を食べてしまうことに。

西双版納の祭場へ向かうとき、移動手段だったマイクロバスの車窓から、行ってみたい箇所を密かにチェックしていた。自由行動の日もあったので、回りたいところを物色していた。

そして、これぞという集落を見つけた。確か「勐海郷」という地名であった。バスターミナルを探して「勐海郷」行きのバスを見つけた。未開放集落行きとは言っても、そこで公安警察が警戒しているわけではなさそうだった。未開放というのは、あくまでも外国人はダメよ、というくらいの意味らしかった。

で、無事に目指す場所へ行けた。そして、満足して宿へ戻ることに。帰り方なんて簡単だ。来た道を逆に辿れれば戻れるはず、だった。

簡単に戻れるはずだったが、どこでどう間違ったのか、戻れない。バスの乗り方がわからない。言葉が通じない。手（ティー）ヨー足（ヒサ）ヨー語（手真似語、足真似語）も通じない。パニック状態なのだが、誰彼と尋ねるのもはばかれる。何しろ未開放地区なのだから通報でもされたら問題が生じるかも。最悪、スパイ容疑で拘束などとおぞましい予感さえ頭に浮かんでくる。とりあえず歩きながら打開策を探ることに。少しでもバスに乗った場所へ近付きたい。ヒッチハイクという手もあるではないか。とりあえず、路行く車両に親指を立ててみる。しかし、効果がなかった。親指を立ててみても、果たして通じているのか。まったく通じなかった。絶望的に歩いているうちに、一台の自転車おじさんが何やら声を掛けてきた。「勐海県中心」と紙に書いて見せた。なんだか通じているみたい。自転車おじさんの目が少し笑っているような。「自転車の後部に乗って」という感じかな。重たい録音機材と重たい体重だけど大丈夫でしょうか。自転車の荷台に乗せてもらい、勐海のバスターミナルまで無事に運んでくれた。これが、無事にとは言いがたく、尋常な距離ではなかったうえに厳しい坂道もあったりした。途中から自転車おじさんの笑顔がだんだんと消えていった。あまりの急坂では、おじさんは自転車から降りて引いたりと、大変な思いで運んでくれた。おじさんにとっては日中友好とかは関係のない行為だったはずだ。助かった、本当に助かった。まずは御礼だろうと考えた。やはりこういうときはお金だろうな。一番喜びそうな兌換券を渡したら、全身で断ってきた。そうか、兌換券ではなく普通の人民元が良いのかも、と今度は人民元を差し上げた。すると、それにも激しく拒否をする。礼なんて断固として要らないよ、という感じで、日中友好にヒビが入りそうなくらいに拒絶が続く。それでも無理に、ポケットに押し込むようにして人民元を受け取ってもらった。二拝、三拝では足りず四拝、五拝くらいしてお別れした。それにしても大変な道のりであった。あの地獄で仏おじさんだが、その後の農作業にかなりの支障が出たことだろうな。

兌換券といえば、未開放集落へ向かう前日に、宿近くの市場を散策していたときのこと。持っていた兌換券では融通が利かないので人民元に替えてもらうべく商売している人に声を掛けてみた。すると、たちまちにして人だかりが。我も我もと人民元紙幣と替えたがる。

兌換券を手に入れたい人が、とうとう、こちらの財布に手を、というより無遠慮に指を突っ込んできて兌換券紙幣を親指と人差し指で摑まえている。それが一人ではない。様子を見ていた近くのおじさん、おばさんたち数名も加わり財布に手を入れてくる。兌換券の予約という感じ。一瞬、普通に資本主義的概念からして、財布の中身が奪われるのではと考えた。そうではなく、あくまでも交換したいという指先だけの「乱入」であった。

兌換券は人民元と比較して、実質では数倍の力を有しているとか。友誼商店で通用する通貨であり、そこでは珍しい品が手に入るとのこと。

時間があれば、それと言葉が少しでも通じていたら自転車おじさんへのお礼は少し違っていたかも。自転車おじさんも一緒に市場に行って、そこで兌換券を受け取ってもらい、それを欲する人を交えての三角貿易的にやれば、全員が好(ハオ)、好(ハオ)になったことだろう。そもそも、自転車おじさんに兌換券の価値を説明する能力に著しく欠けていたことが悔やまれる。

雲南省の西双版納は、ミャンマーやビルマと国境を接している地域で山岳部を挟んで傣族(タイ)が居住している。そういう地域での潑水節を見ることができた。

雲を目がけて
発射される竹ロケット。

傣族は水に親しむ民族といわれ、正月ともなれば、福を招く潑水節行事が行われる。行事はそれ以外にも、高昇という竹ロケットを飛ばすというのもある。長い竹の筒に火薬を詰めて飛ばす。空高く雲間に達する飛距離で撃ち込む。ロケットを雲間に達するまで空高く飛ばすのには、雨季を誘導する意味があるように思えた。そこには、雲を刺激して雨雲として孕ませるという願いが込められているのだろうな、と勝手に想像してみた。

瀾滄江(らんそうこう)での舟漕ぎ競争だが、中国の影響を受けた沖縄や長崎でも盛んに行われている。いずれも中国由来というのは間違いない。この舟漕ぎにも高昇と同様な仕草や形式を強く感じた。それはそうだ、生産に結びつく行事であり当然だろう。

祭祀の期間中、方々でやたらと水を掛けられる。綺麗な水だから問題はないのだろうが、ただ、こちらは録音機にマイクなど、水に濡れることで困る機材を持っていて気を使う。普段の録音取材と異なり、やや守りの音拾いになってしまった。奄美諸島の徳之島亀徳にも、農業暦の正月行事として「ネィンケ」という水掛け行事があって、西双版納と同様に若い女性たちや子どもたちが妙にはしゃいで水を掛けまくる。なんだか同じ構図だなぁ。

祭祀と祭祀の合間に、傣族が住む住居を垣間見る機会があった。電気が通ってなくて、室内は真っ暗であった。しばらくすると目が慣れてくる。竈とかを見せてもらった。やはり暮らしの中心となる台所に目がいく。そこに陶器の壺が幾つか置かれている。壺の中には豚肉が塩漬けで保存されていた。なんと、それってスーチカーではないか。生の豚肉を塩漬けして保存する方法で沖縄とまったく同じ。そういえば、そこら辺で自由に動き回っている大きな図体の豚の姿や形が沖縄古来豚と体型も、それと顔までも同じ。けっして美男美女とは言えないが愛嬌はすこぶる良い。

そこら辺を自由に歩き回っている豚は生活の中に溶け込んでいたが、それは鶏も同じ。正月前だと闘鶏が盛ん

になるとか。祭場近くでは、やたらと軍鶏の姿が。ここら辺も沖縄と同じだな。沖縄では闘鶏のことを「タウチー」と言うのだが、あちらでは「ダウヂ」と発音するらしい。

豚とか鶏よりも人がもっと面白い。路行く女性たちの髪型にまたまたびっくり。沖縄でカンプーと称される結髪の形式があるのだが、頭の上に髷（まげ）をつくり、その根元に残りの髪を集めてクルクルと巻き、そこへ簪（かんざし）を差し込み留めるというやり方。幼い子どもを除く女性たちの全てがこういう髪型である。私の母方の祖母がこの髪型だった。最近の沖縄だと、この髪型を見かけない。せいぜい民謡クラブか沖縄芝居か琉球舞踊でしか目にしない。遠く、雲南省の西双版納でこのカンプー姿に出会えて、妙に落ち着く自分がいた。

祭場には臨時の屋台が数多く出ていたが、出店屋台で一番の賑わいは可口可乐（コカコーラ）の販売だった。いよいよアメリカ合衆国が少数民族の集落にも顔を出している、老若男女が群がるようにして買い求めていた。腕いっぱいに梵字の刺青を施した小乗仏教の少年僧たちも可口可乐を不思議な表情でラッパ飲みしている。何か特別な味でもするのか。それでは、とばかりに買って飲んでみた。沖縄のコカコーラとは味が少し違った。東京あたりと同じような味がした。少なくとも沖縄のコカコーラとは微妙に味が違う。雲南で覚えた数少ない「中国語」での「クォーカークォーラー」の発音だけは、いろんな方から、「この発音だけは正しい」とお墨付きをもらっている。

祭祀の音は連日にわたってかなり拾えたのだが、昆明のホテルに戻ってきて面白い音が録れた。なんだか、祭祀の音よりも、人々の日常で発する音が面白い。

ホテル前の小さな公園で、若者たちが何やら大声を出しあっている。二人一組になっての擬似外国語会話のレッスンであった。英会話だけでなく、そこには日本語会話組も数組。

「あなたは、ダレですか?」

「わたしは、タナーカです」

「あなたは、カンコーしていますか?」

「いいえ、わたしはシゴトしています」

驚くほどの大声で会話練習に励んでいる。人は、上昇していくとき、なんとも大きな力を発揮するのだろうが、中国はその頃からずっと大声を出して上昇していたわけね。中国の各省が競うようにして経済発展でしのぎを削っている中で、雲南省は観光「開発」でも遅れをとっていて、さぁ、これからという気概がホテル前の公園から溢れ出していた。それが道路を渡ってホテルの部屋まで届いてくる。

いろいろと祭祀を中心に中国の人々の息吹みたいな音が幾つか拾えた、と思う。強行軍だったが全ての日程を終え、香港を経由して沖縄へ帰るためにある空港で手荷物の検査を受けていた。

活躍してくれた録音機は業務用の精密機器[★2]であり、いつものように手荷物として機内へ持ち込むのだが、X線検査のために機材を検査機に潜らす。録音機が検査機を通り抜けてきて、それを係員がヒョイと持ち上げたところで、なんということでしょう、ガシャンと落としてしまった。悲鳴みたいな激しい音だった。見た目にも明らかに一部が破損している。

係員は「ごめん、ごめん」という感じ。軽い謝罪よりも事故証明書を書いて欲しい。しかし、係員はお役所的に証明書発行を拒んでいる。それは困る、絶対に困る。この機材は事故に備えて保険に加入しているから、事故証明書さえ出してくれれば問題ないですよ、と伝えるのだが。頑なに証明書発行を拒絶している。とにかく証明書だけは書いてくれ。上司まで出てきて、やはり「ごめん、ごめん」。いろいろとやりとりをしていて、こちら側の書類を見せた。書類には保険内容と、録音機の価格も記されていた。当時の中国の給与水準からすれば、アワワ、という数字であったはずだ。彼らはそれを見て、絶句、のち、ブチクン（卒倒）寸前に。それくらいに経済格差があった

★2　スイス製のポータブルオープンリールテープレコーダー。7インチテープを着装・駆動したまま移動を可能にする蓋も取り付けられた特注機材であった。その結果、録音範囲が広がり、常に動き回る祭祀録音などで力を発揮できた。一九八二年、奄美の里国隆による那覇市平和通りでの路上演奏録音を可能にし、CD制作につながったのも、この機材のおかげであった。

時代だったのだ。いよいよ、証明書の発行を拒絶している。ついには空港の責任者まで出てきた。年配の責任者は、さすがに老獪であった。結局は、空港側には直接の責任は問わない、という一筆を入れることによって、やっとのことで事故証明書が出された。

嗚呼、それにしても所有者自己負担分の五万円は痛かったなぁ。保険料とは別に五万円も出費する羽目になったのだから、もう一度、落として完膚無きまでに破壊して欲しかったくらいだ。そうなれば機材が新品で戻ってきたはず。でも、幸いにも、全ての取材日程を終えての事故であった。「不幸中の幸い」というのは中国語ではなんと表現されるのだろうか。「不幸中的幸福」とかだったりして。

尖閣列島わったーむん

〽唐(とー)ぬ世(ゆー)から　大和(やまとぅ)ぬ世
　大和ぬ世から　アメリカ世

ひるまさ替わたる　此ぬウチナー（「時代の流れ」詞・嘉手苅林昌）

琉球王国は約五百年もの間、独立国として存在していた。

琉球は中国の皇帝に対し、朝鮮、越南（ベトナム）、暹羅（シャム）、南掌（ラオス）、緬甸（ビルマ）などの国々同様に朝貢を行なっていた。中国を宗主国として、その庇護の下にあったわけだ。それが明、清の時代と続いた。宗主国からすれば、朝貢する側の国王が死去すると、次期国王として認定・認証するための使者を遣わす。それが冊封使一行であった。逆に、諸国の側からは中国への朝貢のために朝貢使（＝進貢使）を送った。冊封は代替わりのときだけだから回数は限られたが、琉球からの進貢は約二年に一度という割で派遣された。多いときは一年に数回に及んだことも。

琉球から中国福建の泉州、のちに福州へと船は向かうのだが、船旅は約一週間を要した。進貢船は二隻が仕立てられた。航海中での万が一に備えて正使と副使とに船も分かれて乗った。中国からの使者である冊封使一行も正使、副使と二隻に分乗してやってきた。

中国の中華思想は、周辺諸国に朝貢を促す一方で、文化、文明のみならず政治・軍事においては中華を根底に据える必然として、常に周辺国家に対する数多くの侵略を繰り返してきた。朝鮮への侵攻だと、おそらくは数えるのも一苦労するほどの回数に及ぶはずで、家族が前のめりで視聴しているNETFLIXの韓流時代劇ドラマでも、やたらと中国が朝鮮を攻めるシーンが多くてなるほどと思えるほど。

中国とベトナムだと、ベトナム戦争での深い連携はあったものの伝統的に犬と猿の関係（沖縄の言葉だと「犬猿の仲」は、犬猿ではなく犬猫）で、けっして相性は良くない。それは過去の歴史がそうさせているのだろうな。そういう周辺諸国との関係性において、一人琉球だけが不思議な関係を保っていた。

あの頃の琉球と中国との間に緊張関係は感じられない。そもそも双方の力関係に差がありすぎた。とは言え、単に揉み手外交ではなく、中国の体制に対しては懐深く食い込んでいた。

明代における朝貢の数だが、安南（ベトナム）が八九回、朝鮮が三〇回、参考記録ながら日本が一九回で、ちなみに琉球は一七一回と群を抜いている。王朝が代わっての清朝の時代にも一一〇回を超えて進貢使や謝恩使、慶賀使などを送り込んでいる。明・清時代の合計だと三〇〇回近くにも及ぶ。平均して二〇〇人以上の派遣人数であり、延べ人数だと約六万人近くという数字に驚く。凄まじいばかりの人数が海を渡っている。回数が多ければ多いほど経費も莫大だが、それ以上に旨みを伴い大きな経済効果をもたらした。正式な名目は皇帝への御目通りなのだが、実質的には経済活動に勤しんでいた。

琉球は中国から一度たりとも武力侵攻を受けた過去がない。

琉球・沖縄の歴史上、外国勢力が攻めてきたのは過去に二回だけ。一度は一六〇九年の薩摩による琉球侵攻。あと一つが、一九四五年のアジア太平洋戦争末期における米軍を主力とする沖縄戦。いずれの侵攻も圧倒的な火器兵器を駆使して琉球＝沖縄へ上陸してきた。薩摩軍の有していた兵器は、「棒ぬ先(さち)から火(ぴー)」という新型兵器であった。琉球人からすれば想像を絶するような鉄砲という殺傷兵器の前に、なす術もなく敗れ去った。それは連合国軍と日本軍との沖縄戦も同様な力関係であった。

薩摩は巧妙に琉球を支配した。体裁上は独立国家を維持させ、実効支配を心がけた。徳川幕府の鎖国政策の中で、表向き独立国の琉球経由の対中国貿易で独自財政を潤した。

明が琉球に厚遇対応を処した背景には、沿岸部に次々と押し寄せてきた倭寇対策があったという説がある。実際には、まつろわない勢力を倭寇とみなし、抑止力として琉球の存在をダミー的に利用した。それで琉球は特段の処遇を受けることに。

沖縄の人々が、いまなお中国を、遠くを見つめるような眼差しで意識する背景には、搾取なき宗主国と被宗主国との関係があったはずだ。中国は、琉球からの献上品（実質には貿易輸入品）に火薬の原材料となる硫黄を求めたが、琉球に対して前線基地の設置を求めることはなかった。

琉球にとって中国は伝統的に「唐」の国であり続けた。沖縄ではいまなお、「唐」というニュアンスは否定的ではない側面を持つ。否定と肯定を秤に掛けりゃ、肯定に傾く場合がかなり多い。

明や清はパトロンとなって琉球に外航船までも供与し、琉球はそれでもって東南アジア諸国・東アジア諸国を縦横無尽に走り回った。中国の福州（それ以前は泉州）と那覇をハブ港にして、南から北へ、北から南へと交易を盛んにした。いわば国家が総合商社を経営し、大きな富を自国にもたらした。

琉球の先人たちの考え方がここで大きく形成された。琉球は四面を海に囲まれて孤立しているとの考えには至らず、逆に海でもって海外諸国と繋がっているとの思想を創り上げたわけだ。

長い「唐の世」から影響を受けた時代ののちに、全国的な廃藩置県より遅れて「沖縄県」が誕生することに。それから、けっして居心地は良くない「大和の世」。そしてアジア太平洋戦争末期に沖縄地上戦へ突入。一九四五年三月末から、沖縄周辺離島、そして沖縄島に上陸した米軍は即座に米軍政統治を行なった。それが「アメリカ世」で二七年間も続いた。

沖縄のしま唄「時代の流れ」における「唐ぬ世」「大和ぬ世」「アメリカ世」とはそういうことだった。「大和ぬ世」は、「アメリカ世」同様に、けっして肯定的、好意的に詠まれているわけではない。

尖閣列島＝釣魚島を巡って、日中両国は自らの領土であると静かに主張しあっていた。それが徐々に声高になってきたのは島嶼付近に油田が、それも無尽蔵の埋蔵量が見込まれるという調査結果以降だったのでは。いよいよ島嶼近海の潮位が上がり始めていた。

穏やかな海域に波が立ち始めた頃、東京の有明コロシアムで「事件」は起こった。

一九九六年六月二九、三〇日の両日、東京の有明コロシアムでは「復刻！　琉球フェスティバル１９９６」と銘打っての沖縄音楽イベントが行われていた。竹中労が渾身の力と情熱を注いだ一九七四年、一九七五年の「琉球フェスティバル」は、大きなうねりを巻き起こしつつも、収支面や諸々の事情で継続には至らなかった。伝説化した琉球フェスティバルは、それから二〇年間の休眠を経て、知名定男が中心となり大阪・東京で開催された。第二次琉球フェスティバルである。

有明コロシアムでは、二日間で一万五千人もの観衆を集めての開催となった。初日はあくまでも琉球フェスティバルのムートゥヤー（宗家）系の顔ぶれで構成。主なメンバーは、照屋林助、大城美佐子、知名定男、大工哲弘、りんけんバンド、ネーネーズというような面子。これで盛り上がらないわけはない。二日目がオキナワンポップス系で、ディアマンテス、ＢＥＧＩＮ、パーシャクラブ、それにソウルフラワーユニオン、上々颱風という具合。当時でも、このメンツを集めるのは並大抵のことではない。

初日ライブでの歌い手にあって、照屋林助は別格な存在であった。初期琉球フェスティバル時代から常に中心的役割を果たしてきた。九六年の有明ステージでも、出演者と進行役を兼ねていた。

会場はいよいよ大いに盛り上がり、観客はいつでも踊り出す体勢を整えていた。そして、「事件」は起こった。

照屋林助のしま唄歌謡に交えての沖縄歌謡漫談は会場をますます盛り上げていく。ここで奇妙な時差みたいなものが起こりつつあった。

照屋林助の発する言葉が非沖縄人を置いてきぼりにして進んでいく。約半分の観客の笑いがどうしてもウチナーンチュたちよりワンテンポ遅れての反応にならざるを得ない。照屋林助そのものが会場内のノリのリズムを摑みきれないでいるような。

幾つかのオリジナルな歌を披露しつつ、語りでも会場を沸かしていた。そして、ひょいと、ある曲を披露し始めた。

当時、沖縄では台湾漁民による釣魚臺諸島＝尖閣列島上陸がニュースになっていた。台湾漁民は島へ果敢に上陸して、海鳥の卵を収穫していたのである。沖縄側と台湾側の漁民たちは競合する漁場の関係で顔見知りもいたというが、沖縄側の一部漁民からは不安ではなく不満が伝えられていた。とは言うものの、まだまだ牧歌的とも言える時代であった。

尖閣＝釣鱼岛問題は、日本国と中国の領有・帰属と認識されているが必ずしもそうとは限らない。台湾側もかなりの頻度で、釣魚臺周辺は台湾の領土と主張していた。その主張は現在でも変わらない。

そして、時代を重ねるうちに、いつの間にやら尖閣列島＝釣魚島＝釣魚臺周辺島は漁民たちにとっての海産物宝庫の海から、軍事的な火薬庫の海になっていった。

一、〽ハーイ　ハイサイ　ハイ　島ぬ二才達（にーせーたー）
　ちぶいかなぎてぃ　かにまぁさな
尖閣列島　我達物（わったーむん）
　魚釣島や　我達物
イーグン島や　我達物
　ハーイ　ハイサイ　世界ぬ二才達
沖縄（うちなー）ぬ物どーやー
　琉球（りゅうちゅう）ぬ物どーやー

と、歌の一番を唄い終えたところで、照屋林助は突如として歌を止めた。

この歌には固有名詞が多く登場するし、沖縄の言葉で謡われているので簡単に歌意を紹介してみる。

「ヤッホー、沖縄の若人たちよ、みんな元気かい。気合いを入れて着ている服を捲し上げて、さぁ、声高らかに宣言しようじゃないか。尖閣列島は我々のものだーっ。魚釣島は我々のものだーっ。イーグン島（尖閣の総称）は我々の島だーっ。万国の青年たちよ、所有者は沖縄だからね、琉球だからね」

という感じなのだが、実際には一番で止まってしまったから、それ以降の意訳だけでも記しておこう。次のように続くはずだった。

「石垣島と尖閣は海底では繋がっていて不離一体なのだよ。海の底の魚たちも俺たちのものだじぇ。琉球では久場島のクバは聖なる植物さ、弥勒の世をもたらしてくれるし、島々は神々からのプレゼントだよ」

なんとも徹頭徹尾、沖縄ナショナリズムで覆い尽くされ貫かれている。

「尖閣列島わったーむん」の作詞者は新屋敷幸繁（しんやしきこうはん）。新屋敷幸繁は、国文学者で詩人で沖縄大学の学長を務めたが、それ以上にコザ的有名人として知られていた。作曲者の照屋林助ともどもミスタークジャー（コザ）的自由人であった。

「尖閣列島わったーむん」は、会場から大きな笑いと少しの拍手が。最初に反応した笑いと拍手は沖縄出身者たちに違いない。それにつられて、時差はありながらも会場中が笑いと拍手に包まれた。照屋林助は、一番を唄ったところで、こう言った。

「どうして、皆さんは拍手するの？　尖閣列島は我達物（わったーむん）と言うておるでしょう。皆さんは日本の人でしょう。尖閣列島は沖縄のモノって言うておるのに」と。

会場の反応が大きく分かれた。約半分がシーン、残り半分が爆発的な拍手と沖縄人と奄美人特有のフィーフィー小（グヮー）。指笛が有明の夜空を切り裂くように鳴り響いた。会場では、「シタイヒャー、ヤンドー、ヤンドー（その通り、そうだ、そうだ）」、と、ふるへた人も、多かったに違いない。

沖縄で、米軍や米兵たちが事件や事故を起こすたび、政治家たちは、「今後とも沖縄に寄り添いたい」と言う常套句を吐き続ける。仮想敵国が発射するミサイルを撃ち落とすために、山口と秋田に配備するはずだったイージス・アショアはいつの間にか立ち消えになり、その中古代用品が与那国島、石垣島、宮古島、沖縄島、奄美大島へ寄り添うように配備されている。あのとき、有明の夜空に轟いた笑いとフィーフィー小は、沖縄の人間が嵐を予感する生暖かい南風だったのかもしれない。

自由・平等・豆腐

――豆腐伝道師・李石曾をめぐって

二村淳子

［にむら・じゅんこ］
静岡県東部に生まれ育つ。昔はライター、今は比較文化研究者。専門は、東アジア藝術、フランス元植民地文化、飲食文化など。主な単著に、『ベトナム近代美術史』（原書房、木村重信民族藝術学会賞受賞）、『フレンチ上海』（平凡社）、『クスクスの謎』（平凡社）、『常玉SANYU 1895-1966モンパルナスの華人画家』（亜紀書房）など。現在、関西学院大学教授。

南丫(ラマ)島の豆腐花(トウフファ)(香港)

一九九七年の香港。「返還」のカウントダウンが始まる少し前のこと。私は、香港島からフェリーで二〇分ほどかかる南丫(ラマ)島に、後に私の夫となるフランス人と住んでいた。彼は、当時、アジアのオルタナティブ・カルチャーや芸術シーンを紹介する『TOFU(豆腐)』を立ち上げ、編集に忙しかった。「なぜ豆腐?」と聞くと、「美味いし、なんとなくアナーキーだから」と彼は答えた。特に深い理由はなかったようだ。

南丫島といえば、ハイキングやビーチで有名な小さな島だ。ウミガメも産卵に来るというだけあり、浜辺は静寂だった。都会の喧騒を嫌い、この島に居を構える駐在員が増え始めたのが一九九〇年前後だった。静かな漁村だった榕樹湾の入り江には、カフェができ、本屋ができ、バーができ、外国人コミュニティができ上がっていった。

昔から住んでいる島人たちと、新しい島人は上手く共生していたように見えた。その外国人のひとりに、友人のジャーナリストのSがいた。Sはフランスのマスコミではちょっと知られている人物で、パリのバスティーユ街でアナキスム専門出版社兼書店を経営している。Sは、この南丫島をいたく気に入り、一年の約半分をこの島で、残りの半年をパリで過ごしていた。

そのSの好物が南丫島の豆腐花だった。店は、むかし、日本軍が神風洞として籠っていた場所から遠くない場所にある。私たちは、よく、その豆腐花を作るおばあさんのお店にぶらぶらと歩いて行った。週末にしかオープンしないこの甘味店は、巨大なガジュマルの樹に日よけ布を括り付け、その下に小さな机と椅子を出しただけのお店だ。露店というよりは、大きな屋台といったほうがいいだろう。「南丫島特産・香滑清甜」と達筆で書かれた看板は懐古的で、メニューは、黒蜜がかかった「豆腐花」ひとつだけ。巨大なガジュマルの樹の緑陰は、真夏でも涼し気で、想像以上に暗い。胡麻色の髪を後ろにひっ詰めたおばあさんが作る豆腐花は、その緑陰から差し込む木洩れ日で妖しく煌めいていた。

ふんわりとした温かい豆腐の優しさ、舌の上でとろける口どけ、控えめな黒蜜の味。かすかに海風の香りがする、南丫島の田園でいただく豆腐花は、一言でいえば「楽園の味」だった。もちろん、それが「南洋オリエンタリズム」的な官能であることは承知だ。だが豆腐花の前では国籍など関係ない。香港人も、英国人も、大陸人も、この豆腐花の前では笑顔だった。

ある日曜日、この豆腐花店で、台湾から来たという上品な物腰の老紳士と同席した。私の連れ二人がパリから来たと知ると、このご老人は、「二〇世紀の黎明、ある華人が豆腐工場をパリに作った」と私たちに教えてくれた。その時は、私も夫も、Sですらも、それが李石曾だったとは知らなかったし、李がアナキストだったということも知る由はなかった。老紳士は、きれいな北京語でこう言った。

「中華民国にとっては、豆腐は、特別な食べ物なのです」

美麗都(ベルヴィル)のしょっぱい豆乳(巴黎(パリ))

香港が「返還」されてしばらく経ち、私たち三人は、パリに戻った。よく集ったのは、パリ東部にあるベルヴィルだった。ベルヴィルといえば、中華街(で、ユダヤ街)。北側は温州系の、南側は潮州系の小さなレストランがいくつも並ぶ地区(カルティエ)である。ここでの私たちの定番は、鹹豆漿(シェンドウジャン)だった。いわゆる「しょっぱい豆乳」だ。日本では、台湾名物として知られているが、もとは潮州のものだったらしい。ハノイで生まれたという潮州系華僑のオーナー陳さんが作る鹹豆漿は、お酢をかけてふんわりと凝固させ、ザーサイと胡麻油で味付けし、最後に大量のパクチーを入れる南国風のものだった。豆腐は「にがり」で固めるばかりだと信じていた私には、酢で固める柔らかな豆腐は「目から鱗」だった。

そのころ、Sは「労働廃絶論」（一九八五年）を唱えたボブ・ブラックら、米国のシチュアシオニスト系アナキストと密に交流をしていた。「労働が不幸の始まりだ。労働を拒否することは、国家を拒否することになる」と、Sは口を開けば私たちに言う。ボブ・ブラックは、弁護士でもあり、言葉を操るのが上手い。そんな彼の入れ知恵なのだろうが、「働くことはよくない」と、Sは、両手で油條をちぎって鹹豆漿に入れながら、真剣に主張する。夫は、マルクスの婿であるポール・ラファルグの『怠ける権利』を引き合いに出しながらSに大いに賛同していた（今考えると、私の夫が働いてくれないのは、Sやブラックのせいだと思う）。

Sは、小柄で、決してハンサムではないが、男性にも女性にも人気があった。いつ

も直感的に行動し、天才的なビジネスセンスを持つ。自営業なので仕事ジャンキーと形容できるほどに働いていたわけだが、本人曰く、「遊んでいる」のだという。そのSが「労働をするのはマヌケだ」と真顔で言う度に、お店のオーナーの陳さんは、控えめに苦笑いを浮かべた。

この陳さんは、五ヶ国語を話す、少し彫りが深い端正な顔だちの人だ。マルグリット・デュラスの映画に出てきそうなすらりとしたシルエットの中年アジア人男性で、いつもアイロンが完璧にかかった白いシャツを着ている。陳さんは、私たちに、潮州系華僑の豆腐の食べ方や、ハノイのブンダウという厚揚げのこと、そしてパリ北西の郊外にあった件の豆腐工場のことを教えてくれた。

「パリの郊外、コロンブにあった豆腐工場ですね。中国からフランスにやってきた留学生たちは、あの豆腐でたんぱく質を摂り、同時にホームシックを癒していたのです。私の祖父は、その豆腐工場の株主のひとりでした」誇らしげに彼は言う。

「その工場、どこにあるのです?」間髪を容れずに私は尋ねた。

「残念ながら、今はもうありませんよ。工場を作ったのは、国民党のトップだった人物だと聞いています。なんでも、あの鄧小平も豆腐工場で働いていたとか、いないとか……。あの豆腐工場がなければ、私たちパリの華人たちも、今ここにはいなかったでしょうし、この鹹豆漿をフランスで食べることもなかったでしょうね」

カビだらけのトリコロール豆腐（上海）

二〇〇二年の一一月、私はパリから上海に移り住んだ。私が暮らした上海のフランス租界の南昌路は、昔はヴァロン街（Route Vallon）と呼ばれていた。かつてのヴァロン街は、文化の一大中心地で、アールヌーボー様式のフランスの中学校があり、アリアンス・フランセーズがあった。裏手を進むと、乳製品の低温殺菌法発見で知られるパスツール研究所のモダンな建物がそのままにある。画家の林風眠が、かつて住んでいたのもこの通りだ。

二一世紀になっても文化の香りがする一画で、アルジェリア系フランス菓子パルミエ（日本でいう源氏パイ）や、ポルトガル風の菓子（ロールケーキや蛋撻）などが買えるパティスリもある。当時、気ままにひとり暮らしをしていた私のお気に入りのおやつは、塩麹に漬けて発酵させた豆腐「豆腐乳（トウフルー）」をフランスパン「バゲット」に塗ったタルティーヌだった。キリー・チーズが恋しくて、この豆腐乳にたどり着いたのだ。豆腐乳が、こんなに美味しいクリーム・チーズになるとは想像すらできなかった。私のなかでは、完全にキリーを凌ぐ美味しさだった。

そのうち、私は、ずぶずぶと「豆腐乳」沼にハマっていった。おかゆに入れたり、ポテトサラダに入れたり。上海人が好きな、青麹を使う「臭豆腐」も好きだったが、度肝を抜かれたのは、上海名物「鼎豊腐乳(ディンフォンフールー)」だった。色が赤いのは紅麹を使っているからと聞いた。これで青菜などの野菜を炒めるとごはんに合う。★1 また、市場で、白いかびをはやした豆腐「毛豆腐」が売られていたのを見たことがある。まだ食べたことがないのだが、見た目はカマンベール……というよりも、むしろ、綿菓子！　白カビでフワフワなのだ。

豆腐乳と同時に、フランス国立図書館の電子版にハマっていたのもこのころだった（パリ一三区に行かなくても、世界のどこからでもフランス図書館の蔵書を読めるのだから素晴らしい）。結局、あの伝説のパリの豆腐工場の主に出会えたのも、この電子図書館のなかだった。

その人物の名は、李石曾(りせきそう)（Li Shizeng）。★2 台湾では、彼は、張静江・呉敬恒・蔡元培とともに国民党・四大重鎮のひとりとして敬われているという。だが、フランスにとっての李は、何よりもまず豆腐伝道師であり、また中華アナキストであった。

★1　味は、沖縄の「豆腐よう」に似ている。

★2　一八八一〜一九七三年、名は煜瀛、字は石曾。

この豆腐屋・李は、二〇歳の時に駐仏公使の孫寳琦に従いフランスへと渡航し、ソルボンヌとパスツール学院で農学および生物学を修めたという。一九〇七年、李は大豆ラボ「巴黎遠東生物研究会（Société biologique de l'Extrême-Orient）」を立ち上げ、翌年の一九〇八年にはベンチャー企業「豆腐公司」を創設する。[★3] 工場は、アルジャントゥイユの対岸にある小さな町、コロンブにあった。李は工場で働いていた中国人スタッフのために「夜学」を開き、フランス語・農学・生物学を教えていたという。これが、後に、民国期におけるフランス留学ブームを生むことになる。

上海南昌路の書斎で、右手にPCのマウスを、左手に豆腐乳を塗ったバゲットを手にしていた私は、「間違いない、この李石曾こそ伝説の豆腐屋だ」と狂喜した。このもっと彼を知りたいと思ったのは、この

★3　豆腐工場の仏語名はUsine Caséo-Sojaïne（ユジンヌ・カゼオ・ソジャイン）。カゼオ・ソジャインとは、乳製品に含まれるたんぱく質「カゼイン」と大豆（ソジャ）からなる造語。

パリの北西、コロンブにあった
豆腐工場「カゼオ・ソジャイン」。
労働と並行して科学・語学を学ぶ
ワーキングホリデイの先駆となった。

豆腐屋がアナキストであり、豆腐で世界を改革しようと夢見ていたからだ。

肉から豆へ、料理と思想の「翻訳」（台北）

二〇〇七年、私は台湾に三回赴いた。華人画家・常玉[★4]の作品を研究することが表向きの目的だった。

台北の国立台湾歴史博物館で常玉画伯の作品を調査させていただき、その足で、国立台湾図書館に走った。もちろん、豆腐博士・李石曾資料を閲覧するためだ。台湾には李石曾の弟子や家族などもおり、李に関する文献が少なくない。楊愷齢の『民國李石曾先生煜瀛年譜』によれば、李がアナキスムに出会ったのは、どうやら一九〇五年のようである。ちなみに、この年は、幸徳秋水がアナキスムに出会った年でもある。

さて、「アナキスト」というと、創造のための破壊を繰り返し、暴力をふるうヤバい暴れん坊を想像してしまう読者も少なくないだろう。国家という「権威」はできるだけ小さいほうがいいという主張や人間の相互扶助を主張することは、筆者には健全に思える。どちらかというと、日本では、ダークな烙印を押されているが、品行方正

★4　常玉は、現在、アジアで最も高額で取引されている画家のひとり。かつて東京都文京区に住み、川端画塾で学び、そしてパリで活躍した。

なアナキストのほうがむしろ多いのではないか。一九世紀から二〇世紀初頭にかけて、実に多くの芸術家や文筆家がアナキスムに染まっていたわけだが、トルストイ、ガンジー、ソローのように、「聖人」のような平和主義的アナキストも多く存在した。李は、留学先のフランスの学校で四番目の成績で卒業し、多くの貧困学生を経済的に支援し、禁酒・禁煙・禁肉・禁蓄妾と、厳格な生活を送っていた。かなり身持ちのいい人だったという（しかしながら暗殺計画に加担したという噂もある）。

また、李石曾が菜食主義者になったのは、エリゼ・ルクリュ（Élisée Reclus 一八三〇〜一九〇五年）らフランスのアナキストたちからの影響も少なからずあったようだ。フランス革命を起こす思想的要因を作った啓蒙思想家たち（ルソーやヴォルテールら）も、多くはベジタリアンだった。菜食主義は平等のシンボルであり、豆腐とアナキスムという思想は、李石曾のなかでは延長線上にあったわけだ。ルクリュやクロポトキンにとってパンが平等のシンボルだったように、李たちにとっては、豆腐こそは「打倒封建制」のための合言葉だった。

かくして李は、中国における「素食会（ベジタリアンの会）」の発起人となる。そして、「弱肉強食の社会では、平和な世界を実現することは不可能だ」と語った。「命ある動物の肉を食べることは獰猛で愚かだ。［…］誰もが殺し慣れ、しかも無限に殺し続ける肉食社会では平和な社会を実現できない」[★5]という李の言葉は、彼の敬愛したエリゼ・ルクリュの言葉とぴったり重なっている。

図書館を後にした私は、李石曾が生涯にわたって愛していた「素食（菜食料理）」なるものを食べようと、素食専門レストラン「蓮香齋」に向かった。この店は、私にとっては、ベジタリアンという概念を覆す衝撃の店だった。台湾は「翻訳天国」で、あらゆる国の書籍の翻訳が手に入る。それは、そのまま料理にも当てはまっていた。つまり、動物性のものをすべて植物性に置き換えるという食の「翻訳」が天才的なのだ。しかも、オリジナルを超えた美味しさと栄養。その素食料理の鍵を握っているのが大豆製品である。今ではスーパーでも簡単に入手できる大豆ミートの類。「湯葉」の類のもの。「素鶏」なる、鶏の胸肉のような触感の押し豆腐。おかゆに入れると美味しいでんぶ、「素肉松」。私は、この「素肉松」の饅頭を食べながら、「汝、すべての生き物を殺し、傷つけてはならない」という老子の言葉を思い出した。そう、老子様もベジタリアンだったではないか。釈迦牟尼様もそうであった。精進料理のなかの仏教の戒は、豆腐博士・李石曾の言葉に連なる。

クロポトキンや、エリゼ・ルクリュのアナキスム書籍を翻訳するだけではなく、肉料理やフランス革命までも翻訳してしまうのが李石曾という豆腐屋アナキストの本質

★5　楊愷齢（撰）『民國李石曾先生煜瀛年譜』、九六頁。

なのかもしれない。

幻の「東京納豆」（東京）

二〇〇九年、東京。私は墨田区の京島に住んでいた。スカイツリーはまだ生えてない。近所には「鳩の街」という昭和な商店街があり、いくつもの豆腐屋が健在だった。ライターの仕事をやめて急に貧乏博士課程学生になった私は、肉が買えず、ほぼ毎日豆腐と納豆を食べていた。

テレビもないし、雑誌も読まないし、ゲームやSNSにも興味がなく、映画館にも行かなくなった私の楽しみは、李石曾が編集した『新世紀（*La Tempoj Novaj*）[★6]』を読むことだった。この雑誌は、辛辣に清王朝を批判しているアナキスム雑誌だ。李石曾らが、啓蒙思想を梃として起きたフランス革命に倣い、自由・平等・平和を謡っていた彼らの情熱が手に取るように伝わってくる。帝国主義への反対、国家という権力の否定、西洋科学の紹介、女性解放の提唱、社会革命の礼賛。パリで刷られた雑誌『新世紀』は、海を渡って、上海を中心に中国に流通された。民国期のインテリ青年たちは、

★6　李の作っていたこの雑誌は、ジャン・グラーヴが主宰していたパリのアナキスト雑誌“*Les Temps Nouveaux*”の姉妹紙であり、編集部はパリのカルティエ・ラタンの同じ建物内にあった。もちろん、「新世紀」は、Les Temps Nouveaux の中国語訳である。

どのような思いでこの雑誌を読んでいたのだろう。

こうしたアナキスム雑誌の出版に並行して、一九〇九年、李は、パリでの豆腐作りを開始した。しかし、なぜ、クロポトキンやエリゼが「麺麭(パン)を奪え！」と言っているのに、李は豆腐なのか。信仰しようが、しまいが、文化・歴史的背景にユダヤ・キリスト教文明を背負っている西洋人たちにとっては、パンとは、霊的な糧（イエスの体）である。漢字文化圏においては、豆腐がそれに相当するのだろう。『淮南子』にそのルーツを遡ることができる（と信じられている）豆腐は、もともと、煉丹術（仙人になるための薬）にルーツがある。淮南の王である劉安が不老不死の薬を作ろうとして、たまたまできてしまったという豆腐は、もともと桃源郷的なパラダイスと結びつきが強い食べ物だ。争いのない「楽園」を実現すべくアナキスム運動に身を投じた李が、麺麭よりもむしろ豆腐を選んだのは、彼の背負っている文化背景を考えれば、当然だったともいえるだろう。

一九〇九年六月、このパリ郊外コロンブの煉瓦作りの豆腐工場に孫文が訪れ、次のように日記に記している。


フランスに留学した私の友達の李石曾君、彼はパリで豆腐公司を立ち上げた。農

学を修学し、大豆に注目、肉の代わりに豆食を提唱している。★7

「パンがなければケーキを食べればいいじゃない」ではないが、「肉がなければ大豆食を食べればいい」というのは、当時の私の状況そのものであり、李石曾と孫文が、まるで私の苦学を応援してくれているような温かい気持ちになった。

さて、李は、豆腐工場で豆腐ばかりを作っていたわけではない。フランス語で書かれた李の著書によれば、李は、世界初の豆乳の特許（英国特許第30275号）、豆腐チーズの特許（第30351号）、大豆チョコレート特許（フランス特許第428719号）、大豆コーヒー特許（フランス特許第433986号）を取得している。

特許で得た資金で革命を準備するなんて、なかなかのビジネスセンスの持ち主だ。大豆パン＝sojapain（ソジャパン）（soja + pain）、大豆珈琲＝sojafé（ソジャフェ）（soja + café）、大豆ハム＝sojabon（ソジャボン）（soja + jambon）などという商品名も、とってもキャッチーでかわいい（やはり、李は、翻訳の天才だ）。

また、李は、「ひきわり」ではない無塩発酵の納豆を、「日本の関東圏で作られているタイプ」と紹介し、「東京納豆（Tokio-natto）」と名付けている。もしも第一次世界大戦が勃発しなかったら、「東京納豆」はパリで販売されていたはずだった。

★7　孫文『孫文学説』、八〇頁。

「シポネ」料理店の老豆腐（イヴリー・シュール・セーヌ）

二〇一七年、私と夫、そしてSは久々に再会した。パリの郊外、イヴリーで中国人が経営する日本料理店で私たちは食事をした。Sはユダヤ系なのだが、ユダヤの食事制限「コーシャ」に対応したコーシャ寿司を嫌っており、食に制限を課すことはしなかった。Sは、中国人経営の日本料理店を「Chiponais（シポネ）（シノワ＋ジャポネ）」と呼んでいた。日本でも中国でもない第三の料理だという。確かに、シポネ料理も、また一種の翻訳料理なのだろう。

日本人やフランス人のなかには、「シポネは、〈和食〉[★8]ではない。〈偽ジャポ〉だ。けしからん！」と憤慨する人も少なくない。だが、お醤油だってお豆腐だって、フランスにおいては李先生が伝道したものだ。実際、李たちの作った豆腐や醤油の一部は、日本料理店にも卸されていたようだ。一九〇八年から一九一五年までの間にパリにいた邦人たち（例えば、藤田嗣治、島崎藤村、与謝野夫妻など）は、李たちの豆腐や醤油を食したことがあるのではないだろうか。とにかく、パリの日本料理店は多かれ少なかれ、李

★8 「和食」は一九八〇年代後半に造語された新しい言葉であり、「日本料理」とは異なるニュアンスを持つ（カタジーナ・チフィエルトカ『秘められた和食史』新泉社、二〇一六）。

たちの大豆製品の恩恵に浴していたはずである。

私たち三人は、シポネ料理の味噌汁を美味しくいただいた。小さな立方体の木綿豆腐が入っていた。絹ごし豆腐に慣れている私には、感触が粗いと感じる。でも、大豆本来の味があり、悪くない。中国では木綿豆腐を「老豆腐」と呼ぶ。クラシック中のクラシックな豆腐なのだ。

李の豆腐工場は一九三〇年代に閉鎖され、七〇年代には建物も解体されてしまった。しかしかつて李石曾たちが作っていた青かびのロックフォール風味豆腐チーズは今でも食べることができる。ヴィーガンたちによって再現され、売られているのだ。その味は、李の雑誌『新世紀』のようなセンセーショナルな刺激に、上海のあの乳腐の奥行が感じられる。口蓋に残る余韻には、エリゼやクロポ翁なユマニテの味が響いている。

「美味いし、なんとなくアナーキー」という理由で、自分の雑誌を『豆腐』と名付けた夫の第六感は正しかったと思う。シポネ寿司を美味しそうに食べている夫を、私は少しだけ誇らしく思った。

お勘定を済ませてシポネ料理店を出ると、お金を無心してくる若いホームレスたちがいた。ホームレスのひとりは、古ギリシア語辞典を小脇に抱えていた。インテリ貧乏たちであった。

二〇二三年八月。コロナ禍が明け、私と夫は、李石曾がかつて住んでいたという、モンタルジの小さな家を訪れた。彼の自宅は、何の変哲もない家だったが、驚いたのは、コロナ禍でこの町がシャッター街と化してしまっていたことだった。ちょっとしたショッピングを楽しんだり、友人たちとランチをすることは、多くの人々にとっては「贅沢」になってしまっていた。コロナ禍後、世界中で階級間格差がますます広がってしまったことを実感した。たった一％未満の超富裕層が世界のおよそ四割の資産を独占し、世代を超え、その階級所属は固定化されてしまっている。若者たちの未来が閉ざされつつあるといっても過言ではないかもしれない。

今こそ、豆腐が、世の中に必要なのではないか。

文献

石川 洋（二〇〇一）「『新世紀』の李石曾――公と進化のアナキズム」『中国哲学研究』、一六号、三七‐七四。

La Novaj Tempoj（『新世紀』）（1907–1910）. Paris: imp. De la libératrice.（フランス国立図書館電子版Gallicaには一九〇八年のみ収められている。創刊号から七七号までは、大安出版の影印版『中国資料叢書六』のなかに収められている）。

Li, Y-Y., & Grandvoinnet（1912）. *Le soja: Sa culture, ses usages alimentaires, thérapeutiques, agricoles et industriels.* Paris: Augustin Challamel.

Reclus, É.（1905–1908）. *L'homme et la terre*(6 vols.). Paris: Librairie Universelle.

Scalapino, R. A., & Yu, G. T.（1961）. *The Chinese anarchist movement.* Berkeley, CA: University of California.（丸山松幸（訳）（一九七〇）『中国のアナキズム運動』紀伊国屋書店）

Shurtleff, W., & Aoyagi, A.（2011）. Li Yu-ying（Li Shizeng）: History of his work with soyfoods and soybeans in France, and his political career in China and Taiwan（1881-1973）. Soyinfo Center（8 June 2011）〈https://www.soyinfocenter.com/pdf/144/LiYy.pdf〉（二〇二四年二月二五日閲覧）

嵯峨 隆（一九九〇）「民国初年におけるアナキズム——第一世代を中心に」『アジア研究』、三七巻、三五–七〇。

嵯峨 隆・坂井洋史・玉川信明（編訳）（一九九二）『中国アナキズム運動の回想』総和社

孫文（一九二二）『孫文学説』莘強印書局

楊 愷齡（撰）（一九八〇）『民国李石曾先生煜瀛年譜』臺灣商務印書館

インタビュー

中国〜アジア、地べたの音楽家どうしの交流

大友良英

山本佳奈子（聞き手）

［おおとも・よしひで］

一九五九年生まれ。映画やテレビ番組の音楽を数多く作りつつ、世界各地のノイズや即興演奏の現場をホームとする音楽家。ギタリスト、ターンテーブル奏者。音楽と美術のあいだのような作品から、一般参加型のプロジェクトまで多数手がけている。九〇年代より音楽によるアジア各地のネットワークづくりにも奔走。二〇〇五年にはアジアン・ミーティング・フェスティバルをスタートし、この活動は現在も続く。東日本大震災以降は故郷の福島でも活動。二〇一二年芸術選奨文部科学大臣賞芸術振興部門受賞。二〇一三年NHK連続テレビ小説「あまちゃん」の音楽でレコード大賞作曲賞受賞。COVID-19のパンデミック収束後は、再び世界中を駆け回る日々を送っている。

〈http://otomoyoshihide.com〉

――北京での一九九九年のインタビューが、中国の雑誌に載ってたので持ってきたんです。これ、内容覚えてますか？

（写真を見て）若いなオレ。内容は全く覚えてない。やばいこと言ってる？

――いや、驚いたことがあって。インタビュアーの顔峻（イエンジュン）[★1]が、「グラウンド・ゼロ[★2]の『革命京劇』[★3]には素材として中国の音が使われているけど、中国の文化には詳しいんですか？」と尋ねてます。それに対して大友さんがこう答えていて。

中国文化を深く知ってあの作品をつくったわけではなくて、あれは個人的な体験に基づいてつくってる。文革が起こった当時は、まだ若かったし「これは本当に素晴らしいことが起こってるんだ」って信じてた。左派思想の人たちと仲良くなって左派の影響も大きく受けてたし。当時、日本のアンダーグラウンド界隈は左派が多くて、一部の人たちはそのまま左翼活動に入っていった。そういうのを若かった頃に見てきたのが、自分の体験。でも、大学生になって音楽社会学を研究しはじめて、日本の戦後のポップスを調べたり、

★1　蘭州出身、北京在住の音楽家で詩人。二〇〇〇年代前半まではロック音楽批評家として活躍したが、二〇〇〇年代中頃に音楽批評を辞め、自ら音楽を演奏するようになった。

★2　一九九〇～一九九八年まで活動した大友良英のバンド。

★3　一九九五年にリリースしたグラウンド・ゼロによるアルバム。後述される、革命模範劇の音声をコラージュして創作されたハイナー・ゲッベルス&アルフレッド・ハルトによる「ペキン・オペール」を、さらにコラージュしている。〈https://groundzone.bandcamp.com/album/revolutionary-pekinese-opera〉

さらには文革がいかに中国の音楽を変えてしまったのかということも理解するようになった。中国で何が起こっていたのかを知っていくと、左翼にもがっかりしてしまって。政治はいつも善悪を分けて人を対立させるけど、でも、生きていくことって、そんな単純な要素で割り切れるものじゃない。[★4]

はい、だいたいそういうことを言ったと思う。ちょっと時代背景が違うというか、文革の頃は小学生だったんで、文革がなんなのか当然わかるわけもなく、後から知ったってこと。あと、間違ってるのは「戦後」じゃなくて「戦時中」の日本のポップスを調べてたのよ。「太平洋戦争下の日本の音楽統制」っていうテーマで研究して、論文も書いた。オレ、ニセ学生だったんだけど、当時の明治大学商学部の優秀論文に選ばれて、論文集にも載ってるよ。すごいよね（笑）！

――えー！　ニセ学生って、モグリですか？

そう、モグリ。オレね、明治大学の二部文学部[★5]に入ったんだけど、ジャズ研の部室には通ってても授業には全く出てなかったの。ジャズ研の先輩に民族音楽の授業を受

★4　「I Hate My Past――大友良英訪談」『摩登天空 Vol.4』（国際文化交流音像出版社、一九九九）二〇頁（日本語訳は聞き手による）。

★5　当時の二部文学部は夜間。

★6　えばとあきら（一九三二〜二〇一二）：地理学者であり民族音楽研究者。

けている人がいるって聞いて、「民族音楽の授業があるの!?」と思って受けに行ってみた。それが江波戸昭教授[★6]が担当してた民族音楽研究のゼミ。商学部の授業だったんだけど、他学部聴講とかそういう制度を全く知らなかったから、正式に授業として取らずにただ通ってた。先生も「毎週来い」とか言ってくれて。そのうち論文も書いて出したら、その年の商学部の優秀論文に選ばれちゃって。オレは商学部じゃなくて二部文学部で、しかも、辞めかけてたのにね。先生は「誰も調べないからこのまま出すぞ」って言ってて、確かに、誰もちゃんと調べないんだよ（笑）。でもオレ、江波戸先生と話すのがもう楽しくて楽しくて、最終的には先生ん家に居候までしちゃうんだけど。あの頃は結構真面目で、人生で唯一、図書館に通った時期だったね。

ただ、そのときに得たものが結構多い。それまでは、「戦時中の音楽界の人たちは、嫌だったけどしょうがなく、上の人から強制されて音楽を変えていったんだ」って思ってた。けど当時の音楽界の人たちの記録や日記を読んでいくと、実は、自ら進んで変えていってるんだよね。それが衝撃だった。正義感をもったときに自ら進んでそうなっていくことを知って、「正義感ってやばいんだな」って。戦争が終わると、正義感でやってた山田耕筰が戦犯になる。すると、音楽界のみんなが山田耕筰を責めるわけ。「いや、みんなやってたんじゃないの？」って思うんだけど。音楽そのもの自体の変化よりも、そういう音楽と社会の関係を調べてた。その論文を書いた後、次は文化大革命のもとで起こった中国音楽の変化を調べようと思ってたんだけど、それは半端に終わった。どうして中国だったかというと、大学生だった一九八一年、初めて中国に行ったのがきっかけかな。

初海外は一九八一年の中国

——一九八一年！　それは、どういうきっかけですか？

江波戸先生の調査団にくっついていった。経済学と民族音楽学の先生たち何人かと学生が一緒に行く修学旅行みたいなもんで、調査旅行。場所は海南島。オレ、その学部の学生でもないのに、ついていっちゃった（笑）。まだ海外に行ったことなかったし、「すごい行きてえ！」って思って。

——実費ですか？　当時の旅費は高そうです。

実費。でもお金ないから、「電話を部屋にひかないとだめなんだ！」って母親に嘘ついてお金借りた。今考えたら、正直に「先生の調査旅行についていく」って言えばよかったのにね。旅費は総額で二十数万円で、今の四〇万円ぐらいの感覚かな。バイトして貯められる金額じゃなかったなあ。「後で返すから」って言って借りたけど、結局返してない（笑）。

――お金を借りてでも行きたいと。

思った。当時はまだ気軽に外国に行ける時代じゃなかったから、中国にというよりも、日本の外に出てみたかった。まずは香港に入って、鉄道で広州へ、広州から海南島へは飛行機で。今、海南島は観光地になってるけど、当時は「外国人の団体が入るのは二組目だ」って言われてたし、道はまだ砂利道だった。しばらく経って中国に演奏しに行ったときは、もう、自分の記憶は夢なんじゃないか？　って思うほど、全く景色が違った。一九八一年当時はみんな人民服着てたし、映画の中に出てくるような世界だった。

★7　貴州、広西省、雲南省、海南島、東南アジア等に居住する民族。

――調査旅行では、現地の音楽を聴くことはできたんですか？

香港と広州はそれぞれ一泊しただけだったけど、海南島では少数民族の村へ行って一週間くらい滞在したのね。ミャオ族[★7]の村で、いろんな踊りとか音楽演奏を見て聴いて録音したり。初めての外国だったし、ものすごく刺激的だったなあ。当時の海南島には「ホテル」っていう名前の場所はまだなくて、外国からの来賓向けの「招待所」って呼ばれてる宿泊所に隔離されてた。

――なるほど。当時は外国人は「招待所」にしか滞在できないんですよね？

そうそう。招待所から抜け出すなんて不可能だった。常に監視がついてたし、自由行動はできなかった。でも、もちろん抜け出したくて。オレが夜に抜け出せたのは、広州だったね。広州では「ホテル」に泊まったから、夜になったら監視はグダグダ。ヨーシ！　と思ってオレ一人で夜抜け出して、タクシーに乗った。音楽が聴けるところに行きたいから、運転手に「音楽」「楽器」「演奏」とか書いて見せたら、楽器屋さんに連れて行かれちゃって。結局、音楽を演奏している場所は見つけられなかったんだけど、その楽器屋で月琴（げっきん）★8を買った。

★8 中国の伝統的な撥弦楽器。胴体が月のような円形をしている。

中国で買った西洋音階の月琴

——中国伝統楽器の楽器屋だったんですか？

いや、西洋の楽器もいろいろあったよ。あんまり覚えてないけど、当時のオレが持ってたお金で唯一買えたのが、その数千円の月琴だったんだと思う。揚琴（ようきん）★9がすごく欲しくなったんだけど、とても手が届く値段じゃなくて。それで、月琴を持って帰って弾いてみたら、元々の中国音階じゃなくて、西洋音階に変えられたものだった。どうして中国楽器が西洋音階なのか調べていくと、おそらく、文革の頃に月琴の音階が中国音階から西洋音階に変わってるんだよね。

★9 中国の伝統的な打弦楽器。台上に多数の弦が張られており、竹製のバチで叩いて鳴らす。

——それで、次の研究テーマが「文革下の中国音楽の変化」になる予定だったと。

そう。当時まだハタチだったし、初めて外国に行って、もう頭がプワーッてなっちゃって（笑）。「これは中国を調べなきゃ！」「日本ではちょうど戦時下に音楽の状況がダイナミックに変わったんだから、中国だったら文革だ！」って意気込んだんだけど、ちっちゃい論文を書いたくらいで終わっちゃった。というのも、テーマがでかいし、中国語も読めないし、当時は英語文献も全く読めなかったし、途中で挫折。あと、さっきの雑誌のインタビューでも話してた通り、オレの先輩たちで左翼運動をやってた人たちは、一時期は文革に憧れてたわけじゃない？　でも一九八〇年前後には「文革ってなんだかおかしいぞ……」って雰囲気になってた。中国で起こってたあれはなんだったのか、知りたかった。「四人組★10ってなんなの？」とか。

――中国初訪問の頃、革命京劇★11のようなものがあると既に知ってました？

うぅん、知らなかった。ただ、香港から広州へ列車で移動するとき、いったん深圳で入国審査のために乗り換えるんだけど、乗り換えてから広州に着くまでの列車内のテレビでずーっと革命京劇が流れてたね。当時は中国人と外国人は同じ車両に乗れなかったから、外国人が乗る専用車両。

★10　文革を主導したといわれる四名（江青・張春橋・姚文元・王洪文）の中国共産党幹部。毛沢東が死去した後、この四人組が国を混乱に陥れたとして逮捕され、裁判によって死刑や終身刑が言い渡された。四人組の逮捕と有罪判決により、文革の全てが終わったとされている。

★11　伝統京劇ではなく現代京劇のことで、ここでは主に「革命模範京劇」とも呼ばれる、文革期に模範劇として上演された京劇のことを指している。伝統京劇に見られるきらびやかな衣装はなく、脚本は農民や労働者が資本家や日本軍を打倒するという内容が多い。歌の節回しにおいては伝統京劇のエッセンスが残る。京劇が時代によってどのように変化してきたかについては、加藤徹著『京劇「政治の国」の俳優群像』（中央公論新社）が詳しい。

――「外国人、革命模範京劇を見ろ!」と。

もう、衝撃だった。これまで知っていた伝統京劇とは全然違う。「なんだこれ? オレらの知ってる京劇じゃないな……」と思って。学生たちはみんなゲラゲラ笑ってたよ。動作がすごく大げさだし、衣装もちょっと独特じゃない?

――はい。農民の服装とかで。

そうそう。「なんだこれ!?」っていうのが、革命京劇を見た最初の感想かな。

「ペキン・オペール」の衝撃と、グラウンド・ゼロ『革命京劇』

――じゃあ当時は、革命京劇が一体何なのかは、特に追究しなかったと。

うん。月琴の音階が気になって少し調べたぐらいで、それ以上研究もやらなかったし、そこで止まっちゃった。でも、それから三年後くらいかな。一九八四年に、ハイナー・ゲッベルス&アルフレッド・ハルトの「ペキン・オペール」[★12]を聴いた。そうしたら、あの革命京劇をコラージュしながら生演奏と合わせて録音していて。この人たち、元々左翼運動もやってた上で音楽をやってる人たちなんだよ。

西側で左翼活動に参加したこの世代の人たちの多くが、おそらく最初のうちは文革を支持してた。オレは当時子供すぎてその辺のニュアンスは正確にはわからないけど、中国の若者が立ち上がっているように見えてたんじゃないかな。でも、わりとすぐに「あれは何か違うぞ……?」って感じはじめたんだと思う。そういうことが、あの「ペキン・オペール」に全部込められてるんじゃないかと。「ペキン・オペール」は文革への賞賛でもなければ、一方で、卑下したり馬鹿にしてるわけでもない。ゲッベルスとハルトが受け取った情報を、言語を使わずに音楽でつくりあげた批評的な作品。オレはそう解釈してる。

あれを聴いたときは、もう衝撃だった。あの作品に出会うより前から自分もコラージュ演奏を始めてたんだけど、単にコラージュされた音自体の面白さとか演奏性の面白さでやってた。それが、あの作品によって気づかされたんだよね――「コラージュっていう方法は、言語にならない批評性や思想を込めて、こんなに深いことができ

★12 Heiner Goebbels & Alfred Harth『フランクフルト―ペキン』(Riskant. 1984)のB面に収録されている。作曲家で演出家でもあるハイナー・ゲッベルスと、サックス奏者でありコラージュ作品や映像も発表しているアルフレッド・ハルトによる作品。伝統京劇ではなく、革命模範京劇の『沙家浜』を主にコラージュしている。

るんだ！」「こういう可能性もあるんだ！」って。それから一〇年も経っちゃうけど、「ペキン・オペール」をさらにコラージュするような形で、自分が体験したり感じてきたことを音楽にしたのが、グラウンド・ゼロの『革命京劇』。グラウンド・ゼロを結成した一九九一年から、目標値はあそこだった。あれをつくることを目標にグラウンド・ゼロを始めたから。

中国での初演奏での挫折

——その後、中国で初めて演奏されたのはいつ頃ですか？

初めて中国で演奏したのは一九九四年の北京で、ゲーテ・インスティトゥート[★13]が主催したジャズフェスだった。当時北京ではジャズフェスはまだ珍しかったみたいで、会場は超満員。でも、演奏が静かな音になると、観客が立って会話を始めちゃうの。ベーシストにソロがまわってくる度に、会場のお客さんどうしが「ああ、久しぶり〜！」みたいな（笑）。中国ではその頃、急に海外の情報が入ってきて、若い子たち

★13　ドイツ政府が世界各地に置く国際文化交流機関。

がポップスを聴きはじめるようになった頃だと思うんだよね。ジャズがどういうものか、まだ理解されてなかったみたい。オレはそのとき、ジョン・ローズ[★14]とデュオで出たんだけど、まず、オレがギターソロやったの。ギャーッていう大きな音で。大きな音なのに、会場は静まらなくてざわざわしてて「うわー誰も聴いてくんねえ……」って。ジョン・ローズとのデュオになっても、客席はもうお構いなしにざわざわしてて、誰も聴いてなくて。全く音楽として受け取ってもらえてなかった。批判もなく。ブーイングもなく。拍手もなく。そのときは「中国で演奏するのは無理だなあ」って。もう、挫折だった。ちょうどその頃『青い凧』[★15]の音楽をつくった直後だったから、北京で田壮壮（でんそうそう）監督と会ったりしてて、「中国では映画の人たちとは交流できるけど、音楽の人とは無理かも」って思っちゃった。

だけど、実はそんなことなかったのを後で知るんです！　二〇〇〇年に青島のジャズフェスに出たとき、現地で通訳や企画の手伝いをしてくれてた女性が「一九九四年のあのコンサートを見てました！　あれが今の私のきっかけでした！」って話をしてくれて、びっくりして。あんなにざわざわしてた中にも、自分の演奏を聴いてくれて、「人生が変わった」って人がいたんだよね。だから、どんなに受け入れられなくても、一人や二人は引っかかってくれる人がいるかもしれないし、あのとき諦めずにちゃん

★14　John Rose：一九五一年生まれ。ヴァイオリンを軸にさまざまな自作楽器・装置を演奏する。

★15　田壮壮監督による一九九三年製作の映画。中国で中国人監督によって撮影された映画では、初めて文化大革命を批判的に描いた作品。一九九三年の東京国際映画祭でグランプリを受賞。電影局の検閲を通さずに海外で上映したため、その後一〇年間、田壮壮は自身の監督作品を撮れなかった。

と最後まで演奏してよかった、って。

——その次に中国で演奏されたのが、一九九九年。顔峻と初めて会って、最初に話したインタビューが行われたときですね。

それがなにより大きかった。Sachiko M[★16]とディクソン・ディー[★17]とオレの三人での演奏で、北京で企画してくれたのが顔峻だった。北京では急遽会場が変わって「火山」っていう名前の場所でやったと思うんだけど、一〇〇〇人くらいが入るようなガラーンとした場所。そこに、お客さんはオレたち三人の目の前に一〇人くらい。「何これ？」って思いながら、（静かな音で）ピピピピ、ピー、カチャカチャカチャ、って演奏した[★18]（笑）。あのときは、北京だけじゃなくて深圳か広州でもやったかな？

——『ＪＡＭＪＡＭ日記』によると、広州のアンプラグド・バーっていう場所[★19]？

そうだ！　広州にスクウォットがあって。そこ、隣の工場から電気盗んでるんだよ。「大丈夫なの？」って聞いたら「大丈夫、警察官に毎月お金を渡してるから」って言っ

★16　サイン波を演奏する音楽家、作曲家。写真や展示での作品制作、発表も行っている。

★17　Dickson Dee（李勁松）：香港で活動する音楽家・音楽プロデューサー。

★18　雑誌『摩登天空 Vol. 4』内のレポート記事によると、北京で演奏したのは火山夜総会と Old Poachers' Inn の二会場。「両会場あわせて二三枚しかチケットが売れなかったことは残念だった」と編集部のコメントがある。

★19　大友良英『大友良英のＪＡＭＪＡＭ日記』（河出書房新社、二〇〇八）より。

てて。ただ、大問題があって。隣の工場の電源だから安定してない。Sachiko Mは楽器がデジタルだから、演奏中何度も止まっちゃって。あれ、忘れらんないなあ。

——それで名前がアンプラグド・バーって、やばくないですか？（笑）

そうだよね。別にアコースティックって意味じゃないんだよ。要は、電気かっぱらってるって意味なんだよ（笑）。でも、一九八一年に初めて中国行ったときから考えたら、もう、別世界だった。ノイズとか好きな人がいっぱいいて。

ネット時代以降の音楽家のネットワーク

——当時、顔峻はまだ音楽を自分で演奏しはじめてなかった頃ですよね。

音楽始める前。北京に出てきてまだ数か月しか経ってないって言ってた。英語もまだ話さなかったから、コミュニケーションはずっと筆談。ホテルのオレの部屋にも顔峻たちが遊びに来て、本当に明け方まで、「どんな音楽を聴いてるのか？」っていう話をずっとしたのをよく覚えてる。

その後だよね、インターネットが普及しだして、急に、どこにどんな音楽家がいるのかわかるようになってきたのは。オレは、アジアのいろんな人たちが少しずつ繋がりはじめたのは、インターネットのおかげがあると思ってて。インターネットのおかげで、みんな片言でも下手でもいいから英語を使うようになって、交流できるようになった。それが今や、翻訳ソフトが充実してるし、結構細かいところもネット上で話せるようになったよね。筆談でお互いにコミュニケーションし合ったのなんて、今や懐かしい時代。

顔峻がその後ミュージシャンになった、っていうのも、ネットで再発見して知ったんだよね。オレもインターネット始めたばっかりの頃。顔峻がラップトップでそれっぽい音楽をやってそうな写真を、ネットでたまたま見つけた。当時ってまだ回線が遅いから、写真全体が表示されるまでに時間がかかるんだよね。こう、（手をゆっくり下げながら）だんだん、だんだん、上から画像が見えてきて。顔が見えてきて、「あれ、これ顔峻じゃね？」って（笑）。オレだけがきっかけじゃないと思うけど、あの北京でのコンサートの後、いつのまにか顔峻が音楽を始めてて、それで、気づいたら中国の即興音楽とかノイズのシーンが大きくなって。もう、すっごいうれしかった。なーんにもないときから中国を見てたから。隣に、オレのやってる音楽をわかってくれる人たちがいる！　っていう。

――コロナ禍の直前、二〇一九年にはＦＥＮの中国ツアー[★20]がありましたね。

ＦＥＮではこれまでにも何回か中国で演奏したと思うんだけど、こんなにいろんな都市をまわったのは、このときが初めて。いろんな街にライブできる場所があって、しかも、どの街もたくさんの人が見に来てくれて、ＣＤも飛ぶように売れた。今どき、ＣＤが売れるのは中国しかないよ。

――中国ツアー中のご飯はどうでした？

もちろんおいしいよ！　それぞれの街のオーガナイザーが連れていってくれるし、あと、顔峻はおいしい店をよく知ってる。「この街に行ったらこの店へ行こう」っていうのが決まってて。もう、おいしいおいしい。ずっとくだらない話しながらご飯食べ

★20　FENことFar East Networkは、二〇〇八年、大友良英の呼びかけによって結成されたグループ。大友（東京拠点）、顔峻（北京拠点）、リュウ・ハンギル（ソウル拠点）、ユエン・チーワイ（シンガポール拠点）がメンバー。この年の中国ツアーは、西安、成都、深圳、厦門、泉州、上海、北京の七都市をまわった。

てた。四川ではみんなで下痢したことも楽しい思い出で。「おいしいおいしい」って食って、翌日、オレとハンギルは大変。顔峻とチーワイは四川料理に慣れてて平気で。そういうのも含めてすごく楽しいツアーで、音楽的にも成果が大きかった。このメンバーで一〇年以上やってきたし「今もう最高の状態だな」って思ってたんだけど、同時に、香港のデモが中国でどう報道されてるか知ったり、中国の監視社会、ものを言えない感じというのも味わって……。「この先どうなるんだろう?」って思いながらツアーしたのが、ＦＥＮ全員で会った最後になっちゃった。それからコロナがあって。コロナのことは予想もしてなかったけどね。

★21　アジアン・ミーティング・フェスティバルは大友良英の私財とカンパや協賛により二〇〇五年新宿ピットインにて初めて行われ、その後、二〇〇八年と二〇〇九年にも東京、名古屋等で開催。二〇一四年以降、国際交流基金主催のプロジェクトとして、dj sniffとユエン・チーワイをディレクターに迎えて行った。

誰の誕生日でもないが、
偶然手に入ったケーキを食べるFENメンバー。

ＡＭＦのきっかけは反日デモ

――アジアン・ミーティング・フェスティバル（以下ＡＭＦ）[21]についても聞かせてください。元々ＡＭＦの企画は中国での反日デモ[22]がきっかけだったと。

中国で反日デモやられるのもまあしょうがねえなと思ったけど、日本料理店が襲撃されたっていうのが衝撃で。「関係ないじゃん」って思って。だけど「反日デモに反対」って言うのもなんだし、そこには声は届かない。そんなことより、友達をつくったほうが早い。オレは既に各地に友達がいるから、彼らを呼んだら、さらに友達が増えるじゃない？　それと、日本側で「こういう音楽をやりたいから来て」って声をかけると上下関係が生まれてくる気がして嫌だったし、そうではなくて、それぞれがやってる音楽を出会い頭にやってどうなるか。そういうのでいいやと思って始めた。[23]

――その大友さんの企画のきっかけって、呼ぶアーティストたちに伝えました？

★22　二〇〇五年に中国の複数都市で同時に起こった反日デモ。要因のひとつは、二〇〇一年から内閣総理大臣となった小泉純一郎による靖国神社への公式参拝であるとされている。

★23　ＡＭＦ開催のステイトメントについては、大友のブログに詳しく書かれている。（「中国の反日デモについて」『大友良英のJAMJAM日記』（二〇〇五年四月一七日投稿）〈https://otomojamjam.hatenadiary.org/entry/20050417〉（二〇二四年一〇月二九日閲覧））。

そこまで深くは伝えてないと思う。

——伝えると逆によくない、という考えもありましたか？

うん、伝えるとバイアスかかっちゃうから。特に第一回の二〇〇五年は、韓国勢が多かった。韓国と日本との関係なんか、中国との関係よりもっとややこしい。そんな関係に、音楽家を巻き込みたくない。あと、「もっとアジア間のミュージシャンのネットワークがあったら」ってずっと思ってたのね。ヨーロッパだと、普通にあるじゃない？　イギリス・フランス・ドイツのミュージシャンが一緒に演奏するとか。アジアって、それが普通になってない。だから、そうなればいいなっていう想い。

——国際交流基金のもとでＡＭＦを数年間開催して、どうでしたか？　大友さんの描いていた音楽家たちの関係、アジアにも生まれてきたでしょうか？

まず、歴史が違うから、ヨーロッパと同じには語れないんだなって思った。ヨーロッパは地続きだし、なんだかんだいって、昔から地域どうし交流があるんだよね。国境線が動いたりもしてきたし。それと違って、アジアの場合は、海で隔てられたりしていて国境線が強固だから。大陸でも、国境の問題は強い。例えば、韓国と北朝鮮の例とか。だからそんなに簡単じゃないよね。あんまり幸せではない状況が、第二次世界大戦どころかもっと前からずーっと続いてるのがアジア。そうすると多分、「上」から（関係をよくしようと）やっても無理だから。音楽家の強みは、国とかそういうのと関係なく、勝手に国境越えて繋がって、勝手にうまくやるところ。そういうレベルの繋がりがあったほうがいい。だから昔は、公的機関が主催する国際交流コンサートなんかを見て「残念だなあ。このお金をオレに使わせてくれたら、もっとうまくやれるのに」って思ったりもしてたけど、同時に「そもそも公金なんか使うのはとんでもない」とも思ってた。公的機関の助成とかも自分からは一度も申請してこなかったし、当初、AMFは自腹でやりたいと思ってた。「上」からやりたくなかったし、あと「大きくしない」っていうことも決めてた。自分の顔の見える範囲だけで、個人の責任を持てるような程度の大きさで繋がる。そうすることで、きちんと周りの人たちが繋がって、勝手にネットワークができていくだろうから。特にその想いを強くしたのは、さっき話した、オレの北京での最初のコンサートを見てた人が、青島のジャズフェスで「あれがきっかけでした」って話してくれたこと。最初は、そういうのでいいやと思って

AMFを始めてたんだよね。

じゃあ、なんでのちのち国際交流基金と組んでAMFをやったかというと、震災後、福島でのさまざまな活動がきっかけになったと思う。[★24] この活動で文化庁の芸術選奨ももらったりして、それがきっかけで、公の機関から声がかかることも増えて。最初は「この人たち、オレが普段何やってるか（どんな音楽やってるか）知ってんのかな？」って、びっくりしたけど（笑）。でも震災後、自分が考える方向に合致するなら、公的な仕事もやったほうがいいって思うようになった。というのも、福島で活動してると「公的資金がないと本当に無理だ！」ってなることがたくさんあったし、何より、混乱した状況の中で、上も下も一緒にやれるならやったほうがいいって素朴に思った。「こういうことに公金使うならありかな」って感じたものなら助成も受けよう、って。そんなときに国際交流基金からも「東南アジアとの音楽プロジェクトをやりませんか？」って誘われて。昔「自分だったらこうするのに」って思ってたようなことを、実際に丁寧にやっていければと思って、かなり大きな規模でさまざまな人に協力を求めて、巻き込んだりもしながら、何年間かやらせてもらいました。自分で言うのもなんだけど、それなりに大きな成果は出たし、もっともっと面白くなると思ってた。ただ途中でプロジェクトが切られてしまったのが残念で。切られてしまった理由はいくつかあるん

★24　東日本大震災および福島第一原発の事故以降、福島県で始めた数々のプロジェクトを指す。代表的なものは「プロジェクトFUKUSHIMA!」。

だけど、国や基金と仕事したことなかったこともあって上手に立ち回れなかったのも大きかった。「上」が求めるようなわかりやすい交流を目指していたわけではないし、最終的には、喧嘩になっちゃった……。今考えると、受けたことが正しかったのか間違ってたのか自体もよくわかんないんだけど。

――いや、あのプロジェクトは大友さんがやるべきでした。私はそう思ってます。★25

ありがとうございます。そういう人が一人でもいてくれるなら本当にうれしい。泣きたいくらいうれしいです。

「音楽の国際交流」でよくあるのは、日本の和太鼓が出てきて、中国からは胡弓が出てきて、それぞれの演奏家が即興演奏で絡んだりして……。そういうのが悪いとは思わないし、あってもいいと思う。だけど、それだけだと、地べたで音楽やってる奴らみたいに、その先に自分たちで連絡取り合って自分たちでツアーをやるような関係にはならないじゃない？　オレは、地べたでやってる奴らの自主的な交流のほうが重要だと思ってる。そんな人たちの最初のきっかけとしてAMFが機能すればいいなって思ってた。大きなほうから始めちゃうと、それが後々地べたの交流になっていくこと

★25　聞き手補足。当時は東京五輪に向けて文化予算が国から多く投じられていた時期。オリンピック憲章には、開催国はスポーツだけでなく文化芸術も奨励し文化プログラムを実施しなければならないとあるため、東京五輪開催を「契機」として、国のさまざまな機関でアジアとの文化芸術交流事業が行われていた。外務省所管の国際交流基金によるASEAN地域との音楽交流プログラムもその一つで、「上」（＝国際交流基金）で先に開催が決定し、その実現に向けて、誰かが舵取りを行わなければならなかったということ。だとすれば、八〇年代から自らの足でアジアを歩いて自らの意志で演奏し続けてきた大友さんこそが、もっとも適任だったと考えている、という意味です。

はないから。何より弊害なのは、「こういう形ならお金が出るでしょ」みたいに、音楽を意識する前に目標を立てるような交流をしてしまうことだと思っていて。だからそういうことは一切やらないようにしてた。この考えを、お金を出す側に丁寧に説明できればよかったんだけどね。ただ、もう自分は公の機関とそういうことを交渉しながらやるのは向いてないことがわかったんで、今後は、以前やっていたように、自分で稼いだ金で、身の丈に合った交流をしていければいいやって思ってる。

とにかく友達になること

――今のところ(二〇二三年一月時点)中国に行く計画はありますか?

今んとこないね。

――アジアにも?

なしですね。もうコロナ以降はずっと。どこもかしこも結構痛手なんじゃないかな。せっかくアジアもみんな繋がってきたのに、これが途切れちゃうのかな……。

ここまでの三〇〜四〇年間、音楽家にとっては、少しずつ交流ができるようになってきた時代。旅行するのが楽になって、旅費も安くなって、ビザの取得とかも遥かに簡単になった。「こうやって世界はどんどん繋がっていけるんだ」って思ってたんだよね……。この時代に、オレは三〇〜五〇代で、いい時代だったんだと思う。ところが、二〇世紀の歴史を考えると、こんないい時代が長く続いたことってあんまりない。戦争が起こったり、疫病が流行したり、そういうことが常にある。

※この後状況は大きく変わり、二〇二三年六月に三年ぶりに自腹でソウルへ行きリュウ・ハンギルとライブをしたのを皮切りに、二〇二四年には深圳、ホーチミン、香港、北京、ソウル、台北、シンガポール、クアラルンプール、ジャカルタで現地のミュージシャンと共演。二〇二五年にはＡＭＦ二〇周年を記念して、再びフェスティバルを定期的に行う計画を立てています。

——大友さんは今の二十代と中国とかアジアの話をすることってありますか？　今の二十代って、国境をそもそも感じてないみたいです。ネットネイティブ、スマホネイティブで育ったら、西洋／東洋、中国、韓国、そういうボーダーの感覚が薄くなってくるのかもしれないです。

うん、そうかもしれない。僕らの若かった頃は海外に行きたくてしょうがなかったけど、それって、実際に行くのが大変だった時代だからね。それが、次の時代には自由に行けるようになった。さらに次の時代、今は、「行かなくても情報は全部わかる」っていう状況なのかもね。オレは昔、「なんとか海外と繋がりたい」って思ってたけど、もう、そんなの必要ないのかな？　良い悪いの話ではなく、どうなんだろう？

――私が気になっているのは、ネットやスマホで情報を消費し合っているだけで、なんか、本当の付き合いにはなってないんじゃないのかな？

実際の友達はいないのかな？　いや若い子のことはそんなに知らないし、きっと若い子は若い子でいろいろやってると思いますよ。まあ、自分の場合は「友達になる」っていうのは「リアルで会ったり交流する」っていうこと。もちろん、情報が入るようになったのはとてもいいことだけど、とはいえ、例えば差別の問題。こうやって情報を入れて外に開いていったら差別はなくなるかと思ったら、いまだに、日本でのアジア諸国に対する差別ってあるじゃない？　そういうのを考えると、良い状況にはなってない。ネットでそういう情報が目立っちゃうだけかもしれないけど、でも、みんなもうちょっとカジュアルにうまく付き合えないのかな？

——そうなんですよ。

ＡＭＦのきっかけになった、中国の反日デモを見たときの違和感って、まだ解消されてなくて。ニュース見てると飛び込んでくるような、個人にはとても処理できないような戦争責任問題とか。あんな話からいきなりされたら、そりゃ友達になれないよ。なれないっていうかお手上げだし、もしかしたら中国の人たちも、似たような感覚を持ってるのかもしれない。だから、そういう話題ではなくて、自分たちが普通に生きているところで繋がりたい。そこから始めたうえで戦争責任問題の話とかになっていくならいいんだけど、いきなり大きな話だけがぼんぼん飛び込んでくるのはなんとかしなきゃと思う……。そこに、コロナもあり、戦争もあり、アメリカと中国の関係とかもあり……。「戦争反対」って言うことはできるけど、具体的にどうしていいんだかわかんない。そのことを考えると、本当に落ち込んじゃう。

太平洋戦争下、服部良一さんは上海に頻繁に行って、上海の音楽家と交流してたんだよね。その頃のことが本[26]になってるんだけど、服部さんにも似たような葛藤があったみた

★26　上田賢一『上海ブギウギ１９４５——服部良一の冒険』（アルテスパブリッシング、二〇二三）

い。服部さんは、太平洋戦争から二〇年も経ってから、香港で映画音楽をつくるようになるんだけど、それは戦時下の上海で服部さんと交流していた作曲家たちが、中国の革命後に香港へ逃げて、香港で地盤をじっくり築いて、それで香港に服部さんを呼んでたらしい。それを読んだときはただ感動して、「いい話だなあ。全く違う音楽だけど、オレも服部さんと同じように交流してるんだなあ」とか思ってたんだけど、今、その本のことを思い出すと怖くなる。「いい話だなあ」どころじゃなくて、「ひょっとして、またこんな時代が来ちゃうのかな?」って。そんな中で、何か希望が持てるとしたら、やっぱり、国の動きと関係なく交流を続けること。ごめん、なんか中国と関係ない話になったね（笑）。

――いやいや、それはこの本の企画の根幹です。

とにかく友達になることだよ。普段友達とかに連絡しないオレが言うのもなんですけど。「アジアの友達いるよ!」って言ったって、仕事以外で連絡してない（笑）。でも、それでいいんだよね。オレは「今日どうしてる?」とか連絡取り合う友達は本当にいないし、すごく水臭い人間（笑）。だけど、一緒に何か仕事したり、一緒に何かをやる、それだけでいいと思っている。昔は馬鹿にしてたけど、スポーツ交流だって、オレは悪くないことだと思ってる。ゲームを一緒にやる、とかも。音楽もそういうもののひとつだと思う。

そういうことで言うと、FENを結成するときに決めたことがあって。「〝こういう音楽を目指そう〟っていう話はしない」。なぜなら、「目指そう」って言った人がリーダーになっちゃうから。それよりも、どうなるかわかんないけど成立する「普段の会話」みたいな音楽のほうがいい。他に、「サウンドチェックはするけど音楽的なリハーサルはしない」「とにかく一緒にご飯食べて、音楽をやる」、それだけを決めた。でも今、ますます、それが大事なんだって想いが強くなってる。音楽は、そういうものとしてあったほうがいい。見栄えのする綺麗な「国際交流」があってもいいんだけど、そうではない、地べたの音楽家どうしの交流が、カジュアルにできるようになってほしいし、そのためならなんでもしたいって思う。音楽家じゃない人だったら、「電気職人どうしの交流」でもいいし、どんな分野でもいい。国には、そういう交流を「サポートしてくれ」とは言わないけど、邪魔だけはしないでほしい。本当に邪魔をしないでほしいよ。武力を持った人たちや国は……。

でも、また中国に行きたいな。中国行って、顔峻たちとご飯食って、くだらない話をしてね。

（取材日：二〇二三年一月二一日）

北京現代アートをめぐる回想

――芸術区の変遷を中心に

多田麻美

［ただ・あさみ］

一九七三年生まれ。京都大学で中国文学を専攻した後、二〇〇〇年より約一七年間を中国で、二〇一八年よりロシア・シベリア地方のイルクーツクで過ごす。興味の赴くまま、中国やロシアの文化、芸術、旅などをめぐる文章を執筆。著書に『シベリアのビートルズ』『中国古鎮をめぐり、老街をあるく』（ともに亜紀書房刊）、『映画と歩む、新世紀の中国』『老北京の胡同』（ともに晶文社刊）など。

翻訳の要らない芸術を

私が現代アートに本当の意味で夢中になったのは、北京で中国の現代アートと出会った時のことだ。それまでも美術の展覧会にはわりと頻繁に足を運ぶ方ではあったが、評価が定まった作家の美術館での展覧会が中心で、「どんな作品が見られるのかよくわからないけど、とりあえず行ってみよう」というような、いい意味での向こう見ずさがなかった。だが、ほとばしるようなエネルギーが溢れていた当時の北京のアート環境に身を置いた私は、勘を頼りに手探りで面白い作品を探す楽しみに魅了され、そのまま仕事の一部にするまでになった。

二一世紀に入ってすぐ、私は留学のために北京に渡り、その二年後に北京のフリーペーパーの編集部で文化、社会関係の記事を書き始めた。私が最初に記事の題材に中国の現代アートを選んだきっかけは、じつに単純なものだった。

大学で中国文学を専攻した文学畑出身の私にとって、本来なら記事で一番その魅力を紹介したいのは、中国の文学作品だ。しかし、そもそも雑誌の仕事は毎月の締め切りに追われ、多忙を極める。当時駆け出しだった私に毎月、多くの読者にとって面白いであろう中国語の小説を見つけ出して熟読し、抄訳をして紹介するという企画を実現できる自信はあまりなく、編集長に至ってはさらに懐疑的だった。既刊の翻訳小説を利用しようにも、当時、わりと新しい中国文学作品を翻訳したものはそう多くはなく、仮にあっても、北京で手に入れるのは難しかった。

だがその頃の私には、たとえ文学は無理でも、何らかの表現活動を取材できれば、という気持ちが強かった。「翻訳という過程を必要としない表現を」と思った時に、真っ先に思い浮かんだのが、当時の私に強い印象を残していた中国の現代アートだった。そこで私が、毎月一人ずつ、興味深い展覧会をしているアーティストを取り上げる、という企画を編集部に出すと、幸いにも採用され、その連載の開始は、私がその後十数年にわたって中国の現代アートというテーマを追い続けるきっかけとなった。

地下に広がる別世界

初めて私が中国の現代アートに触れたのは、まだ私が留学生だった二〇〇一年のことだ。イギリスのメディアの北京支局で働いていた知り合いのイギリス人青年がある日、「面白いところがあるから、紹介するよ」と言って私ともう一人の友人を四合苑(スーホーユアン)画廊というところに連れて行ってくれた。四合苑画廊は紫禁城の近くにある四合苑レストランの地下と階上にあり、オーストラリア出身の著名なギャラリスト夫妻が経営していた。

地下へと続く階段を下りた私ははっとした。洗練された空間に展示されていたのは、人の心理が滲み出た表情にドキリとさせられる曾梵志(ゾンファンジー)の人物画や鮮やかな広告画をコラージュのように重ねた羅氏兄弟(ルオ・ブラザーズ)のポップアートなど、風刺性に富み、時にストレートで政治的なメッセージも含んだ作品の数々だった。作風は時にキッチュでどぎつかったが、いずれも、とても自由で個性的で開放的な精神を宿しているように見えた。私は「中国にこんな表現があり、しかも展示が許されるなんて!」と驚いた。

作品そのものに驚くとともに、私は秘密めいた地下の空間がほのめかす北京の別の顔や奥深さを垣間見る楽しさにも魅了された。今思えば、その日の経験は、私がその後長らく北京に滞在するきっかけの一つともなった。「今、観ておかねば、もったいない」という気持ちになったのだ。

ちなみに、一階にあった四合苑レストランはその翌年、ミック・ジャガーとビル・

クリントン元大統領が会食をしたことで知名度を上げた。二人は会食の後、画廊も参観したという。のちに四合苑画廊の最盛期と呼ばれ、北京の現代アート市場の隆盛期でもあった時期に、私は幸運にも北京での滞在を開始していた。

城郭の一角に画廊

一九七〇年代末以降の星星画会（シンシンホアホエイ）の活動に代表される中国の現代アートの夜明けから、二〇〇〇年代前半に本格的なバブルが始まるまでの現代アートの展覧会は、市場が小さく、社会全体への影響力もあまり大きくはなかったため、展覧会の会場に関してもわりと融通がきき、内輪的ながらも開放的な雰囲気が保たれやすかったようだ。大胆な表現の作品を展示する展覧会でも、わりと北京の中心部近くで開かれていたし、そもそも、中国で最初の独立した現代アートの展覧会として有名な一九七九年の星星画会の展覧会も、中国美術館のすぐそば、つまり紫禁城の堀からそう遠くない場所で開かれている。結局、開幕直後に社会の秩序を乱すことを理由に中止を余儀なくされるが、曲折を経て、代替の場として提供されたのは、北海公園の中の画舫斎（がぼうさい）だった。画舫斎が当時、北京市の美術家協会の常設の展覧会場だったからだが、北京のど真ん中にある宮廷関係の文化財で、もっとも現代的かつ実験的な中国で初めての展覧会が開かれたというのは、何だか興味深い。

四合苑画廊と並び、最初期から北京にある中国現代アートのギャラリーとして知られているのは紅門画廊（ホンメン）だが、この画廊も長らく、北京に僅かに残る古い城郭の角楼に入っていた。オーナーはやはりオーストラリア人だ。個人の画廊が城郭の中にあったというと、日本では驚かれるかもしれないが、星星画会が先陣を切っているように、最初期の北京の現代アートの展覧会は旧城内の歴史的建造物に場所を借りることが多かった。紅門画廊のオーナーの話では、昔は北京の重要な旧跡である孔子廟や智化寺も、よく展覧会の会場になったという。文革の痕跡がまだ残っていた頃のことで、建物自体こそ無事でも、建物の中はがらがらであることが多かったからだ。

そういったゆるさは、二〇一〇年代に入るまで続き、結局実現はしなかったものの、二〇一二年には、故宮に隣接し、宮廷の文書や書籍の保管庫であった皇史宬の敷地にグッゲンハイム美術館の北京ブランチを設ける計画もあった。当時、その建物の設計を手掛けた建築家、朱鍇（ジュペイ）氏に設計図を見せてもらった私は、朱氏が文化財建築や文化的景観を破壊するという批判を避けるために払った努力に敬服した。完成した暁には、それは床が地面に直接触れない、いわば仮設型の「浮いて消える建築物」となる予定だった。

工場跡が芸術区に

一方、芸術家たちの動静に目を向けると、一九八〇年代末から、北京郊外に自発的に集い、芸術家村を形成する動きが始まったといわれている。その最初の例が円明園の画家村だ。やがて円明園の芸術家たちがアトリエを追われると、その一部が北京の東郊外の東村（ドンツン）や宋荘（ソンズアン）などへと移った。やがて東村も都市の再開発の波にもまれて、消滅した。

二〇〇三年頃、つまり、私がちょうど北京の現代アートに興味を持ち始めた頃、もともと工場の建物跡にアトリエがいくつか集まっていただけの場所がいくつもの画廊やアートスペースをも抱える芸術区へと成長し、話題になったのが、７９８芸術区だ。

北京の中心部から東北方向に一四キロほど向かった場所にある大山子地区の７９８工廠とその周辺は、かつては軍需工場だったことで知られている。私の知る限り、二〇〇〇年初頭まではアトリエやスタジオが二、三あるだけだったこの敷地をアートの集積地として盛り上げた立役者は、芸術家の黄鋭（ホアンルイ）氏と日本の東京画廊だ。また、当時すでに胡同（フートン）の写真で知られていた写真家の徐勇（シューヨン）氏も、最初期からのメンバーの一人だった。

とりわけ黄鋭氏は、７９８芸術区のまとめ役として、核心部分の画廊スペースのリノベーションやデザインに関わった。薄暗く、あまりにも強く毛沢東時代の無機質な雰囲気を帯びていた工場跡を、過不足ないリノベーションによってモダンでおしゃれな空間へと変身させ、７９８の顔とでもいうべき空間をいくつも生み出したのだ。つまり初期の７９８芸術区の核心部分は、全体がいわば黄鋭氏の作品だといっても過言ではない。

７９８の起死回生と変容

この７９８芸術区の隆盛に端を発し、二〇〇〇年代の後半には、鉄道で囲まれた敷地にできた環鉄（ホアンティエ）芸術区、韓国系のギャラリーが野心的な展示をしていた酒廠（ジウチャン）芸術区、広大なギャラリーが入った一号地、そして初期の芸術家村のゆるさを残した黒橋（ヘイチャオ）など、雨後の筍のように北京の周辺に芸術区が生まれていった。それらのいずれにもそれぞれ長所はあるが、コアな美術愛好家以外の人々の注目まで広く集めたという点、そして地方都市にも影響を及ぼし、各地にその現地版を生んだという点で、やはり７９８の右に出る芸術区はない。雲南省昆明に同芸術区より早くにできたといわれる芸術区こそあるものの、やはり７９８の発展は中国各地に芸術区という観念が広まるための起爆剤となった。

７９８は、発展の途上にあった二〇〇四年から二〇〇六年にかけて、一度危機に瀕している。そもそも、７９８芸術区の主体をなす工場跡、７９８工廠には解体して北京版のシリコンバレーを建設しようという計画があった。しかし、７９８工廠のアート空間としての魅力をすでに知り抜いていた黄鋭氏は７９８の芸術家や画廊をまとめて「生存の空間を守る」ための芸術祭を立ち上げ、その魅力を広く訴えた。

その甲斐あって、７９８芸術区の知名度は急速に高まり、７９８芸術区一帯の敷地を所有する国営企業、七星集団が再開発を正式に中止した。「芸術区として開発し、画廊やアーティストに貸してテナント料を取る方が、新たにＩＴ地区として開発するよりも採算に合う可能性もある」と判断したためだといわれている。

だが存続が決まった芸術区では、賃貸料が何倍にも跳ね上がり、経済的に豊かでない芸術家たちに負担を強いるようになった。その多くが新しい場所を求めて798を去り、しまいには、芸術区としての798を護った立役者であるはずの黄鋭氏も、長らく拠点としていたアトリエを去らねばならなくなった。また、七星集団が敷地の芸術区としての開発に積極的に参与するようにもなり、敷地全体に改造を加え始めた。それは本来の、より野性的で自由な798に親しんでいた関係者やファンにとっては、複雑な気持ちになる事態だった。

命がけのパフォーマンス

私自身は直接見る機会に恵まれなかった円明園や東村の画家村。そして東村の多くの芸術家が新たな可能性を求めた宋荘。798や798の喧騒からは少し距離を置き、芸術家兼建築家である艾未未（アイウェイウェイ）のデザインによって、静かで通向けの芸術区として発展した草場地（ツァオチャンディー）。さらには訪れる暇もないまま消えてしまった新興芸術区の数々……。そもそも、北京の芸術区は、萌芽、発展、再開発、移転を繰り返しつつ、北京の現代アートの尽きることのない活力を象徴してきた。

そのうち、798ほどは急速に商業的開発の手が及ばなかったものの、普通の農村が現代的な空間に一変したという意味でも、芸術家が急速に集まってきたという意味でも、驚くべき膨張と変化を遂げたのが、宋荘だ。

私が最初に訪れた二〇〇二年頃の宋荘は、農地の中に散在するいくつかの農家の建物を作家たちがアトリエとして使っている程度だった。だが数年後には目抜き通りにこじゃれたレストランが並び、芸術祭などのイベント時には、一般のアートファンも数多く訪れるようになった。

宋荘は、規模こそ大きくても、基本はアトリエの集積地なので、必ずしも常時展覧会をやっているわけではない。そこで、私も芸術祭や野心的な展覧会がある時などにのみ、都心の自宅から一時間半以上かけて訪れたのだが、運がいいと、とても個性が強く印象的な作品を観ることができた。それは行為芸術（パフォーマンス・アート）に関してもも同じで、ある年の冬に行われたパフォーマンスでは裸のアーティストが雪の上にあぐらをかいて何日もひたすら座り続け、春を待っていた。高い脚立の上に登って、自作の詩を思い切り読むアーティストもいた。そこにあったのは、むき出しで痛々しいほど粗削りで、時に命がけでもある表現だった。

その命がけのアートを観る私たちも、裸でこそないが、もちろん楽ではなかった。しかも控室の暖房は、練炭ではなく炭を丸ごと焼くタイプだったので、友人の一人は危うく一酸化炭素中毒になりかけた。私も、頭がひどく痛んだのを覚えている。

だが、命がけで観たそれらのパフォーマンスは、人間性の解放や社会の変化を希求するといった強烈なメッセージを伴ったもので、その場を共有する者だけが味わえる祝祭感、形が残らない一期一会のはかなさとともに、宋荘のアートを特徴づける要素の一部となっていたように思う。

一方、宋荘のアートの学術研究的な中核を担っていたのが、二〇〇六年に開館し、かつては中国で唯一の村単位の現代アート美術館として、社会へのメッセージ性を伴う野心的な展覧会をいくつも実現させていた宋荘美術館だ。

だが宋荘美術館も時代の変化と無縁ではいられなかった。そもそも同館の初代館長は、黎明期の中国現代アートを欧米の美術界に紹介したことで知られる栗憲庭（リーシエンティン）氏だった。氏は宋荘を含めたいくつもの芸術区や芸術家村の発展を支えてきた辣腕の評論家であり、キュレーターだった。だがその後、栗氏の退職、および村政府が美術館に予算を割り振らなくなったことなどで、同館が従来のような展示活動を続けるのは難しくなった。二〇一七年には美術館を村の学習塾に改造するという案さえ浮上したが、幸いその後も展示スペースとしての機能は維持し続けた。

深夜に襲った破壊

膨張を続けた芸術区があった一方で、不動産開発の盛んな時期だったこともあり、再開発などのために壊された芸術区も多かった。その多くには、入居者や支持者による保護を求める動きもあった。だが保護活動の取り締まりには、公安関係者ではなく、地元政府の雇ったやくざ者が動員されているという噂もあり、慎重にならざるを得なかった。

多くの芸術家のアトリエが入っていた、とある郊外の芸術区もある日、再開発のための取り壊しの対象となった。建物のオーナーは早々に取り壊しのことを知っていながら、直前まで芸術家たちにそのことを告知せず、すでに徴収していた年単位の賃貸料も返還しなかった。そのことに抗議した芸術家たちは、取り壊しに抗うべく、敷地内の主要な建物で昼も夜も芸術区を見張った。

そのことを知った私もある日、支持の表明と取材を兼ねて、芸術家たちと数時間を過ごした。彼らが陣取っている建物の壁には抗議の声明があちこちに貼られていた。その切実さは、単なる創作の場や尊厳の維持だけでなく、生活がかかっていた、という点で、北京オリンピック前、取り壊しの対象となった北京の旧城区の一部の住民が行っていた抵抗運動を思い起こさせた。肌寒い季節であったが、部屋には暖房設備がないので、回り番で見張りをしていた芸術家やその支持者たちは石炭を直接炊いていた。私は不安と心配に駆られ、悪い予感を追い払おうと必死になる一方で、芸術家たちの勇気と粘り強さに対する敬意で胸がいっぱいになった。

約一週間後の深夜、そこに当局の取り締まりが入り、クレーン車が著名な芸術家のアトリエに穴まで開けたと聞いて、私はぞっとした。その日、同区にアトリエを構えていたある日本人芸術家が被害に遭ったが、それは自分であってもおかしくなかった。

茶を飲み、臼をひく作品

このように、北京の芸術区は生まれたり、膨張したり、消滅したりを繰り返していたが、そもそも芸術区の価値は、芸術家の活動があってこそだ。だから、芸術区について語るなら、個々の芸術家にも目を向けるべきだが、北京の芸術家は私が直接インタビューしただけでも膨大な数に上るので、数人だけを選ぶのも系統別にまとめるのも、とても難しい。そこで、ここで言及するのは、芸術区や芸術家村の形成や建設に直接関わった芸術家に絞ってみたい。

７９８芸術区の発展に大きく貢献した黄鋭氏は一九七九年、先述の星星画会のメンバーとして、中国で最初のインディペンデントな現代アートの展覧会に参加した。それに先立つ一九七八年、氏は中国の現代詩に新しい地平線を切り拓いた地下文芸雑誌『今天』の創刊にも深く関わっている。すぐに発禁となったとはいえ、その後の中国の現代詩壇に重要な足跡を残した朦朧詩派を紹介した『今天』の存在意義は、私も含め、中国の現代文学を学んだ者なら、誰もが認めるものだ。これらに加え、氏にはもちろん先述のような７９８芸術区での活躍もある。つまり、実際の規模や影響力の大きさについて語るなら、やはりそれらの動きやプロジェクトが彼の最大の芸術的活動であり、作品だといえるだろう。

そのような功績の陰に隠れがちではあるが、黄鋭氏はそもそも、一人の現代アートの作家としても中国文化を源泉とした印象深い作品を残している。言葉への深い関心からか、成語やことわざやスローガンなどをアート作品にしたものが多数あるし、パフォーマンス作品も手掛けている。私の印象に残っているパフォーマンスは、自分の体に無数の急須をぶら下げて、皆にお茶会を楽しんでもらう、といったコミュニケーションをテーマにしたものや、画廊の中で五種類、二〇〇キロの穀物を、ロバを動力とした石臼で二日間かけて挽く、といったものだ。

作品からは黄鋭氏の祖国である中国が内包する文化的、歴史的、時間的スケールの大きさが感じられる。とくに石臼の作品は、今も一部の農村ではごく日常的な農作業が、近代的な画廊の中で、厳かな儀式のような静けさを伴って行われるという、とても骨太なコンセプトのもので、農村と都市のギャップ、今と昔のギャップを鮮やかに顕在化させていた。

失敗に終わったインタビュー

芸術区の誕生に関わったもう一人の重要なアーティストは、艾未未氏だ。艾未未氏は建築家として草場地芸術区の大半のアトリエや画廊スペースの設計に関わったので、まさに文字通り、芸術区の創設者であり、草場地芸術区の重鎮だった。

まだ艾未未氏が建築家として爆発的な知名度を得る前の二〇〇三年頃、私は彼のアトリエを訪ねたことがある。黄鋭氏と同じく、星星画会のメンバーであった艾氏はすでに美術界では有名な存在だったが、彼の行動や発言はまだ政治的敏感度を増す前のことだった。もともと私はオランダ出身の伝説的な中国美術研究家、ハンス・ファン・ダイク氏が艾未未氏らとともに創設した中国芸術文献倉庫について取材するつもりだったのだが、間もなく私は、文献倉庫そのものより、その説明に出てきてくれた艾未未氏自身や彼の作品のもつ個性の方にすっかり惹きつけられてしまい、結局インタビューは艾未未氏の作品を中心としたものとなった。当時見せてもらったのは、漢時代の壺を落とす過程を写真撮影した作品や、コカ・コーラのロゴが入った古代の壺の形の作品、対称が保たれた形のいくつかのオブジェなどだった。

それ以降、私は何度か取材を口実に氏のアトリエを訪れた。当時の氏の創作については「鳥の巣」の通称で知られるオリンピックのメインスタジアムの設計に関わったこと、ドイツ・カッセルで開かれた芸術の祭典「ドクメンタ」に中国から一〇〇一人の観客を送り込んだ二〇〇七年の《童話》、および四川大地震で犠牲になりつつも「存在しないことにされていた」大勢の児童をテーマにした作品など、センセーショナルなものが多かったが、同時に私は枯れた木を接ぎ合わせて大きな木を形作った《Tree

No. 6》などのシンプルな作品にも惹かれた。

最後に氏のアトリエを訪れたのは、北京オリンピックの開幕式の頃だったが、氏は何かに苛立っている様子で、事前に送り、内容を了承してくれていたはずの質問にも「今は答えたくない」と答えてくれなかった。時間の無駄だと思った私は、半ば腹を立てながらその場をあとにしたのだが、のちに私はその時の自分の機転のきかなさを後悔することになる。その直後に私は、艾未未氏が、北京オリンピックの開幕式に招かれず、彼自身も出席を拒んでいたことを知ったからだ。つまり、その時の氏には「答えたい質問」があったのかもしれなかった。

翌日私は、知り合いの美術関係者から、あなたの名前が「反華作家」として彼のブログに載っている、と言われて驚いた。当時、すでに艾未未は当局の監視の対象になっていたので、そのブログが艾氏自身の書いたものとは限らなかったが、反共ではなく反華と書かれたことが、私にはむしろ興味深かった。

存在を無視された怒り

このエピソードには前座がある。その数年前、私は建築関係の取材で艾未未氏を訪れた時、彼の生い立ちを含む、長めのインタビューを行った。その時私は、氏がオリンピックスタジアムの設計を手伝っていると聞き、つい「なぜ国家のプロジェクトなどに関わるんですか」と率直に言ってしまった。すると氏は憤然として、「芸術家として、大きなプロジェクトをする機会があれば、やってみたいと思うのは当然だ」と答えたのだった。だが私は釈然としなかった。他の国ならまだしも、中国でオリンピック関連のプロジェクトに関われば、国のプロパガンダの手伝いをすることになるのは明らかだったからだ。それに私は当時、北京でオリンピックを口実に多くの伝統的な街並みや庶民の生活が壊されるのを目にして心を痛めており、北京オリンピック開催の意義を強く疑問視していた。

だがよく考えれば確かに、建築家として手掛けられるプロジェクトのうち、オリンピックスタジアムなどというものは、最大級のプロジェクトであろう。しかも、建物はオリンピックが終わったあとも長い間、モニュメント的に残る。そんなプロジェクトに関わるのは、建築家としては心躍ることに違いない。また、それが建物としても、世界的イベントの場としても成就した晴れの舞台において、核心となったアイディアの提供者でありながら、存在を無視されるというのは、やはり無念であったはずだ。しかもその頃、艾未未氏はすでにオリンピックの開催には反対していたという。

そのことに気づかず、彼の無念さを掬いとる機会を、私は誤解に基づく反発と、細部を確かめない不注意さから、愚かにも逃してしまったのだった。「ある人間が存在したこと」をめぐる艾未未氏の強いこだわりに気づいていれば、当時、氏に対して質問できることはたくさんあったはずだった。それに結局のところ、艾未未氏と私がともに抱いていた主な関心、つまり「北京オリンピック開催の意義への懐疑」を共有できたはずだった。

ちなみに、北京に住んでいた頃、最後に氏と個人的に会ったのは、最初に私が艾未未氏と出会うきっかけとなった、ファン・ダイク氏を記念した展覧会を出ようとしていた時だった。艾未未氏の作品であったピアノが運び出されているのを見て、何か事情があるのだろうとは思ったが、会場の入り口にいた氏が子供を抱いており、いかにも家庭的な雰囲気をまとっていたことから、つい、近況を告げる和やかなあいさつだけで終えてしまった。

当時はうかつにも気づかなかったのだが、ピアノの形をした作品（正確にはアーティストの王興偉（ワンシンウェイ）氏が艾未未氏になったつもりで構想し、作ったもの）が運び出されていたのは、艾未未氏が展覧会の出品者リストから自分の名前が消されたことに抗議してのことだった。普段通りに見えた艾未未氏の内心は、決して穏やかではなかったらしいのだ。挑発的、反権力的、とよく称される彼の作風はどんどん強まっていたので、私は「ピアノを撤去する」というプロセス自体も、彼の作品の一部のようになってしまったことに唸ったが、もちろんそれは氏の本意ではなかった。

東京ドーム約五個半分

芸術区の話に戻ろう。二〇一〇年代以降も７９８はどんどんと膨張を続け、縁日のように賑やかになり、やがて地域一帯の名を冠した「大山子芸術区」という別称の方が、ずっと実質と合うようになった。宋荘もやがて一万人の芸術家を抱える一大芸術家村に成長した。

何事もスケールが大きくなりがちな中国らしいが、いくらその大きさについて事前に耳にしていても、初めて訪れた人は一様にその規模に驚く。二五万平米余り、つまり東京ドーム約五個半分にもなる７９８芸術区の規模が、日本ではなかなか想像しにくいのは無理もない。宋荘に至っては、きちんと巡るためには、一日タクシーをチャーターする必要がある。

芸術区の急速な膨張と商業化は最初、私を戸惑わせたが、その後はこう割り切るようになった。広い中国では、「現代アートって何のこと？」という人は世代や生活環境を問わず、まだまだ多い。雲南省を訪れた時、地元の作家が、ここでは現代アートの作家はただの変人扱いだ、と嘆くのを聞いたこともある。そんな環境で少しでも多くの人がアートに触れるためには、窓口だって多種多様であった方がいい。たとえ僅かな数の人しか、心動かされる体験ができなかったとしても、「何か面白いものがそこにありそうだ」という認識が広まれば、現代アートはずっと生存しやすくなる。窓口が多様であっていいのは、芸術家たちと美術ファンや市場との関わり方も、然りだ。縁日で綿菓子を売るように、芸術区で手工芸品や似顔絵をたくましく売る人々だって、もちろんいていいのだ。たとえそれが一見、現代アートの範疇の外にあるように見えたとしても。何事も現地のテンポで、ゆっくりとやればいい。そう感じるのは、私には７９８というお祭り騒ぎ自体が、絶えず変化を繰り返す一種のポップアートに見えてしまうからかもしれない。

それに、大山子芸術区にはまだ展示作品を厳選し、学術的に価値の高い展覧会をしている画廊もあり、画廊を絞って行けば、かなり高い確率で興味深い作品にも出会うことができる。その上で、粗削りでもいいから、ディープで実験的な表現を観たい人は、草場地をはじめとする、より郊外の芸術区に行けばよいのだ。

失われていった「ゆるさ」

だがそれでも私には、北京の芸術区がまだちょっと謎めいていて、半ばアングラだった時代が忘れられない。放置された廃工場のような荒々しさと、ゆるさが生む自在さが同居していた７９８、展覧会場を探している間に、稼働中の工場に迷い込み、配管からいきなり噴き出してきた蒸気にびっくりした７９８、工場としての素顔を残しつつも、その奥に切実な表現にまつわる数々の秘密を隠していた７９８が。そして農家のあばら家で、時に寒そうに、時に仲間とわいわいと暮らしながら、時に意味不明

で、時に痛々しく、時に無謀なほどのチャレンジ精神に満ちた作品を、採算が取れないことはおろか、警察の取り締まりさえ恐れずに作り続けていた宋荘の芸術家たちの姿も。彼らは今、どうしているだろう。

「この街で芸術は生き残れるのだろうか」
と問いかけた童昆鳥の作品、
《芸術拉圾（芸術のゴミ）》。
内部にはネオンを多用したキッチュな
作品がぎっしり。
二〇一七年、大山子芸術区
にて

大山子芸術区で顕著に見られたような、芸術界全体を把握し、管理しようとする行政側の動きはその後も続き、二〇一七年前後から、正式な申請を経て許可された場合でなければ、外国の作家の展覧会は基本的に開けなくなった。それまでも同規定はあったのだが、かりに「未申請」であることが発覚しても、すでに準備が整っている展覧会をわざわざ中止させることは稀だった。だがその頃を境に、規定が厳密に適用されるようになったのだった。

同様の動きは続き、それにコロナ禍が拍車をかけた。最悪の時期には、無数の展覧会の企画が中止に追い込まれ、表現や展示の自由がかなり脅かされたようだ。

そもそも、中国では厳しすぎる規制が反対に自由を求める精神を育ててきた面があるし、北京の芸術家たちがそんなにやわではないのも私はよく知っている。北京滞在中、私は時々、中国社会における規制や矛盾の多さなどに息がつまりそうになったが、そんな時は電動バイクを一時間ほど飛ばして芸術区に駆け込み、芸術家たちのとても自由な精神を反映した作品たちに元気をもらうのが常だった。

急ぎすぎることはない。今すぐには観られなくても、形の残る作品であれば、数年後、数十年後にそれらを鑑賞することはできるだろう。だがそれでも私はこれ以上、志ある芸術家たちの作品が厳しすぎる規制や管理によって発表の場を奪われたり、芸術家自身が居場所を追われたり、「存在しなかった」ことにされたりしないよう、祈らずにはいられない。

だって、彼らの世界はしばしば敬意と強い好奇心を覚えずにいられないほど個性豊かで、奥深くて、自由で、可能性や示唆に満ちているのだから。

中国独立電影を振り返る

中山大樹

［なかやま・ひろき］
金沢大学文学部で社会学を専攻。卒業後、北京と上海で語学留学をする。日本企業の上海駐在員、起業などを経て、二〇〇八年から二〇一五年まで東京で中国インディペンデント映画祭を開催。その後は、日中の映画の上映や制作に携わっている。著書に『現代中国独立電影』（講談社）がある。

中国では、一九九〇年代から二〇一〇年代にかけて「独立電影」と呼ばれる映画がたくさん作られた。日本語に訳せば「インディペンデント映画」だが、日本の自主映画などとはまた少し異なる意味を持つ。私は中国の独立電影に興味を持ち、自分で上映イベントをしたり、北京で制作者たちとも深く関わるようになった。しかし、政府の圧力などがあり、二〇一〇年代後半からは制作や上映が難しくなってしまった。本稿では、個人的な体験も交えながら、独立電影とは何だったのかを振り返って解説してみたいと思う。

独立電影のはじまり

中国政府は一九四九年の建国以来、映画を政治宣伝の手段として重視し、管理してきた。かつては国営の映画製作所が各地にあり、そこで映画が作られていた。内容的にはプロパガンダ的なものもあれば、そうでないものもあったが、いずれにせよ映画は政府の指導のもとで作られるものだった。例えば、かつて日本では8ミリフィルムで素人が自主映画を撮ったりしていたが、そうしたものは中国には存在しなかった。撮

★1　張元：中国で最初の独立電影と言われる『媽媽』（九〇）や、インディペンデントのドキュメンタリー『広場』（九四）などを監督。『ウォ・アイ・ニー』（〇三）以降は商業映画監督となった。『緑茶』（〇三）、『小さな赤い花』（〇六）など日本で公開された作品も多い。

★2　王小帥：独立電影『ザ・デイズ』（九三）で監督デビュー。『ルアンの歌』（九八）、『北京の自転車』（〇一）などで国際的に高い評価を得る。『青紅』（〇五）以降は商業映画監督として活動。

影には撮影許可が、上映には上映許可が必要だったし、そもそも一般人にはフィルムも手に入らなければ、現像もできなかったのである。

それが一九九〇年頃になると、映画製作所で働く監督の中に、個人的な目的で映画を制作する人々が現れた。張元(チャンユェン)★1や王小帥(ワンシャオシュアイ)★2といった、後に第六世代★3と呼ばれる監督たちである。彼らは北京電影学院という映画制作の人材を育成するための大学を卒業した後、国営の映画製作所に配属されていた若者で、職場の機材を流用したり、質の悪いフィルムを独自に手に入れたりして、仕事とは無関係に仲間と映画を撮った。もちろん、劇場公開ができるわけではないが、海外の映画祭に出すなどして発表した。またテレビ関係者の中にも、ビデオでドキュメンタリー映画を撮る者が出てきた。こうした作品は、許可を得ていない、アンダーグラウンドな映画ということで、中国では「地下電影」と呼ばれていた。こうした作品の出現は当局からは当然良く思われず、一九九四年に七人の監督に対して映画制作禁止などの処分が下りている。★4それでも、その後も賈樟柯(ジャジャンクー)★5など新たな作り手が現れ、地下電影は作られ続けていた。

二〇〇〇年代に入ると、デジタル技術の普及によって撮影や編集を安く簡単に行えるようになり、個人で映画を作る人は増加した。その多くが、画家や詩人、作家といった別のジャンルで表現活動をしてきた人々であった。彼らは新たな表現方法として

★3　張芸謀(チャン・イーモウ)や陳凱歌(チェン・カイコー)といった監督が世界的に有名になった八〇年代に、中国映画の初期から監督を時代ごとに分類し、彼らを第五世代と呼ぶようになった。その次に出てきた張元や婁燁(ロウ・イエ)などの世代が、第六世代と呼ばれた。一般には第七世代以降の呼び方は使われていない。

★4　俗に「七君子事件」と呼ばれる。処分を受けた監督は張元、王小帥、田壮壮(ティェン・ジュアンジュアン)、呉文光(ウー・ウェングァン)、何建軍(フー・ジェンジュン)、寧岱(ニン・ダイ)、王光利(ワン・グァンリー)の七人。これにより一〇年近くに渡り映画制作の禁止を言い渡される。しかし、商業映画として公開できないだけで、実際には地下電影を作り続けていたし、海外の映画祭でも上映され、高く評価されていた。

映画作りに興味を持ち、仲間たちと作品を作っていった。「独立電影」という言葉が生まれたのもこの頃である。

独立電影という言葉は、英語のIndependent Filmから来ている。ただ、アメリカでインディペンデントと呼ばれているのは、ワーナー・ブラザースやユニバーサル・ピクチャーズなど数社の最大手映画会社ではない会社が制作した映画である。一方、中国の場合、すでに二〇〇〇年代には多くの民間企業が映画を制作できるようになってはいたが、こうした映画会社が作ったものは独立電影とは呼ばれなかった。これらの映画会社が作るものは、あくまでも劇場公開を前提とした商業映画であり、当局の許可を取り、検閲を受けたものである。それに対し、独立電影と呼ばれるものは、ほとんどは検閲も受けていなかった。既存の映画やメディアが政府の管理下にあるのに対して、その外にあるという意味で独立電影は「独立」した存在だった。ただ、定義はあいまいで、検閲を受けたものも独立電影と呼ぶ人たちもいた。彼らは、独立とは「独立した思考」を指すと考えていた。つまり、より個人的で作家性の強い映画という意味である。このように、定義はあいまいだったが、独立電影が非商業的な映画であるという点では、大方の意見は一致していたようである。

独立電影の増加に伴い、それを上映しようという組織も各地に現れた。[★6] フィルム映

★5　賈樟柯：北京電影学院在学中に短編映画『小山の帰郷』（九五）を発表。卒業してすぐ発表された『一瞬の夢』（九八）は国際的に高く評価された。『世界』（〇四）からは商業映画監督として活動しているが、『罪の手ざわり』（一三）は審査を通っていたものの公開できなかった。なお、プロデューサーとして新人監督を支援したり、故郷の山西省で平遙映画祭を開くなど、監督以外の活動も行っている。

画と違い、プロジェクターとプレーヤーがあれば上映できたため、上映もそれまでより容易になっていた。上映と言っても、バーやカフェに僅かな観客を集めたもので、同好者の集まりといったところである。前述のように、本来許可がなければ映画の撮影や上映はできないわけだが、それはあくまで産業としての映画に対する規則であり、一般人がビデオカメラで個人的に撮影する行為まで禁止されているわけでもなければ、誰かが作った映像を私的に鑑賞することが許されていなかったわけでもない。なので、このような上映会も、あくまで仲間が集って無料鑑賞会をするという形式をとっていた。そのためか、当時は特に問題視されることもなかったようだ。

やがてこうした組織の中から、より大きな上映イベントを企画する人々が現れ、二〇〇三年に北京、南京、雲南でそれぞれ独立電影の映画祭が誕生した。初期の映画祭には、賈樟柯や王兵(ワンビン)★7などの監督も参加している。映画祭といっても、映画館は使えないので、大学などを会場にした無料上映だった。また、映画祭を指す「電影節」という言葉は、政府が認めた限られた映画祭でしか使用できない決まりがあったため、「影像展」といった名称を使っていた。観客は、独立電影の制作や上映に関わる人をはじめ、学生、一部のコアな映画ファンなどに限られていた。それでも数十本の作品が上映され、中国各地で孤独に制作している人たちが一堂に集まって交流できる貴重

★6　初期においては、北京、上海、瀋陽などに上映組織があった。これらはもともと独立電影を上映することが目的ではなく、国内外の色々な映画を入手しては、皆で観て語り合う映画サークルだった。やがて独立電影も上映し始め、監督を招いたりするようになった。こうした組織は、天津や成都、深圳、広州、長沙など多くの都市で作られた。

★7　王兵：北京電影学院出身。九時間を超えるドキュメンタリー映画『鉄西区』（〇三）を作り、多くの映画祭で受賞。中国を代表するドキュメンタリー映画監督であり、山形国際ドキュメンタリー映画祭では、『鉄西区』をはじめ、これまで三度大賞を受賞している。またドキュメンタリーだけでなく、劇映画『無言歌』（一〇）も作っている。

な機会だったため、その意義は非常に大きかった。これらの映画祭の規模は徐々に大きくなり、話を聞きつけて海外からも映画関係者が足を運ぶようになった。こうして、多くの独立電影が海外の映画祭で紹介され、高く評価されるようになった。

この頃、中国では海賊版ＤＶＤソフトがよく売られていて、自宅でＤＶＤを観るのが一般的になっていた。中国では海外の映画があまり公開されないため、ハリウッド映画をはじめ、日本映画などもこうした海賊版ＤＶＤで観るのが普通だった。そんな中、海外でソフト化された中国独立電影のＤＶＤも、海賊版として中国に逆輸入されるようになり、市中に出回るようになる。これまでは関係者や一部の映画好きにしか知られていなかった作品が、一般の人も観られるようになり、独立電影の知名度は徐々に上がっていった。また、この頃は中国でインターネットが普及してきた時期でもあり、ネット上に映画批評を書く人も増えていた。

独立電影に魅せられて

私は一九九六年に北京で留学して以降、長く中国で暮らしていたのだが、独立電影という言葉を知ったのは二〇〇五年に日本に戻ってからだった。東京の映画祭で独立電影を知り、それまでの中国映画との違いを強く感じた。明らかに低予算で、素人くさいが、その分生々しいというか、むき出しのリアルな中国が描かれていると思った。中国では、例えば汚い街並みが映っていたり、言葉遣いが悪かったりすると、検閲で修正を求められる。中国のイメージを損なうものを見せてはいけないからだ。でも、独立電影はそうではなかった。貧しい農村の話もあれば、娼婦も出てきて、きれい事ではない生活が描かれている。テーマには社会性のあるものが多く、特にドキュメンタリー映画では、官製メディアが決して伝えない厳しい現実が映っていた。少数民族、エイズ患者、開発による住民の強制的な立ち退きなど、どれも強いインパクトがあり、良い作品だった。私はもともと中国に関わる仕事をしていたこともあって、こうした作品の重要性を強く感じたし、多くの日本人に観てもらうべきだと考えた。そこで東京で上映イベントを企画するようになった。とはいえ、映画上映に関してはまったくの素人だったので、いろんな人に聞きながら、まさに手探りで準備を始めた。

二〇〇七年春には北京を訪れ、監督やプロデューサー、映画祭主宰者などを訪ねて回った。彼らは国内外のより多くの人たちに観てもらいたいと考えていたので、私に作品を観せてくれたり、仲間の監督を紹介してくれたりして、私も少しずつ人脈を広げることができた。同年秋には、映画祭にも足を運んだ。北京市郊外の、宋荘（そうそう）という芸術家村にある美術館で行われていた映画祭で、朝から晩まで皆で映画を観て語り、一緒に食事をし、夜は酒を飲み、何日もそれを繰り返すという、濃厚な体験だった。観客は多いときで一〇〇人程度で、ほとんどは作品の関係者だった。一般客が来るには、宋荘は中心部から遠すぎたせいもある。監督は二十代から五十代まで様々で、作品もドキュメンタリーもあればアニメもあって幅広い。中国では非常にセンシティブなテーマである地下キリスト教教会の実態や、同性愛などをテーマにした作品もあり、リスクを犯してでも伝えたいという、作り手の強い意志を感じた。

こうして私は作品を集め、二〇〇八年に東京で中国インディペンデント映画祭を開催した。スポンサーも助成金もなく、スタッフもおらず、ほぼ一人で行ったイベントだったが、八本の作品を上映することができた。これが好評だったこともあり、中国インディペンデント映画祭は二〇〇九年以降も隔年で開催するようになった。規模も徐々に大きくなり、観客数も増えるとともに、慶應義塾大学をはじめいくつもの大学から協力を得られるようになったことで、中国から監督たちをゲストで招くことができるようにもなっていった。とはいえ、これは決して楽なことではない。独立電影の監督たちは、どれも世話の焼ける人たちで、「ビザを取り忘れたから映画祭の日程を遅らせてくれないか」という人や、「飛行機に乗り遅れたから東京には行かない」という人、成田空港まで行く列車のホームまで見送ったのに、「違う列車に乗ったみたいで、全然違うところに着いた」と電話してくる人もいた。また、どの監督も家族や親戚、友人などを同行してくるので、その対応を私一人でするのは本当に大変なことだった。

東京の映画祭で上映する作品を探す必要もあって、毎回中国各地の映画祭に通うようになり、関係者たちとも仲良くなった。そんな中、北京宋荘の映画祭を主催していた栗憲庭（リーシェンティン）電影基金に招かれ、二〇一〇年の春からスタッフとして現地で働くようになった。スタッフとは言っても、ほぼボランティアではあったが。

栗憲庭電影基金とは、芸術評論家の栗憲庭が独立電影の発展のために二〇〇六年に設立した団体である。彼は高名な評論家で、中国の芸術分野で大きな影響力を持っている。一九九〇年代後半、彼は当時はただの農村だった宋荘に、数名の芸術家とともに移り住んだ。やがて彼を慕う芸術家たちも多く移り住むようになり、宋荘は芸術村へと変貌した。村には美術館やギャラリーが立ち並ぶようになり、中でも代表的な存在である宋荘美術館ができると、彼はその初代館長になった。二〇〇〇年代は中国の現代アートが世界中で人気になり、絵画などが高値で取引されるようになっていた。そのため、投資目的の富裕層などが注目し始め、商業的な作品が増えていた。そんな状況に彼は不満を感じていたらしい。そんな中、宋荘美術館で独立電影の上映が行われ、彼は独立電影を知る。そして監督たちの思いに共感し、彼らを応援する基金を作ることにした。資金は、売れている芸術家から寄付を集めるなどして得たものである。こうして作られたのが栗憲庭電影基金であった。栗憲庭電影基金ができてからは、独立電影に関わる人の中にも、宋荘に住む人が増えていった。

政府からの圧力

今思えば、この頃が独立電影の最盛期でもあった。当時、栗憲庭電影基金が行っていた二つの映画祭（春のドキュメンタリー映画祭と、秋の総合的な映画祭）には毎回数百本の応募があった。それほど多くの作品が作られていたのである。もちろん、未熟な作品も多かったが、その中から数十本を選んで上映していた。他にも国内外の作品を集めて特集を組み、海外からゲストや審査員を招くなどして、かなり規模の大きな映画祭だった。南京、雲南の映画祭も同程度で、二〇〇七年には重慶にも新たな映画祭ができていた。映画祭には海外の映画祭関係者も来るようになり、そこで観られた作品が海外の映画祭にも紹介されるようになっていった。

我々の栗憲庭電影基金は、映画祭以外にも様々な活動をしていた。不定期の上映イベントやシンポジウムの開催、独立電影アーカイブの運営、映画制作のワークショップの運営などである。事務所には国内外から常に来客があったし、毎日非常に忙しくしていた。こうした活動は、常に地元政府や警察の監視を受けていた。映画祭の開催が近づくと、地元の役人や警察から呼び出しがあって、映画祭開催を見送るように言われていたし、映画祭期間中も私服警官らしき人と役人がウロウロしていた。ただ、何かの法に触れているわけではないので、警察も手は出さずに静観しているという感じだった。

実はそれまでにも、他の団体の映画祭が中止させられたことはあった。例えば二〇〇七年の雲南の映画祭は、ある政治的なテーマの作品が政府によって問題視されたために、予定通りの開催ができなくなり、会場を他の都市に移して、非公開の内部上映を行うにとどめた。また二〇〇四年の北京クィア映画祭[★8]は、当日に制服を着た多くの警察が会場に来て、強制的に中止させられた。会場になっていた店舗が消防法に反するという、かなり強引な理由だった。中国では性的マイノリティの権利が認めら

★8　北京クィア映画祭：北京電影学院の教員で、クィア映画の監督でもある崔子恩（ツイ・ズエン）らが二〇〇一年に始めた映画祭。様々に形を変えながら現在も継続中。なお、主宰者のひとりである楊洋（ヤン・ヤン）がこの映画祭の歴史を記録したドキュメンタリー映画『わたしたちの物語——北京クィア映画祭と十年間の「ゲリラ戦」』（二一）は、日本でも上映されている。

れておらず、こうしたイベントは人権活動に繋がりやすいので、政府は非常に警戒している。

また、天津の上映組織が『克拉瑪依（カラマイ）』（二〇一〇）というドキュメンタリー映画の上映を計画したとき、前日にスタッフが警察に連行され、上映できなくなったことがあった。その映画は、かつて新疆ウイグル自治区で起こった大規模な火災事故がテーマで、遺族や生存者へのインタビューを通して、政府側の事故原因やその後の隠蔽工作が明らかになるというものだった。海外の映画祭で上映され、賞を取ってもいたのだが、中国政府からは危険視されていた作品だった。

このように、個別の作品の上映や、特定のテーマを持った上映イベントが中止になることは以前にもあったが、各地の映画祭は継続して開催ができていた。南京の映画祭などは、会場が大学だったこともあって、ある程度の自主規制もしていたようだ。その点では、栗憲庭電影基金は一切の自主規制なく、政治的な映画も上映する強気の組織だった。

我々を取り巻く環境がより厳しくなったのは、二〇一〇年の終わり頃からである。二〇一〇年秋の映画祭までは特に妨害を受けることもなく上映できていた。ただ、冬頃から他の組織が主催する上映イベントが中止になり始めた。

そして、二〇一一年五月に予定していたドキュメンタリー映画祭は、政府からの圧力が強くなり、直前になって開催を断念せざるを得なくなり、中止を発表した。それでも監督や招待客たちは何かするのではないかと我々の事務所に集まってきたのだが、地元の役人や警察による執拗な尾行、盗聴もあって、何もできなかった。

なぜこの時期になって厳しくなったのか、原因はいくつか考えられるが、やはり独立電影の影響力を政府が意識するようになったからだと思われる。二〇一〇年以降、微博（ウェイボー）というSNSの利用者が急増して、ネット上に様々な発言が出てきたため、政府がネットの管理を強めていた。この年は、中東や北アフリカで民主化を求める社会運動（いわゆる「アラブの春」）が起こっていて、その中でSNSの役割が注目されていた時期でもある。また、ネットで動画を見たりダウンロードすることが普通になり、その中には独立電影もあって、独立電影を観る人がそれまで以上に多くなっていた。例えば当時、芸術家の艾未未（アイウェイウェイ）★9は、社会問題をテーマにしたドキュメンタリーを何本も作り、ネットにアップしていた。その中には、本人が警察から暴行を受けた事件などを取り上げたものもある。こうした作品が注目され、多くの人たちが知るようになる。やがて警察により彼の活動は制限を受け始め、二〇一〇年の一一月に自宅で軟禁され、二〇一二年春には逮捕された。公式には脱税が理由とされているが、脱税事件として

★9　艾未未：現代アートで世界的に知られるアーティスト。北京電影学院を卒業しており、映像を使ったインスタレーション作品も多い。

は不自然な点ばかりで、他の問題があったのは明らかである。そして、この頃から独立電影の上映に対する締め付けが非常に厳しくなっていった。

仲間との生活

私は二〇一一年五月に栗憲庭電影基金を離れた。その後は、日本のインディペンデント映画と中国の独立電影を一緒に上映するイベントを開いたり、日本映画の上映で中国各地を回ったりした。もちろん、そこから収入を得られるわけではないので、仕事にはならない。それでもやっていけたのは、周囲の支えがあったからである。実はその数年間、いろんなところで居候をして暮らしていた。

例えば天津では、私設美術館も備えているあるホテルのオーナーが、住むところがないなら自分のホテルに来ればいいと呼んでくれて、一年ほど住んでいた。その間、食事もホテルのものを無料で食べさせてもらっていた。このホテルには、私以外にもそうやって暮らしている画家などがいて、言わば食客として置いてもらっていた。私はその間、美術館で上映イベントを行い、その費用も出してもらったりした。中国には

歴史的に食客の文化があるが、独立電影にもこうしたパトロンはいて、道楽で映画の制作費を出してくれる金持ちもいれば、映画祭のために百万円単位の寄付をする人もいる。他の国から見ると、利益も政府の助成金もない中、独立電影が続いていたことが不思議に思われるが、実はこうした支えも大きい。

宋荘で暮らしていた顧桃監督の家。
四合院という伝統的な形式である。
中庭にはモンゴルの蒙古包(パオ)(ゲルとも呼ばれる移動式住居)が
無造作に置かれている。

　また、仲間同士での助け合いもある。私は一時期ドキュメンタリー監督の顧桃(グータオ)の家にも数ヶ月住んでいた。彼は宋荘で古い家屋を借りて暮らしていて、その家にはいろんな人が出入りしていたし、毎週のように大勢で集まってパーティーをしていた。私は彼の映画を東京で上映したことがきっかけで仲良くなったわけだが、仕事上の繋がりなどは特になく、単なる友人であった。ある日、彼は私に自分の撮った短編映画を観せてきた。彼はそれを私の映画祭で上映するなり、他に紹介するなりして欲しかったようだが、私はつまらないと言って、途中で観るのを止めた。そのとき、彼はただ気恥ずかしそうにしていただけだったが、後になっていろんな人にこう語っていた。「普通、こんなに世話になっていたら、多少つまらない映画でも選んでやろうと思うのが人情だ。でも彼は映画の本質を重視していて、ブレない。やはり日本人は凄い」

栗憲庭電影基金は、私が離れた後、人員を大幅に入れ替えて仕事を継続していた。新たにアートディレクターになったのは、王宏偉（ワンホンウェイ）だった。彼はそれ以前から栗憲庭電影基金のワークショップの講師もしていて、設立当初からの仲間でもあった。もともとは北京電影学院にいた頃から賈樟柯と一緒に映画を作っていた人で、『一瞬の夢』の主演俳優でもあり、その後の賈樟柯の一連の作品にも俳優として出ている。私は、彼の家でも長い間居候をしていて、いつも一緒にビールを飲んでいた。顧桃もそうだが、宋荘にいる仲間たちは皆酒が好きで、よく仲間たちで集まっては、酒を飲んでいた。ドキュメンタリー監督である黄香（ホアンシャン）は、自宅を改装して小さなバーにしていて、対外的には営業していないが、知っている人だけが訪れる店になっていて、私もよく出入りしていた。でも金を払った記憶はない。そのとき金のある人が出すという感じで、私はいつも出してもらうほうだった。飲んでいるときの話題は、もっぱら今後どうすべきかという話で、映画の話はあまりしていなかったように思う。

映画祭の終焉

栗憲庭電影基金は、その後も上映やワークショップを開催していたが、環境は悪化する一方だった。例えば、ワークショップは違法だとして警察が介入してきて、初日に参加者を強制的にバスに乗せ、駅まで連れて行って、ここから各自家に帰れと言われたりした。結局は、急遽別の都市に会場を探し、参加者たちをこっそり連れて行って、隠れて開催した。このワークショップはその後も毎年場所を変えながらゲリラ開催することとなった。二〇一二年秋の映画祭は、通常通り開催しようとしたものの、オープニング上映の途中で警察が多数やってきて、会場の電気を止められた。翌日からは、少人数に分かれて、個人宅などでひっそり上映を継続した。その間も警察は外で見張っていたようだが、踏み込んでまでは来なかった。

完全に映画祭ができなくなったのは二〇一四年からである。私はこの年は広州にいて、友人の映画の撮影に参加していたので、以下は当事者たちから聞いた話だ。映画祭開幕前日に栗憲庭が警察に連行され、一切の上映を行わないよう誓約書を書かされた。また、当日は公式のＳＮＳアカウントが閉鎖され、外部に告知ができなくなった。そのため、招待していたゲストや関係者は、情報が得られないまま続々と事務所に集まってきた。事務所は制服の警官や、地元の役人で取り囲まれていて、出入りができない状態だった。集まっていた監督の中には、口論の末に政府側の人間から一方的な暴行を受けた者もいた。その後、栗憲庭電影基金は映画祭を一切開催できなくなった。

　雲南の映画祭も、二〇一三年に開催を中止させられ、以降は活動を止めた。南京の映画祭は、上映形態を変えたり、開催都市を移したりしながら続けていたが、数年後には開催を断念し、組織は解散している。ただ、映画祭はなくなっても、作品は作られ続けていたし、そうした新作を単発で上映するイベントなども行われていた。私も二〇一五年一二月に東京で第五回中国インディペンデント映画祭を開催し、一四本を上映した。

　ところが、二〇一六年に電影産業促進法[★10]という法律が新たに制定されると、無許可で映画を作った映画会社が刑事罰を受けることが明文化されてしまった。海外の映画祭で上映された場合も、処罰の対象となる。それまで独立電影を上映していた香港国際映画祭も、検閲を通していない映画は上映しなくなってしまった。

　これにより、それまで独立電影に出資していた会社が一斉に手を引いてしまった。

★10　電影産業促進法：映画産業活性化のための規制緩和、映画市場の秩序維持などを目的に定められた法律。

この頃、独立電影の制作費は、日本の自主映画とは比べ物にならないくらい大きくなっていた。日本で商業映画が撮れるくらいの規模もザラで、一時期は動画配信などである程度の資金が回収できていたし、回収できなくても、一種の投資と考えてくれる出資者もいた。映画産業自体が右肩上がりで、ヒット作は莫大な利益を生んでいたので、儲かっている会社には余裕があったのだ。独立電影で評価され、その後商業映画でヒットメーカーになった寧浩(ニンハオ)★11のような監督もいたので、二匹目のドジョウに期待をしていた出資者もいただろう。だが電影産業促進法でそうした会社が手を引いたために、独立電影はほとんど作られなくなってしまった。自己資金を投じて作る監督もいるにはいるが、決して多くない。発表をする場もなくなってしまい、制作しても上映することが難しいとなれば、個人で大金を投じて映画を撮ろうと考える人は当然少なくなる。こうして、独立電影は急速に減っていった。私も上映したい作品がなくなって、中国インディペンデント映画祭を止めてしまった。北京の栗憲庭電影基金も、やれることがなくなり、解散した。二〇二三年六月に、私はコロナ禍後初めて中国を訪れ、王宏偉のいる宋荘にも行ってみたが、もはや映画監督の多くは宋荘を離れており、宋荘はレストランやカフェの立ち並ぶ、賑やかな町になっていた。

★11 寧浩:独立電影『香火』(〇三)は東京フィルメックスで最優秀賞を受賞。香港の俳優アンディー・ラウが出資したコメディ映画『クレイジー・ストーン』(〇六)が大ヒットし、その後もヒットメーカーとして活躍している。

監督たちのその後

独立電影は消滅したのだろうか。個人的には、かつてのような、ジャンルとしての、あるいは現象としての独立電影はもう中国にはないと思っている。もちろん、『石門』（二〇二二）の黄驥（ホアンジー）＆大塚竜治[★12]のように、低予算ながら自力で映画を作り続けている監督もいる。また、山形国際ドキュメンタリー映画祭でその後も毎回中国の作品が紹介されているように、今でも個人でドキュメンタリー映画を撮っている人はいる。ただ、その数は非常に少ない。もっとも、それは私が知らないだけかもしれないが。

では、かつて独立電影に関わっていた人たちはどうしているのだろう。宋荘でバーをやっていた黄香、『シャドウ・デイズ』（二〇一四）の趙大勇（チャオダーヨン）[★13]、『映画のない映画祭』（二〇一五）の王我（ワンウオ）[★14]などはアメリカに移住した。映画祭の主宰者でアメリカに移住した人もいるし、現在移住を準備中の人もいる。彼らは中国に自由がなく、海外のほうが生活しやすいと考えているようだ。

また、商業映画で活躍している監督もいる。李睿珺（リールイジュン）[★15]は、独立電影の頃と同じく故

★12　黄驥＆大塚竜治：二人の共作で短編や長編を撮り続けている。『卵と石』（一二）、『フーリッシュ・バード』（一七）、『石門』の三部作は、日本でも映画祭などで上映されている。

★13　趙大勇：ドキュメンタリー映画『ゴーストタウン』（〇八）、劇映画『歓楽のポエム』（一〇）、『シャドウデイズ』（一四）など。

★14　王我：実験的な作品を手掛ける監督。栗憲庭電影基金のワークショップの講師の一人でもあった。『映画のない映画祭』は、二〇一四年の栗憲庭電影基金の映画祭が中止になった経緯や、その後の様子を記録したドキュメンタリー。

★15　李睿珺：主に故郷である甘粛省の農村を舞台にした作品を作っている。『小さき麦の花』は低予算ながらクチコミで広まり、大きなヒットに繋

郷の甘粛省を舞台にヒューマンドラマ『小さき麦の花』（二〇二二）を撮り、これが大ヒットした。

張律（チャンリュル）★16は近年ずっと韓国で映画を撮っていたが、二〇二一年に中国のスターを起用した商業映画『柳川』を公開させ、金鶏奨★17で助演男優賞と低予算作品賞の二冠を取るなど、国内の映画界からも評価された。その後に中国で撮った『白塔』も、二〇二三年のベルリン国際映画祭のコンペ部門に選ばれ、中国での公開も控えている。こうした作品ドキュメンタリー出身の楊荔鈉（ヤンリーナー）★18や徐童（シュートン）★19などが商業映画に転向している。こうした作品は、有名な俳優を起用し、検閲も通しているが、監督の持ち味は変わっていない。とかく利益を追求した派手な作品ばかりがもてはやされる中国の映画界で、彼らの作品は一線を画すものであり、今後も彼らが良質な作品を作ってくれることと期待している。

私はといえば、二〇一九年に中国で濱口竜介監督の特集上映をしたり、前述の『柳川』の制作に関わったりと、映画に携わる仕事は続けている。その中で感じるのは、中国は上映会の観客にせよ、映画製作のスタッフにせよ、とても若いということだ。中国では世代が次々に入れ替わっていて、常に変化を感じる。「ポスト独立電影」と呼べるものはまだ出てきていないが、独立精神を受け継いだ次の世代によって、また新た

がったが、その後ネット配信などがすべて削除された。農村の貧困を描いたことで、政府が難色を示したためと言われている。

★16　張律：初期は出身地である延辺朝鮮族自治州で『キムチを売る女』（〇五）や『豆満江』（一〇）といった独立電影を撮っていた。後に韓国の大学で教鞭をとりながら、韓国で『慶州 ヒョンとユニ』（一四）や『福岡』（二〇）などを撮った。

★17　金鶏奨：政府の組織する中国電影家協会によって選ばれる、中国版アカデミー賞とでも言うべき賞。政治色が強い。

★18　楊荔鈉：ドキュメンタリー映画出身で、『老人』（九九）は山形国際ドキュメンタリー映画祭でも受賞している。劇映画は『春の夢』（一三）、『春潮』（一九）、『媽媽！』（二二）の三本がある。

な動きが生まれてくることだろう。今の中国は表現への規制が以前より強くなり、あまり楽観視はできない状況だが、今後も優れた映画が出てくると期待したい。

★19　徐童：『収穫』（〇八）、『占い師』（〇九）、『唐爺さん』（一一）など、これまでドキュメンタリー映画を数多く制作してきた。現在は劇映画を制作中。

滲む国境

OKI

［オキ］

二十代でアイヌカミングアウトを果たすも周囲から弾かれ挫折、失意のままNYに移住。六年後のある日、東京のプロデューサーから映画美術監督のオファーがあり帰国。しかし数ヶ月で映画は頓挫、暗澹たる気分で向かった北海道で樺太アイヌの弦楽器トンコリと衝撃的な出会いを果たす。一九九三年、音楽は全くの素人だったが演奏と楽器製作を学び始める。すぐさま音楽制作レーベルChikar Studioを設立、安東ウメ子、Marewrew、Oki Dub Ainu Bandなど数多くのレコード、CDを世に放つ。日本での活動のほかWOMADなど海外音楽フェスにも多数出演している。先祖はカムチャツカ半島のどこか。母方は愛媛。

台湾のヴィーナス

一九九八年のことだ。台湾の演劇プロデューサー、王墨林（ワンモーリン）という人から連絡があった。

シェークスピアの「オイディプス」を台北の国立劇場と台湾南西部・嘉義（ジャーイ）の劇場で上演する。出演は北京の中国国家話劇院の俳優と台湾原住民のツォウ族の一般人だ。北海道原住民であるアイヌの人に劇を見に来てほしいという。樺太アイヌの弦楽器トンコリをライフワークにする、と決めて間もない頃で、アゴアシ付きで招待するというありがたいお誘いだった。

台北から中国国家話劇院の人たちとトコトコと鉄道で台湾西側の平野部にある嘉義に向かう。今は新幹線であっという間だがこの頃の鉄道は風情があった。嘉義は懐かしい雰囲気が漂う街だった。吐き出したビンロウ椰子の噛み汁で点々と赤く染まった広場の真ん中に噴水があった。セメントか漆喰で作ったであろう骨格の狂ったミロのヴィーナスのまわりで思いっきりそっくり返ったしょんべん小僧たちが水を勢いよく吹き上げていた。なんちゃってな西洋の造形が街の風景に溶け込んでいた。

嘉義の山間部に住むツォウ族の出演者の中には阿里山高山烏龍茶を栽培している人もいた。日本のコンビニで売っている烏龍茶とは似ても似つかぬ代物で淡い緑色のほのかに甘味のある大変上品なお茶だ。台湾原住民は、公式には一六のグループに分かれそれぞれが独自の言語と文化を持っている。日本との関係も深い。台湾北東部・宜蘭県の寒渓など四つの村では、日本語とタイヤル族の言語が混ざった「宜蘭クレオール」が今でも話されている。台湾原住民は大雑把にいうとイースター島からマダガスカルまでの広大な空間に住む人たちの仲間だ。

台湾は中国福建省あたりから移住してきた福佬人、華僑と共に世界四大移民集団と呼ばれる客家(はっか)、そして蒋介石と共にやってきた外省人が人口の大多数を占める。台湾原住民人口比率は二%ほどだ。台湾は九州ほどの山がちの小さい島だが底知れぬ奥深さがある。

よく食べ、よく喋り、冗談を言って笑ってばかりいる台湾チームに対して中国チームはとても真面目で大人しい。王墨林は彼らを招聘しておきながら奴らは面白くねえなどと毒づいている。一方北京チームはというと「台湾の食事は味がなくて美味しくないんですよね」などとぼやいている。台湾と中国、両チームの関係はなんともぎこちなかった。

到着したホテルのレセプションの壁には艶かしい趣向を凝らした部屋の大写真がずらりと並んでいた。ラブホと気づき騒然としている団員たち。共産党書記長にもお会いになられたであろう北京チームのトップ女優さんもお気に入りの部屋のボタンを押さなければいけない。翌朝、何やら騒がしいのでドアを開けてみると野球ユニホームを着た大勢の小学生たちがラブホの廊下を走り回っていた。台湾には一般のホテルとラブホの境界線がないことを知る。私はホテル最上階の淡い紫に統一された部屋で一人、暑さで霞む嘉義の平野を眺めながらどえらく面白い旅をしている自分に気づいたのである。

台北大学の近くの「漂流木」というライブハウスで原住民のライブがあるというので観劇の合間を縫って遊びに行った。出演していたアーティストとすぐに友達になった。彼は台東のプユマ族出身でケーブルテレビ局に勤めているという。「明日のフェスで野外ライブに出演するから」と誘われるままに会場に行くとそのまま舞台にあげられ一緒に演奏した。そこにいたのはプユマ、アミ族出身の若者たちだった。数年後に原住民の歌姫として鮮烈なデビューを果たしたサミンガ（紀曉君）はまだ十代だったと思う。

北京語がわからずコミュニケーションが難しかった。「カトちゃんペッ！」「アイーン」「飯島愛」がキーワードになり一気に打ち解けることができた。「アイーン」は全台湾人ができるのではないかと思うほど志村けんの人気は絶大だった。日本でオンエアされた「バカ殿」は録画され、すぐさまテープは漁船で与那国島から台湾に運ばれ数日後に字幕付きの海賊版ビデオが市場に出回るのだ。

一番ふざけていたのは、のちに天才プロデューサーと呼ばれるようになったＪＲだった。あいつはアンポンタンだからと言われてた。普通に日本語でアンポンタンって言われてた。これは志村けんの影響ではなく彼らが両親や祖父母から叱られた時に言われていた言葉だ。呉昊恩（ウーハオエン）は「僕なんかねー、ばあちゃんに抱っこされるとでかい声でもーもたろさん、ももたろさん！　て歌うんだ、それで寝そうになると、こら！　ばばの歌聴けって叩かれた」と子供を抱く仕草をしながら「ももたろさん」を歌う。しかし歌のうまさは格別だ。音程感はもう完璧だしポップスを歌っても伝統歌も余裕でこなす。原舞者という台湾各地の原住民の歌と踊りを取り入れたダンスカンパニーのメンバーでもあった小美（シャオメイ）（のちに以莉高露（イーリーカオルー）に改名）と巴奈（パナイ）は相当に鍛えられており、二人の伝統歌唱を歌う姿には自信がみなぎっていた。彼らの音楽をサポートしたのは立ち上がったばかりのインディレーベルTaiwan Colors Music（以下TCM）だ。またの名を角頭（ジャオトウ）音楽という。角頭とは台湾語で弾かれ者、ヤクザの親分という意味だ。TCMの記念すべきオムニバス形式の第一弾アルバムにはルカイ族のTakanowが歌う「山上的孩子（山の子ども）」が収録されている。のちにTCMは台湾に原住民の新しいポップスを広める重要なレーベルになっていく。気がつくと毎年のように台湾に行ったりTCMの人たちが北海道に来るようになった。

中庭でバーベキューをしながら酒を酌み交わし、ギターをつまびきながら歌を歌って時を過ごすというのは原住民の日常の風景だ。いつものようにその輪に加わっているとその中に一人、際立ってギターも歌もうまい男がいた。「海洋」というなんとも清々しい歌に感動し、「CDあるの?」と聞いたら手書きの原住民デザインのキャップを深々と被った寡黙な男は「僕は警察官なんでCDとかは出してないです」という。ほどなくして角頭音楽から陳建年のアルバム『海洋』が発売された。プロデューサーはJR。建年は二〇〇〇年の台湾のレコード大賞、金曲奨（ゴールデン・メロディ・アワード）で、大物歌手たちを打ち負かし、国語部門の最優秀男性シンガー賞を受賞してしまった。原住民の新時代のヒーローとして君臨した建年が地元台東で開かれたフェスのアフターパーティーに顔を出した時の全島から集まった原住民女性たちの歓声は凄まじかった。一〇〇人近い女性が歓迎の伝統歌を歌い、宴会場の空間は飽和状態になった。こんなことでは警察官として地元台東で勤務できるはずもなく、沖合の太平洋に浮かぶ蘭嶼（ランユ）島に転勤になった。大の釣り好きで日本に来ても釣り道具屋に入り浸っていた建年だから島への転勤は願ってもないことだった。彼はそこで一七年間勤務し、退職した。建年は『人乃島』という美しいアルバムを残し島を去った。まるでお伽話のような話だ。

　夜な夜な屋外で夕食を食べビールを飲みながらギターを弾いて歌いながら時を過ごすのはトロピカルな気候ならではの特権だ。原住民の歌はここから生まれる。アイヌが文化活動をするとその背後に和人研究者の顔がチラつく。失ったものが多過ぎるので無理もない。ここでは文化は自らの手の内にある。

走る国境

二〇一一年は東日本大震災と原発事故でこの世の終わりのような有様だった。アルバム『サハリン・ロック』を発表したばかりのオキ・ダブ・アイヌ・バンドはロシアのバイカル湖の近く、ブリヤート共和国の首都ウランウデで開催されるフェスティバル「Voice of Nomads」に出演することになった。成田からモンゴルのウランバートルへ飛びシベリア鉄道でブリヤートの首都、ウランウデに行くという行程だ。飛行機は離陸するとあっという間に北京上空を通過した。思ったより北京は近いと思った。中国国境を越え飛行機が高度を下げると果てしなく広がる丘陵地帯の先に忽然とウランバートルの街が現れた。滑走路の両脇に飛行機の残骸がずらりと並んでいる。空から見るウランバートルは『スターウォーズ』に出てくる惑星都市のようだった。

ウランバートル都市部周辺は気候変動の影響や経済的な理由で遊牧生活を辞めたあるいは辞めざるを得なかった人たちの住むゲルが集まる地区が広がっていた。ワイルドな郊外と打って変わって街の中心部は洗練されていた。そこには世界帝国を築きあげた国家的英雄チンギス・ハーンを祀った広場がある。広場の向こうにはルイ・ヴィトンの真新しいビルが見える。私がそのあたりをぶらぶらしていた頃、当時人気の横綱がルイ・ヴィトンで買い物をしていたらしい。遮るものが何もない郊外の丘の上で強い日差しを浴びていると世界の頂点にいるような錯覚に陥った。北京や日本ははるか下の世界のようだ。チンギス・ハーンが世界制覇を思い立ったのもわかるような気がした。

夜遅くロシア、中国共同運行のシベリア鉄道はウランウデに向かって出発した。各車両には車掌が乗務している。私たちの車両には迫力のあるロシアマダムが乗務しており、乗客は彼女の指示に従わなければならない。深夜に出発した汽車はいつまで経ってもマラソンをしてる人くらいの速度で走っている。退屈な旅の始まりだったが、いつの間にか寝てしまった。早朝に大型軍用犬を連れた朝青龍を小柄にしたような国境警備の女性隊員に叩き起こされた。パスポートチェックだ。寝台二階で寝ていたバンドのメンバーが横になったままパスポートを渡したところ、その態度が彼女の逆鱗に触れてしまった。寝台から下りるよう命令され、気をつけの姿勢で改めてパスポートを渡すことになった。不服そうに立っている二人の音楽家を睨みつける隊員の立ち振る舞いはなかなか魅力的であった。トロトロと走る汽車がウランウデに到着したのは翌日の夜だった。歓迎レセプションで主催者に鉄道で来たと伝えたら「飛行機ならすぐなのに」と言われた。鉄道を手配したのはフェスティバルなのに。

ブリヤート共和国の人口の二割ほどを占めるブリヤート人は、現在のロシア連邦（旧ソビエト連邦）の東シベリアのバイカル湖東岸に集住するモンゴル系の民族で、ブリヤート語はモンゴル語に非常に近く、また宗教もチベット仏教（ラマ教）を共有することから、ブリヤート人は歴史的・精神的にモンゴルと強い靭帯でつながっている。

国立ブリヤートオペラ・バレエ劇場で開催されたフェスティバル出演を終え、ウランウデ駅で現地スタッフと別れの挨拶をしていると背後からカンカン！　と金属音が響いた。振り返ると中国人の車掌が鉄棒で車両を叩いている。早く乗れという合図だ。通りすがりに狭い車掌室を覗くと切り株のような分厚いまな板の上に大きな包丁と綺麗に形作られた餃子が並んでいる。中国車両勤務は自炊らしい。うまそうな餃子だった。清潔だったロシア車両に比べ何もかもが砂っぽい中国車両で寝具の砂を払っていると車掌室から何やらいい匂いがしてきた。たまらず車掌に食堂車はないのかと尋ねたが無愛想な身振りで否定された。彼らは終始無言なのだ。明日の朝までひもじいのかと思いながら、何気に連結されているロシア車両の扉を開けてみたらなんとフィギュアスケートのザギトワ選手のようなウェイトレスが「いらっしゃいませ」と言わんばかりに微笑みかけてくるではないか。早速仲間を呼びボルシチとビールを注文し美しい丘陵地帯を見ながら贅沢なひと時を過ごすことになった。しかしその幸せは長く続かなかった。突然、ロシア国境警備隊が現れ車両に戻れという。食べ始めたばかりだったが会計はしなければいけない。微笑みの消えたウェイトレスにお金を渡して席を立った。パスポートチェックのあるモンゴル国境が近づいてきたからである。走る国境シベリア鉄道はポン・ジュノ監督の『スノーピアサー』のようだ。文明社会が滅んだ地球で生き残った人間が走行する電車の中で暮らしている。しかしそこは車両ごとに区分けされた厳格な階級社会だった……。

　国境の駅でパスポート審査のための途方もなく長い時間を過ごす。中国車掌チームは慣れたものでプラットホームに寝台のシーツをしき枕に寝そべりながら楽しそうにトランプなどしている。砂だらけの寝具の理由を悟る。ロシア国境を越えた頃、中国の新幹線が追突事故を起こし、直後に脱線車両を埋めてしまったというニュースが入ってきた。このニュースは俺たちにリアルに迫ってきた。夕方、脱線することもなくウランバートルに到着した。一言も口をきいてくれなかった車掌に「辛苦了（シンクーラ）（お疲れ）！」と声をかけてみた。すると、あ、どうもみたいな感じの小さなリアクションが返ってきた。もっと早く打ち解けていれば一緒にトランプで遊べたかもしれない。

橋の下世界音楽祭

豊田市駅から豊田スタジアムに向かうと片側二車線の大きな吊り橋がある。吊り橋の下には年に一度だけ幻の町が出現する。「Soul Beat Asia 橋の下世界音楽祭」だ。この祭りは個性の塊のような面構えの「火付ぬ組」が運営している。「ぬ組」と染め抜かれた半纏を羽織っているのですぐわかる。それだけではなく開催日が近くなると手に職を持った太陽光技術者、大工、鍛冶屋などが全国から豊田へと集結し、数日間だけの幻の町を建設する。ここでフェスティバル業者的な人間を見かけることはない。パンクバンドのタートルアイランドの永山愛樹と音楽レーベルのmicroActionの根木龍一のあり得ないほどの行動力が祭りを支えている。

自由で商業的な匂いの一切しない「橋の下世界音楽祭」は評判が評判を呼び、これまで遠藤ミチロウ、大城美佐子、朝崎郁恵、折坂悠太、THA BLUE HERB、GEZAN、切腹ピストルズそして内モンゴルからハンガイ（杭盖）、雲南省から山人（シャンレン）など書き切れないほどたくさんのアーティストが出演している。

二〇一二年のことだ。いつものように豊田市駅前のホテルに着くとアジアのどこからか来たに違いないであろう体のでかいアウトローな雰囲気のミュージシャンたちがホテルの入り口で酒盛りをしていた。飲み干した缶ビールがホテル入り口に用意された大きな灰皿からこぼれ落ちそうになっていた。それが内モンゴルのバンド、ハンガイとの初めての出会いだった。

ハンガイは馬頭琴の旋律、圧倒的な歌唱と喉歌（ホーミー）、そして強靭なドラム、ベースで「橋の下」の住民をノックアウトした。リードボーカルのホルチャはなぜかレイバンサングラスにハーレーダビッドソンの刺繍の入った革ジャン姿だったが歌うために生まれてきた男だと思った。ホルチャは内モンゴルに住んでいてあとのメンバーは全員北京在住という。この日のプログラムも終わり、少し静かになった橋の下でハンガイのメンバー同士の取っ組み合いの喧嘩が始まった。なんだかめちゃくちゃだったけどホルチャと酒を酌み交わし話をするのは楽しかった。内モンゴルの伝統とパンク、ロックの混ざったサウンドは戦略的で、音で世界征服してやろうというギラギラした強い意志を感じた。

モンゴル文化圏はロシア、中国、日本の力関係によって内モンゴルと外モンゴル（モンゴル国）そして外のまた外のブリヤートに分かれてしまった。満州国が消滅した時、内モンゴル人には二つの罪が課せられたという。日本に協力した罪、モンゴルの独立を望んだ罪だ。それによって凄まじい民族浄化が起こった。その内容はここに書けるようなものではない。この話はハンガイのメンバーから聞いたものではないことをお断りしておく。

失われた谷

二〇一七年、中国行きの誘いがきた。「橋の下」にも来ていた雲南のバンド山人のマネージメントをしているプロダクション先鋒の招聘で、タートルアイランドと一緒に貴州省黔南プイ族ミャオ族自治州マオラン谷で開催される「Lost Valley Festival」へ出演することになった。フェスの情報がなかなか届かないまま貴陽行きの飛行機に乗り込んだ。

貴陽空港で迎えが来るのを待っていると突然つんざくような女性の悲鳴が聞こえてきた。すぐさま対テロ特殊部隊が現れ女性を囲んだ。部隊が静観する中、女性が思いっきり叫びながら、されるがままの男をカバンでぶんなぐったり蹴っているのが見えた。大陸の旅は特殊部隊を巻き込む迫力満点の夫婦喧嘩で幕を開けた。お尻が痛くなるほどバスに揺られて茘波（リボー）という街に到着したのは夜がふけた頃だった。街の中心は何もかもが新しく全てのビルにはクリスマスのような電飾がついていた。宿泊は豪華な高級ホテルだった。

翌朝、フェス会場行きのバスに乗り込み、街を出るとすぐに写真で見たことのある桂林のような風景になった。しかし農地は荒れているように見えた。点在する村々に人影はほとんどない。廃虚かと思っていた家の前に座りスマホを見ている人がいる。どの家の軒下にも蝙蝠をあしらった模様が描かれていた。蝙蝠はこの土地の大事なシンボルなのだろう。一時間ほどで到着したフェス会場のある村は小綺麗だ。このあたりを世界遺産にしようとする計画があるのでインフラ整備が進んでいるのかもしれない。狭い農道を下がって行くと棚田のある沢の奥まったところに周囲を圧倒する巨大な蝙蝠が戦い前のモスラのように羽根を休めている。親が音楽業界の重鎮という若いプロデューサーは「中国建国以来最大のステージだから、今晩、電気がつくのを楽しみにしてくれ」という。

観客のフロアーは収穫を終え土を起こし固くなった田んぼの上だ。棚田にはびっしりと合板が敷き詰められていた。棚田のイレギュラーな段差も完璧に塞がれている。まるで大聖堂を布で梱包してしまった現代彫刻家クリストの作品か、インカ帝国クスコの、一ミリも隙間のない石の城壁のようだ。「フジロック」のメインステージを上回る蝙蝠ステージ、棚田を覆い尽くすベニア板。凄まじい熱意だ。

夜の帳が下りるとプロデューサーの言うとおり、蝙蝠は怪しく七色に輝きだし四方八方の空間に光線が放たれた。それは大当たりの出た時のパチンコ台のようだった。あまりの眩しさにいったい誰がどこで演奏しているのかわからない。かくして失われた谷は蘇ったのである。

出番直前に舞台袖で待機しているとホルチャがニコニコ顔で現れビールを一ダース差し入れてくれた。すると小雨がぱらつき始めステージを濡らし始めた。ここにある高さ三〇メートルを誇るビカビカに光るモンスター蝙蝠は雨から楽器や機材を守ってくれない。屋根のないステージ上の音響機器も楽器もびしょ濡れだ。おかげで絹弦のトンコリは湿気を含みチューニングがでたらめになりボロカスな演奏になってしまった。しかしハンガイを始め中国のバンドはそんな劣悪な環境をものともせずに質の高い演奏をしていた。ライブの後にホルチャがやってきてライヴの感想を言う。「今回連

《LOST VALLEY》 by OKI KANO

れてきたドラマーは全然だめだ。変えたほうがいい」「ベースはよかった」と率直な意見をぶつけてくる。今回はオキ・ダブ・アイヌ・バンドとは違うメンバーでの演奏だったから返す言葉もない。ホルチャは俺のダブ・アイヌのファンだから少しでも演奏の質が落ちると容赦ない。熱い奴だ。ミュージシャンの友達は多くいるけどそうやって口に出してくることは滅多にない。

翌日出番のない私はマーバン（馬帮）というバンドに声をかけられた。一緒に食事に行こうと誘われた。マーバンのメンバーが携帯で店を探していると好奇心たっぷりのおじさんがTシャツをまん丸の腹の上までたくし上げお腹をさすりながら近づいてくる。気がつくとそこらじゅうに同じスタイルのおじさんがいるのだ。後日、炎天下に腹部を出して暑さをしのぐおじさんの行為が「北京ビキニ」と呼ばれることを知った。しかし非文明的として批判されるようになった。クーラーをつけるより地球に優しいという意見はあるものの、北京ビキニはかっこいいという意見はないという。

マーバンは私の曲を全て知っていてこの曲がやばいなどとかなりのマニアだった。なんでそんなに詳しいのか聞いたら携帯を取り出しサブスクに上がっている僕の楽曲を見せてくれた。身に覚えのない画面を見ると丁寧にプロフィールまで書かれていた。

楽曲使用料はどこに行った？

この夜、タートルアイランドは音響チームが日当未払いを巡りストライキに突入してしまったのでサウンドチェックなしで本番を迎えた。それにもかかわらず演奏は電飾蝙蝠とシンクロして大爆発していた。トリは中国で最も成功したといわれるハードロックバンド、黒豹（ヘイバオ）だった。会場に配備された警備員の数はかなりのもので、例の背中に「反恐」の部隊（対テロ特殊部隊）と警察官が横一列に並び警備している。この手の人は普通ステージに背を向け観客を監視するのだが全員ステージを監視していた。不思議なことに彼らには少しも威圧感がないのだ。日本でフェスに大勢の治安部隊と警察がいたらその放つオーラが気になって音楽を楽しむどころではないだろう。気がつくと一人の警官が一眼レフの望遠カメラでお気に入りの黒豹を撮影している。日本なら即ネットに「勤務中に私用目的でロックバンドを撮影」などと書かれるのは火を見るより明らかだ。毎日起こるドリフターズのコントみたいな現象は結構楽しめるし、思った以上にゆるい中国が好きになっていった。

日本に帰国してまもなくマーバンのマネージャーからアルバム制作に参加してほしいという連絡があった。トンコリでも弾くのかと思ったら全曲ベースを弾いてほしいという。自分の楽曲で多数ベースを弾いているのは事実だが、CDのクレジットをくまなく読まない限り気がつかない。もっともレゲエマニアの私もレコードジャケットのクレジットを目を皿のようにして誰が何を演奏しているか調べたものだ。そんなことを自分がされているのは嬉しかった。

そうこうしているうちに今度はハンガイから誘いがあり二〇一八年の春に山東省のどこかの梨園で開かれるフェスに行った。この頃のハンガイは中国全土に名の知れるビッグなバンドに成長していた。梨園のフェスは蝙蝠フェスに比べて規模は小さいが、独自のフェスを立ち上げるというのがハンガイの計画だ。宿泊した町は新興都市で建築中のビルや途中で建築をやめてしまったような建物があり、なんとも落ち着かない風情の町だった。宿泊は何も植ってない広大な畑の真ん中にそそり立つラグジュアリーな老人ホームが併設されているホテルだった。昼間は暖かいが日が暮れると一気に気温が下がり底冷えがする。私たちはフェスのトリだったがメインステージではなく比較的小さいステージだった。フェスに慣れていないお客さんは防寒着など持ってきていないのであまりの寒さにお客さんは全て帰ってしまい、残されたのはスタッフとタートルアイランドとハンガイのメンバーだけになったのでフェスのアフターパーティーみたいになってしまった。演奏開始早々ステージ前で突然シューッと吹き上がるナイアガラ系の花火が点火された。一瞬体内のアドレナリンが分泌されたが花火の煙が充満し硝煙の匂いで息もできない。数年前の台湾原住民の経営するレストランでライブをした時は勢いよく炒める赤唐辛子の煙で肺が苦しくなった。記憶は曖昧になるがこんなことばかり鮮明に覚えている。

マーバンの所属する音楽事務所 Modern Sky の誘いを受け山東省から北京に向かった。Modern Sky は中心地から少し離れた商業地帯の巨大な倉庫を改造した建物を本社に構えていた。案内されたスタジオの機材はどれもこれも高級品ばかりで、スタジオには長さ一〇メートルもあるＳＳＬのミックスコンソールが鎮座していた。チャンネル数百以上、一億円はするという。中国経済の爆上がりを象徴するようなスタジオだった。田舎の青年たちが頑張ってるインディー系バンドだと思っていたマーバンは、中国一のメジャー音楽事務所所属のアーティストだったのだ。

Modern Sky から契約しないかと持ちかけられた。この豪華なスタジオも使えるしツアーも組んでくれるという。契約内容は台湾や中国大陸で勝手に仕事をしてはいけない、髪型を許可なく変えてはいけないなど自分たちには合わない内容だった。これだとハンガイや台湾のアーティストと遊べなくなるので結局サインはしなかった。

ベンツやシャネルなど高級店が並んでいる表通りから路地に入ると景色は一変して素顔の北京が現れる。歩道では昼間から何やら賭け事をやっていて道路にはみ出るほどの人垣ができている。その横を実物大のヌード写真がプリントされたエプロンをつけたおばちゃんの運転するバイクが横切る。公園に行けばスケボも一輪車も健康ダンスもコマ回しも一切自由だ。人のことばっかり気になる日本人とは違い中国の人は人目を気にしないようだ。

滲む国境

二〇二二年の暮れに厳しいゼロコロナ政策に不満を持つ若者たちが主体になって中国各地でデモが起きた。国家に逆らうことがご法度の中国でついに人々は声を上げ始めたのか！　と思い米国に住む中国人の友人に連絡してみた。これは天安門の時のようにに大きなうねりになるのか？　と尋ねると「天安門に比べて規模は小さい。誰もデモで死んでない。大半の中国人はもう諦めている。自由も民主主義も人権も霞んできた。中国を変えるのは革命か戦争しかない。しかしそれすら中国を変えることはできないかもしれない」。こんなことを話していいのか不安になり、大丈夫か？　と尋ねたら「俺に関しては問題ない」という。昨夜たまたま通りかかった新宿西口での中国人によるゼロコロナ政策反対の抗議活動の写真を送ったら「俺の友達が写っている！十四億人の中では本当にちっぽけな行動だけど」と驚いていた。その友人は、中国と台湾の関係に持論を展開し、中国国内で問題が起こった時には、国民の目を逸らすために台湾の問題を持ち出してくるだろうと語った。聞いているうちにこの状況はそのままそっくり日本にも当てはまるのではないかと思った。権力者は国同士がお互い憎しみ合うように仕向け真実を見る目を曇らせているのだ。

日本で見聞きするヘイトは無理解の産物だ。日頃中国を毛嫌いしてる人だっていつ中国人に助けられるかわからない。溺れそうになっている時に手を差し伸べてくれた人が中国人だったら助けを拒否するのか？　そういう想像力がないからヘイトに走る。またそういう人たちは権力者が王座を守るために利用されているだけだ。国家がヘイターを助けてくれる保証なんてないのだ。差別を経験したことのないヘイターは一度アメリカに住みエグいアジア人差別を体感してみるといい。

「ビーカーに二つの異なる粘菌を入れると初めは争いが起きるがそのうち棲み分けて

落ち着いていく。共存というのはお互い完璧に価値観を合わせることではなく嫌な奴と思っても争いを避けて棲み分けることだ。粘菌の研究は国家間の外交を考えることにつながる」と粘菌を研究している友人はいう。実を言うと自分も中国に行く前まではいい印象はなかった。メディアの影響だ。周りに中国人の知り合いがいなかったから無意識のうちにネガティブな印象が心に芽生えていた。しかし実際現地に行って人を観察し、運よく友達が一人でもできれば印象はガラリと変わる。当たり前のことだがそうやって自分の意識を修正していった。

中国との関係はまだまだ続く。現在三跺脚（Sandojo）というバンドのフルアルバムをプロデュースしている。雲南省普洱(プーアル)市に拠点を置く少数民族で構成されるバンドだ。リーダーのハイの実家は先祖代々プーアル茶を栽培しており、彼は家業を継ぎながら音楽活動をしている。「Wonderful Day」と呼ばれる曲のミックスをしている時、ハイからリクエストがきた。「僕らの親戚はラオスとミャンマーにも住んでいる。国境の山を越えて交信しているような音にしてほしい」

万里の長城の建設か？ と思えるほどゆっくりしたペースでプロジェクトは進行している。

北京精釀啤酒（クラフトビール）攻略記二〇一五

濱田麻矢

［はまだ・まや］
関西人。子供のころ、『ひらけ！ポンキッキ』中の曲「カンフーレディ」にはまり、将来は中国武術の達人になりたいと思った。中国文学科への進路を決定づけたのは中学生のときに『LaLa』で読んだ森川久美『南京路に花吹雪』。大学在学時に張愛玲の小説に衝撃を受け、そのままずっと中国文学を読み続けている。夢は張愛玲の全作品を個人で訳すこと、隠れ家的ビアバーのオーナーになること。

コロナ禍後はどうなってしまっただろうか。

例えば、午後五時くらいから数人で飲み始めたとしよう。フルーツまで一通り食べ終わってから、「前菜のキュウリがもう一度食べたい」と言っておかわりし、「このスープを温め直してうどん入れて」「これとこれとこれは持って帰るから包んでおいて」とお願いする。折詰がテーブルに運ばれてきた時に生ビールを追加し、「もう一度あったかいもの食べたくならない？」とラム肉炒めを注文する……。それがありうるのが北京。

一方で、客が帰ったテーブルでは後片付けが始まる。食べ残しやら紙ナプキンやら骨やらが汚れた食器と一緒くたにがちゃんがちゃんと青いバケツに突っ込まれていく。こっちの宴会が済んでいないからといって静かにするような気づかいはない。食器が下げられると、さっきまで広げられていたテーブルクロスでゴシゴシとテーブルの上が拭かれる。そのテーブルクロスで椅子の座面を拭くウェイターもいる。床に水をはねかしてモップがけをする。片付けるだけ片付けてしまうと、奥のテーブルにばらばらと宮女のコスプレ（制服ともいう）のままのウェイトレスが着席し、マネージャーらしき人物がレジ袋からスマホを取り出して配った。宮女たちは肘をつき、スマホをスクロールしながらずるずるとまかないの麺を食べている。

申し訳ないと思いつつ「生ビールください」と頼むと、宮女の一人がめんどくさそうに立ち上がって奥からジョッキを持ってきてくれる。特に笑顔も言葉もない。ドンッとジョッキを置くと彼女はそのまま自分の食卓に戻っていく。

「このお店はいつ閉まるの?」。連れてきてくれた友人に聞くと「閉店時間っていうものはない」という。営業時間が設定されていないというのは北京では珍しいことではないらしい(未確認です)。お店の人に聞いても「最後の客が帰ったら閉める」と言うばかり。だからといって居座り続けるのは……ともぞもぞしていると、「文句言われる前から心配するなんて、さすが日本人」とかえって感心されてしまった。

実際に決まった閉店時間はない。でもそれは、いつまでもいていいという意味ではない。店主に「もう閉めたいから帰って」と言われれば帰る。そしてそのやりとりには「申し訳ありませんが」とか「ご迷惑おかけしますが」のような、日本では不可欠な潤滑油も不要なのである。北京が面白いなぁと思うのはこういうところだ。ここでは客は神様ではない。店員の横柄な態度にはらわたが煮えくり返ることも多い一方で、こちらのわがままもある程度許されるところがあり、緊張しなくて済むのである。

以下お目にかけるのは、そんな北京で在外研究をした二〇一五年に、大好きなビールを飲むために市内を巡った記録である。精釀啤酒(クラフトビール)という言葉が市民権を得るか得ないかの頃だった。市内再開発で移転したお店、閉じてしまったお店も多いのだが、コロナ禍前の街の備忘録として。

はじまりの五道営（ウーダオイン）

「いったいどれくらいビール飲めるんですか」と聞かれることがある。これは研究室に来た人に「この本全部読んだのですか」と聞かれるのと同じくらい返事に困る質問なのだけれども、気分よく飲んでいるときはだいたい中ジョッキ一〇杯くらいだと思う。つまり五リットルくらい？　そうなってくるともう銘柄なんてどうでもよさそうなものだが、わたしが好きなのは麦とホップと酵母と水だけで作る、いわゆる純粋ビールである。発泡酒は飲まない。コーンスターチなどが入っているものは基本的には選ばない。中国のビールは「純粋ビール」ではなく、味も薄ければアルコール度数も低いので、わたしの好みの味とは違うのだけれども、脂っこかったり辛かったりする中華料理と合わせるといくらでも飲めてしまう。

しかし、そんなわたしの北京ビール観を大きく覆す出来事が起こった。五道営（ウーダオイン）のライブハウスに行ったときにふと目にした広告「成都・豊収（ハーベスト）ＩＰＡ」。

ＩＰＡ、インディアペールエールはわたしが一番好きなタイプのビールなのだが、まさか北京でお目にかかれるとは二〇一五年には全く予想していなかった。北京のスタンダード、燕京（イェンジン）ビールの二倍の値段にもひるまずにオーダー。

「お い し い〜〜！」

あまりの衝撃に思わず日本語で絶叫してしまい、周りの人々から怪訝な目を向けられてしまった。そうそう、ビールって、こんな味やった!! 燕京の飲みすぎで忘れてた!! この日はライブと同じくらいＩＰＡに感動して宿舎に引き上げた。

そして思った。もしかして、今までわたしは北京で無駄に過ごしていたかもしれない。ライブハウスでＩＰＡが飲めたということは、きっときちんとしたクラフトビールを飲ませる専門店もあるはず。だってここは首都だもの!!

こうして、わたしの北京ブリュワリー攻略が始まったのだった。

知る人ぞ知る豆角胡同（ドウジアオフートン）

ＩＰＡ、インディアペールエールとは一七世紀末にイギリスで生まれた上面発酵ビールである。イギリスからインドへの長い船旅でビールが変質するのを防ぐため、天然の防腐剤としてホップをたくさん入れたもの。味のバランスをとるため麦芽も多め、アルコールも高め。当時、官僚や士官がそのまま楽しんだのに対して、下級兵士たちは水で薄めたものを与えられたらしい（諸説あり）。下面発酵のラガーに比べてとにかく苦く、濃く、そしてアルコール度数も高い。

うんちくはさておき、成都・豊収ＩＰＡがあまりに美味しかったので、中国版食べログ「大衆点評」や中国版グーグル「百度」で「成都　ＩＰＡ」と検索してみたが、見事に何も出てこない。「啤酒坊（ブリュワリー）」で出てくるのはドイツビールのお店ばかりだ。かなりの時間を費やした後に、「もしかして、ＩＰＡを飲みたいのは横文字の人ばかりかも！」と検索窓に「Beijing Brewery」と打ち込み、「Beijing Beer Guide」というサイトにたどりついた。

一軒一軒リンク先をたどり、英語の住所と店名を漢字に変換する。次に「大衆点評」で雰囲気を探り、自分が行きたいタイプの店かどうかを考える。ターゲットを確定したら今度は「百度」で宿舎からの行き方を確認。ああ、この情熱と粘り強さが本業にも発揮されていたら……。

というわけで、最初のターゲットにしたのが「大躍啤酒（グレートリープブリューイング）」。

大躍啤酒豆角胡同店
Great Leap Brewing
Original #6

いくつか店舗があるが、一番西にある（といっても東城区）豆角胡同六号店を攻めた。地下鉄最寄駅は八号線什刹海あるいは南鑼鼓巷駅で、紫禁城にほど近いオシャレエリアに位置している。ここにはフードメニューはない。自分でデリバリーを頼むことはできるが、テーブルが狭いのであまり落ち着けない。食前か食後に立ち寄って二、三杯さくっと飲んで帰るほうがよさそう。気持ちのよい中庭の、大きな槐の下の丸テーブルに陣取ってみる。選んだのは「少帥IPA」。「帥」とは元帥、軍の最高司令官のこと。中国で少帥（若き司令官）といえば張作霖（大帥）の息子張学良である。ちなみに現在「帥」という言葉はもっぱら「イケメン」の意で使われており、民国四大美男の一人といわれた張学良を表すのにはぴったりだ。少帥IPA、名の通り苦味走った風味で燕京などの中国ビールとはもはや別ものであった。

店の前の横丁には、カラフルなプラスチックの腰掛けに座り、白いランニング（タンクトップとは呼びたくない）をはだけてお腹を突き出して涼んでいるおじさん――いわゆる北京ビキニだ――がうろうろしていたが、バーの中に入ると西洋系のお客が多い。それから、ビールをファッションとして楽しんでいる若い人たち。

そんな中、前のめりにメニューボードを見ている中年女性の一人客は少々目立ったのかもしれない。「ここいいですか」と隣に男性が座り、「北京の人ですか」と話しかけられた。

「いえ、日本人です、北京に長期滞在していまして」

「ほう、日本人! 僕は仕事でよく日本に行くんですよ。日本のビールは美味しいですからね、それが忘れられず、ときどきいいビールを飲みにここにくるんです。中国で何の仕事をしているんですか?」

日本のバーで、美容院で、長距離列車で、知らない人にこうして話しかけられた時、大学教員なんです、と答えることはあまりない。そこで会話が終了してしまうことがほとんどだからだ。

でもここは中国だし、今わたしがいるのは北京のどまん中の露天のビアバーだし、目の前には美味しいビールがあって、頭の上には濃い緑の樹冠、そのまた上には爽やかな空が広がっている。わたしは喉を鳴らして少帥ＩＰＡを飲んでから、「二〇世紀の中国文学を専攻してまして、研究休暇で北京大学に来ているんです」と言った。

第二外国語で日本語を学んだという紳士は、次の質問から大量の日本語を混ぜはじめた。

「中国文学の専門家ですか！　では試験をさせてくださいね。文豪魯迅を知ってますか」

「もちろん知ってます」

「素晴らしい！　魯迅は中国の魂ですよ。では周作人（しゅうさくじん）を知ってますか？　魯迅の弟の……」

「知ってます」

「なんと！　では郁達夫（いくたっぷ）は？　知ってますか？」

「知ってます」

「驚きですね、郁達夫までご存知とは！　では郭沫若（かくまつじゃく）はどうですか？　なんと、彼の奥さんは日本人なのですよ」

「二番目の奥さんですね。郭沫若は彼女を捨てて三度目の結婚をしてますけどね」

「おお、凄い！　もう質問もありませんよ、あなたは本当に素晴らしい先生ですね」

「知ってます」だけでおおげさに感動してくれるのが面白かった。魯迅から郭沫若まで、挙げたのが全て日本に留学した作家だったのは日本人のわたしへのホスピタリティなのだろう。ここは会話を繋げねばなるまい。

「ありがとうございます。日本にお詳しそうですから、わたしも質問していいですか？　日本の文学作品では何が好きですか？」

「ああ、わたしは日本のビールも好きですが、文学作品はもっと好きですよ！　そうですね、夏目漱石の『我是猫』という小説をよく覚えています。いちばん最後に尊敬していた先生が自殺してしまう、とても悲しい話でした……」

美味しいビールで上機嫌だったわたしは対話のシャボン玉を壊したくなかったので、「それ『猫』ちゃいますやん！　『こころ』ですやん！」とは突っ込まなかった。

ＩＴ関係の仕事で北京大学にもよく出入りしていますよ、という紳士はその後も気持ちよく日本の印象を語り、目の前のビールを干すと「それでは、お先に。北京を楽しんでくださいね！」と店を後にしていった。

二十代半ばで北京に留学していた時は、街や店で声をかけられても警戒心が先に立っていたが、四〇を過ぎると見知らぬ人との会話を楽しめるようになった。年をとるのも悪くない。

中国の中のスロウ・ボート

北京は大きな街だ。しかし北京大学がある西北部、海淀区（ハイディエン）中関村（ジョングアンツン）界隈にはブリュワリーは皆無で、ほとんどの場合東部まで行かなければならない。しかも燕京ビールならそこらじゅうで一本四元前後で飲めるというのに、ジョッキ一杯に四〇元前後を払うのだ。美食のためなら、あるいは茅台（マオタイ）や五糧液（ウーリアンイエ）といった美酒のためなら出費を惜しまない中国の友人はいたが、わたしのブリュワリー攻略にはどうも誘えなかった。ビールの値段が高いのもさることながら、ブリュワリーで供されるのはだいたい西餐（シーツァン）（西洋料理）だ。「ハンバーガーなんてものに高い金を払うくらいなら学食の肉夾饃（ロウジアモー）（パンに肉を挟んだ中国風バーガー）のほうがずっと安くて美味い」というわけである。まぁ、そうかもしれない。

二軒目に行ってみたのは張自忠路（ジャンズージョンルー）駅の近くにある「悠航鮮啤（スローボートブリューイング）」。東四（ドンスー）駅から歩ける距離にあって、「大躍」の豆角店からもそんなに遠くはない。お店のある東四八胡同（ドンスーバーフートン）は観光客相手の店もない、ほんとうに普通の胡同（横丁）である。

よほど気をつけていなければ、全く目立たない店構えを見過ごしてしまうだろう。ドアの前には'slowboat'と書かれたTシャツのお兄ちゃんがヤンキー座りをしていた。「今、やってるよね?」と聞くと「お、客か」という表情で通してくださる。お昼なので客はまばら。

二人の米国人が始めたメイド・イン・北京のブリュワリーであること、店名は"Slow Boat to China"にちなむこと、常時一〇種類以上のビールがあること、アメリカ人の経営だけあってエールビールが充実していることなどはホームページで予習済み。満を持して、まずはフラッグシップエール、「船長淡色艾爾（キャプテンペールエール）（Captain Pale Ale）」を注文した。艾爾（アイアル）とはエールの音訳。漢字の名前と英語の名前を読み合わせるのも面白い。

メニューボードにはそれぞれのビールのＡＢＶ（Alcohol By Volume／アルコール度数）とＩＢＵ（International Bitterness Units／中国語では苦度）だけでなく、ＳＲＭ（Standard Reference Method／色度数）の数値も書かれている。繰り返し飲んでいるうちに、だんだん自分の好きなタイプはＡＢＶ五～八％くらい、苦いビールが好きではあるが、ＩＢＵが高ければいいというわけではないということがわかってきた。「ペール」エールといっても色は必ずしも淡いとは限らない。

二杯目にいよいよＩＰＡだ。「第一仙雙倍印度淡色艾爾（ファーストインモータルダブルインディアペールエール）」。

ABV八・〇%、IBU六五、SRM一八。チューリップ型のグラスで出てきたのを見てちょっと「しまった」と思う。どうしてもビールを「ゴクゴク」飲む癖があるので、ゴブレットで飲むタイプのハイアルコールビールだと酔っ払ってしまいやすい。まぁ、二杯くらいならたぶん大丈夫。

「第一仙」とは中国の民間伝説の八仙の一人、李鉄拐（りてっかい）のこと。トレードマークのひょうたんの中身がこのビール、という趣向なのだそうだ。仙人＝immortalという命名もうなずける、ちょっと浮世から離れられそうな味わいだ。

この日カウンターの中にいたのはドア前でヤンキー座りをしていたお兄ちゃんと流暢な中国語の白人女性。店内は明るくこざっぱりしていて居心地がよかった。夜はだいぶ雰囲気が違うだろうけれど。

ブリュワリーに求めるもの――箭廠胡同（ジエンチャンフートン）

ビールを飲むシチュエーションにもいろいろある。北京ビールツアーを重ねるうちに、自分の中の基準というものがだんだん見えてきた。麦酒というより麦汁に近いアジアのビールも美味しく飲むわたしだが、かなりの時間とちょっと多めのお金をかけてビールのために出かけるなら、やはりきちんとしたクラフトビールをタップで飲めるお店に行きたい。度を超えて暗いとか、音楽がうるさい、もしくは店内の音の反響が凄まじくて人の話が聞こえないとかいうのは苦手。大きなモニターのスポーツ中継もしんどい。大箱ではなく、働いている人みんながビールに愛情を持っていることがわかるような小ぢんまりしたお店だとほっとする。

主役はビールなので、もの凄いご馳走はいらないが、何もないのも寂しいし、何か出してくれるなら冷凍ポテト以外のものが食べたい、そういう感じ。


またまた前振りが長くなってしまったが、こういうわたしの好みに一番近い北京のブリュワリーが「箭廠啤酒(アロウファクトリーブリューイング)」だった。わたしが中国のクラフトビールに〝開眼〟した五道営からほんのすこし脇に入ったところにある。

北京のおしゃれスポットの一つ、五道営。地下鉄二号線の安定門(アンディンメン)駅から歩いて一〇分くらい。

観光客向けの店が並ぶけれども、まだもみくちゃにはなってないという印象だ。西洋人のマスターと中国人の若い男の子がペアでカウンターに入っていて、マスターが美しい北京語で男の子にビールの扱い方や注ぎ方を丁寧に教えていたのが印象的だった。店長が店員に丁寧なお店、いいなぁ。小さなお店なので、客は正面からビアタップと向かい合うことになる。初めてのブリュワリーで、ずらりと並んだラベルをじっくり拝見するのがビールツアーの醍醐味だ。

残念ながら初めて行った日はオリジナルのＩＰＡは売り切れだったので、アンバーエール「天路歴程（ピルグリムスプログレス）」からいただいた。ほどよくモルティーでホップもばっちり。answer to your prayersというキャプションがついている。

大躍も悠航もここ箭廠も老板（ラオバン）（店主）はアメリカ人と聞く。いずれもオリジナルビールのネーミングが面白いし、お店のロゴやＴシャツも凝っている感じ。このアンバーエールも「祈りへの答え」になっているかどうかはともかく、激混みの地下鉄二号線に乗ってきた疲れを癒してくれる味であることは間違いない。

次に飲んだのはベルジャンエール、その名も三国志に登場する絶世の美女姉妹、「二喬（アルチアオ）」。ロゴが色っぽい。英語名はDouble troubleだ。このへん、楽しんで命名してるんだろうなぁ。

庶民派の街、平安里（ピンアンリー）から

北京大学のある中関村から地下鉄一本で行けた唯一のブリュワリー、それがここ、「牛啤堂（ニウピータン）」である。北京大学東門から四号線にひたすら乗れば平安里（ピンアンリー）だ。ちなみに、地下鉄二号線は昔あった城壁を囲むようにして作られており、ほぼ同じ地域を囲んで地上にも二環路という環状道路が走っている。この枠の中がいわゆる北京城内、Old Beijingで、街に出る、とは本来このエリアに行くことを指した。九〇年代半ばに留学していたときは地下鉄といえばこの二号線しかなかったと思うと隔世の感がある。

さて、牛啤堂である。ここは北京城内の西半分に位置していて、今まで紹介してきたおしゃれブリュワリーとは違う雰囲気を持つ。平安里駅を降りてすぐの護国寺（フーグオスー）エリアは、全然垢抜けた場所ではない。すぐそばの「護国寺小吃」では北京風の軽食、たとえば焦圏（ジアオチュエン）（甘くないドーナツのような軽食）や豆汁（ドウジー）（緑豆を発酵させた酸っぱい飲み物。かなり好き嫌いが分かれる）が安く食べられる。見たところ観光客ではなくて地元の人、毎日ここで食べているという風情のお客が多い。

ここで牛啤堂のビールのラインナップを拝見。なんと、わたしの好きなタイプのビールは全て賣光了（マイグアンラ）、sold outという悲劇。しかし、ここまで来た以上飲まないわけにはいかない。最初に選んだのは「武漢汽包実験室淡色拉格（バブルラボペールラガー）」。急成長しているという武漢のブリュワリー汽包実験室が作ったラガー（拉格）らしい。

それにしても、売り切れビールが多すぎやしないだろうか。これで商売になるのか、とあたりを見渡すと、結構客で賑わっている。この日は夕方に来たということもあるけれど、今までのブリュワリー行脚では経験したことのない客の入り、しかも大半は地元の北京人のようだ。しかし客の多くが飲んでいるのは瓶ビールだった。壁一面が冷蔵庫になっていて、世界のビールが揃えられている。確かに、瓶ビールなら手頃な値段で楽しめるし、品質管理もタップビールのように神経を使わなくて済む。でも輸入ものの瓶ビールなら日本でも飲めるしわたしはパスだな、とポテトをかじっていたところでカウンターの中の品のよい女性に声をかけられた。やはり中年女性一人客は目立つのかも。

「ちょっといいですか？　どこでこの店を知りました？」

「ネットで。「北京／ビール」で検索したんです」

「ということは、北京の人ではないんですね」

「あ、わたし日本人です」

「そうなんですか！　老板！　この人、日本人ですって」

（にこやかに老板登場）

「僕、ついこないだ日本から帰ってきたんですよ。地ビール（ここだけ日本語）祭りがあって」

「ほほう！　日本の地ビール、どれが一番好きでした？」

銀河高原ビール、ヤッホーブルーイング、そして箕面ブリュワリーなど、有名どころの地ビール工場を見学したり試飲したりで、本当に楽しかったと言う老板。聞くだけでこちらも幸せになってしまう。いやぁ、ビールの話って本当に楽しいですね。話をしながら老板が「生姜淡啤（ジンジャーペールエール）」を試飲させてくれた。ピリッと生姜が効いている。ここはタップの数こそ少ないけれども、全て小さなグラスで試飲させてくれるとのこと。こちらが言い出さなくても、「迷ってるならいくつか言ってくれたら試飲グラスで出しますよ」と声をかけてくれるのが嬉しい。

二杯目（試飲は計算に入れない）は「中南海烟熏（ジョンナンハイスモークエール）」を飲む。中南海とは日本でいえば永田町のような場所だ。烟熏は燻煙したホップを大量に使ったビール。スモーキーな味わいがとても気に入った。

最後の三杯目、何を飲むべきかもう一度老板に尋ねてみた。そうですねぇと言ってすすめてくれたのが「高大師猛丁双料(マスターガオマッドティンデュベル)」。ビール醸造界に名を轟かせている南京在住のマスター・ガオ、高大師特製のビールだそうだ。猛丁（Mad Ting）とは、IPAに欠かせないシトラホップの発見者の一人、中国系アメリカ人科学者のDr. Patrick Luping Ting（丁濾平）博士にちなんでいるという（詳細未確認）。双料とは原料二倍使用ということ。アルコール度数が高く、かなりモルティーで、後味は甘苦い。小さいグラスが似合うインパクトあるビールだった。

ビールの名前の由来や日本の地ビールの感想を楽しく聞いているうち、「で、北京にはビール出張で来られたんですか？」と質問されてはっと我にかえる。

「いや、仕事はビールとは全然関係ないんです、すいません。でも、また来ます。ビール飲みに」

ネット評によると、オーナーはかなりの時間を店内で過ごしていて、客のビール選びを熱心に手伝ってくれるらしい。いいですね。Tシャツやグラスのデザインにも関わっておられるとのこと。

米国人経営のブリュワリーに比べて、立地も店名も（牛皮糖(ニウピータン)というミルクヌガーのような飴と同音）ビールのラインナップもグラスやロゴのデザインも、サッカー中継を流し続ける大型モニターも、どことなく九〇年代風というか装飾過剰というかちょっと俗っぽい感じなのだけれども、それもいい。こういう個性あるブリュワリーがもっと栄えて、ローカルのビール人口が増えればいいなと思う。

レトロ革命モダン・団結湖（トゥアンジエフー）「京A」

未踏のブリュワリーのリストアップと北京滞在時間とを天秤にかけ、調整に躍起になっていた六月、「北京クラフトビールウィーク」つまりビアフェスティバルが開催中であることを知った。どのお店でも割引があったり期間限定のビールが飲めたりするらしい。

参加ブリュワリーの中で北京に拠点があるのは今まで行った四軒のほかに「京A」と「熊猫精醸（パンダクラフト）」だ。当然両方制覇するつもりだったが、宿舎から一番遠い「京A」につ行くかが問題になった。地下鉄環状二号線の外に大きく輪を描くのが一〇号線。海淀区の北京大学はその一〇号線西北角のさらに外側にあるのに対して、朝陽区の「京A」はちょうど対角線上、東南角の団結湖にある。この先には出張／旅行も控えていたので、団結湖まで遠征できるのは一回きりしかなさそうだった。

「京A」はアメリカ人の経営。洗練度では「京A」と「大躍」が北京ビールの双璧だという。その「京A」には、上海出張前のギリギリのタイミングで訪問、夕ご飯の約束の前に一瞬寄り道……という慌ただしいスケジュールになった。

「京A」本店が位置するのは1949会所というおしゃれエリア。1949（もちろん中華人民共和国が生まれた年だ）という名前といい、リノベーションされたレンガ造り工場といい、ギャラリーやレストラン、バーが点在する中に緑も濃く残しているというつくりといい、どこか既視感がある。後で調べてみたら、やはり上海の新天地を手がけた企業が仕掛け人だった。こういう場所は落ち着かない。どんな顔をして歩けばいいのかよくわからないのだ。西洋人率かなり高し。牛啤堂とはいろんな面で対照的で、壁のスローガン（?）も一周回って今やオシャレな感じの六〇年代風だった。

この時間はビールウィークのハッピーアワーということで、特定のビール以外は一律二五元という破格の値段。だから混んでいたのか。そうなると値引きのないビールにはなんとなく手が出せない貧乏性が悲しい。これだけ時間をかけて行ったのだから、今思えば多少高くても飲みたいビールを頼むべきだったのに。

最初の一杯には「飛拳（フライングフィスト）IPA」をチョイス。ABV六・五%、IBU五五。スタンダードで無難なＩＰＡ。ビールウィークだからか、グラスがプラスチックなのは寂しい。そして確かに安いけど量も少なめなわけで、この店舗の真骨頂を味わうのに失敗したといううらみが残った。

この日はそれから夕飯の約束があったので何も食べなかったが、横のテーブルを見ていると相当充実している様子だった。フードメニューが豊富できちんと洋風（へんな言い方だが）という意味では、ここは北京で一番かも。

二杯目には名前が気に入った「Beijing Miracle」を選択。クラフトビールフェス限定で作られたベルジャンペールエール。ＡＢＶ四・四四％、ＩＢＵ二四。フルーティーでちょっとベリー系の香りがする。しかし、やっぱりプラコップは残念。どんなお酒でもグラスは大事だ。

若者ビール――北新橋の熊猫精釀（パンダクラフト）

大学のまわりに安い居酒屋が集まるというのは今も昔も日本も中国も同じ。わたしが飲酒を始めたのはかなり遅く、今のようにビールに親しむようになったのは四回生になったあたりで、当時のお気に入りは「黒ラベル」だった。

日本で地ビールが解禁されたのは一九九四年だが、ちょうどその年にわたしは博士課程に入学し、夏から北京大学で長期留学を始めたのだった。北京で飲むビールといえば「燕京」で、薄くていくらでも飲めてしまうため、ビールの買い出しが重要な日課だった。常温のビールのほうが安いので、早めに買って寮の冷蔵庫で冷やすのである。部屋に遊びにくる寮友の分も考えて、とにかく大量に瓶ビールをリュックに入れ、ゼイゼイ言いながら階段を上っていた。部屋飲みしない日は大学西門すぐそばの小さな食堂、中意餐庁（ジョンイーツァンティン）でご飯を食べていた。最後はほとんど毎晩通っていた気がする。この店では、まだそんなにポピュラーではなかった「冷えた生ビール」が常に出てくるのが何よりだった。店員の女の子に「こんなにビール飲む女の子見たことない！」と真顔で呆れられたことも、そのセリフを完璧に聞き取れて得意になったことも懐かしい思い出だ。

中国語を教えている知り合いによると、北京に行った日本人サラリーマンが覚えたい中国語のトップは「請給我真正的発票（本物の領収証をください）」、次点は「有没有冰的啤酒？（冷えたビールはありますか）」だという。実際、レストランでビールの栓を抜いてもらうと常温だったということは何度もあった。ビールの都、青島で量り売りしていたビール（レジ袋に入れてくれる）も常温だったし、九〇年代には「生ビールの作り置き」（常温のビールをジョッキに注いでガラスの板で蓋をし、カウンターに並べてある）に出会ったこともある。それも飲める。でもでも、やはりわたしは「ビールは冷やして飲むもの」と思っている。

こんな話をするのは、「熊猫精醸（パンダクラフト）」の五道営店で頼んだエールビールが「ほぼ常温」だったからだ。こだわりがあって常温なのではなく、冷蔵庫の故障だったらしい。よく冷えていないために、店員嬢は注ぐのに大変苦労していた。しかし彼女はこちらの質問にほとんど答えてくれず、注げないことに悪びれる様子もなかったのであまり同情できなかったけど。

五道営店はちょっと残念だったが、「熊猫精醸」本店はもっと気合いが入っていた。場所は地下鉄北新橋（ベイシンチアオ）駅の近く。北新橋は北京の不夜城、簋街（グイジエ）の端にある。吹き抜けの二階建てのどの席からも見えるように大きな銀色のタンクが設置されていて、「できたてビールが飲める！」という期待に胸が膨らむ。コンクリート打ちっ放しの壁にカラフルなソファがおかれて、なんちゃってスタバ風である。

ここの老板は姓を潘（パン）といい、カナダで醸造学を学んだとのこと。あだ名が潘大（Panda）なのでブリュワリーの名前もパンダになった、というのはネットで読んだが真偽のほどは知らない。北京六大ブリュワリー（と勝手に名付けておく）のうち、老板が中国人なのは牛啤堂とここだけだが、パンダは牛に比べてよくも悪くも商売気があり、そして若い人をターゲットにしているという印象。こちらで飲んだのは「苦丁艾爾（クーディンエール）」。そう、苦味で知られる苦丁の葉で作られたエールというもの。初めてのブリュワリーで混ぜ物入りのビールを飲むことはまずないのだけれど、この日にお店にあったビールはなんらかのブレンドがしてあるものばかりで、ならば好きなエールを、と選んだ次第。ビアフェス中だったので「買一送一（マイイーソンイー）（Buy one and get one free）」のサービスがあった。一杯オーダーすると即座に同じビールが二杯運ばれてくる。

同じ値段で二倍飲めるのは嬉しいのだけど、しかし、できれば二杯のビールは時間差をつけて持ってきてもらいたかったかな……（もっと言えば、同じ値段の別のビールを選ばせてもらいたかったかな……）。

夜ビールの可能性——簋街（グイジエ）

「簋街（グイジエ）」は、地下鉄でいうと東直門（ドンジーメン）から北新橋にかけて東西にのびる路だ。北京大学からはかなり遠いこともあり、学生時代には名前も知らなかったのだけれども、二〇〇〇年代以降、仲良しの酒友（ジウヨウ）に誘われて北京に出張にくるたび一度はここで痛飲するようになった。昼には特に何の特徴もない通りだが、晩になると一転怪しい雰囲気になる。

香港の繁華街のように看板が頭上ににょっきり生えているわけでもなく、台北の夜市のように燦々と明るいわけでもなく、上海の夜の街のように垢抜けているわけでもなく、赤いランタンがひたすらたくさん灯っているだけなので、暗いところがより黒く見える。簋街とは鬼街と同音で、確かに魑魅魍魎が潜んでいそうだ。

ここで食べるものはザリガニやカエル、羊肉串（ヤンロウチュアン）といった庶民の食べ物が中心で、オシャレなバーなどはまずない。一度真冬にここで飲んだ時、何気なく入った店にお手洗いがなかったことがあった。結果、酒友とほとんど変わりばんこに席を立っては裏通りの伝統的トイレに行くことになったのだが、零下一〇度ほどの夜で、ダウンを着ていってもわずかな時間で顔が痛くなるほどの寒さだった。そして驚いたことに、どんなに寒くてもトイレの悪臭のインパクトは変わらない。寒いやら臭いやらですっかり酔いが醒め、暖房の効いた店内に戻るとビールを追加注文したくなり、結果またすぐにお手洗いに行きたくなり……という悪循環に陥ってしまったのだった。

そんな簋街の西の端、食堂街がとぎれた北新橋駅の出口すぐそばに佇んでいるのが「雲雀精釀（ラークブリューパブ）」。北京のブリュワリーは調べ尽くしたつもりだったが、ここは全く知らなかった。わたしがもうすぐ去るという日、北京大学の院生たちが送別会の後に連れていってくれたのである。みんなそんなにビールを飲むわけでもないのに「濱田先生ならビールでしょ」と下調べしておいてくれたことに感動してしまった。

初めてのブリュワリーなのにもう酔っ払っていたのではなんだか勿体ない気もしたが、メニューボードをわくわく拝見。夕ご飯で結構飲んじゃったし、あんまり味がわからないかも、と思いつつまずは「滇紅艾爾（ディエンホンエール）（雲南紅茶のレッドエール）」をオーダー。

美味しい！　七月の暑い夜、晩御飯を食べてから結構歩いていたこともあり、あっという間に干してしまった。まずい、エンジンがかかってしまったかも。残念ながら、エールタイプはこのレッドエール以外売り切れだったので、次は「烟熏波特（スモークドポーター）」を試すことにした。これも美味い。カウンターの中には感じのよい若い女性がいて、今あるビールとその特徴について楽しそうに説明してくれる。中国の若い友人たちと来ているので、中国語会話はそちらに任せ、わたしは話を半分受け流しながらビールに集中。ごく狭い店内は、日本でもよくありそうなちょっとゆるい手作りっぽい雰囲気だ（ちなみにトイレはきちんと店内にあった……中国によくある「大便厳禁」と注意書きがあるタイプだったけど）。もうみんな終電に乗る気はないと判断して「ごめん、最後にもう一杯飲んでいい？」と、「黒拉格（ブラックラガー）」を注文。キレがあって美味しかった。こんなお店もあるとは！

簋街の別の一面を見た思い。

終電がなくなり、道も空いたころに解散、適当な白タクを見つけて値段を交渉してから宿舎に戻る。「四環路通ってください」と言うと、運転手氏は「この時間に北大に行くなら¥〈~=@〈〈p@p-9／@i!!」（聞き取れず）と言う。生まれつき舌がカーブしてるんじゃないかというタイプの北京弁だ。あー、久しぶりに北京っ子の運転手さんに出会ったよーと嬉しくなってしまった。いやもう、最終的に宿舎まで連れてってくれるならなんでもいいです。完全に酔っ払っていた。

夜更けの北京を、東から西へタクシーで走るのが好きだ。昼間は渋滞でにっちもさっちも動けなかった街をビュンビュン走る。赤く光る天安門もビューッと通過。気分が大きくなって鼻歌を歌っているうちに熟睡してしまった。

「ついたぞ（北京弁）」と宿舎前で起こされたはいいが、もう最寄り門は閉まっていた。まだ開いている正門と車道との間にはちょっとした階段がある。それはいいのだが、よく見るとその階段にはなぜか電動自転車がいっぱい並んでいて通れそうにもない。困ったな、と思っていると運転手氏はやおら窓を開け、道に向かって「喂（ウェイ）、×●☆※#$&*+!!（北京弁）」と絶叫した。びびった。まだ開いている店もあるとはいえ、時刻はもう午前二時を回っている。

と、ガードレールにもたれて制服のままタバコを吸っていたセブンイレブンの若い店員さんが、「好(ハオ)」と言ったかと思うとひょいひょいと電動自転車を片付けてくれた。力持ちだ。

「ありがとう、助かった〜」とわたし。

「夜遅いし、気をつけてね」とセブンイレブン氏。

「じゃあな（北京弁）」と運転手氏。

北京のこういうところが好きなんだなぁ。真夏の北京の、ちょっと青臭いような夜の匂いを満喫しながら宿舎に戻る。ほぼ荷造りを済ませた、がらんとした部屋のベッドに着替えもせずに横たわった。

わたしはもうすぐ大好きな北京を去る。でも大丈夫だ、きっとまたビールを飲みに戻るから。

以上は二〇一五年当時、ＳＮＳにあげたポストをもとに綴った北京の記憶だ。この原稿を書くにあたって、その後それぞれのお店がどうなったのかネットで検索してみた。胡同にあった「悠航」と「箭廠」は三里屯(サンリートゥン)や亮馬河(リアンマーホー)といった繁華街に移転している。胡同のブリュワリーがなくなってしまったのは寂しい。牛啤堂は中国全土に一一

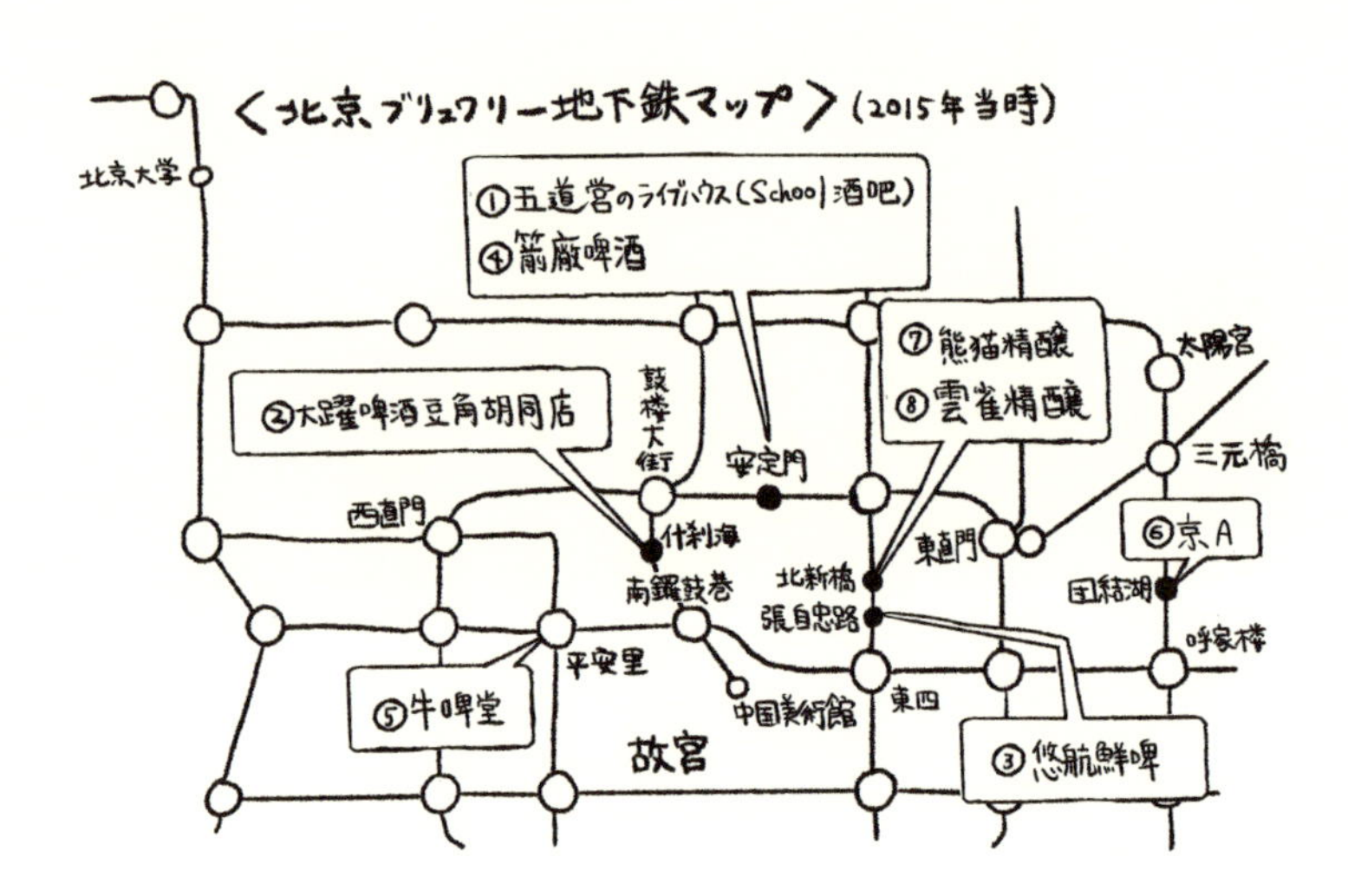

店舗あるらしい。熊猫精醸はイギリスにも進出したようだ。

中国でもアルコール離れは進んでいるけれど、ブリュワリーはむしろパワフルになっているように思える。二〇二三年から、わたしはまた北京に通い始めた。点滴バッグのような使い捨てピッチャーでクラフトビールが宅配されるのに衝撃を受け、おしゃれビアバーの進化と増殖に感動し、昔ながらの燕京ビールのさまざまなバリエーションに舌鼓を打ったが、その話はまた別の機会にしたい。

康定（カンディン）人民飯店61号室

――のんしゃらんチベット放浪記

武田雅哉

［たけだ・まさや］
一九五八年、北海道生まれ・北海道大学名誉教授。著書に『星への筏　黄河幻視考』（角川春樹事務所）、『蒼頡たちの宴』（筑摩書房：ちくま学芸文庫）、『楊貴妃になりたかった男たち』（講談社：講談社選書メチエ）、『中国飛翔文学誌』（人文書院）、編著に『ゆれるおっぱい、ふくらむおっぱい』（岩波書店）、『中国文学をつまみ食い』（ミネルヴァ書房）、訳書に、ラウファー『サイと一角獣』（博品社）、クルナス『図像だらけの中国』（国書刊行会）など。

午後三時四〇分。おんぼろバスは、終着点である四川省の康定(カンディン)に至り、そのバス・センターで、ぼくは降ろされた。

一九八三年四月一三日に上海を発ち、列車で四川省の成都へ。一九日に西に向かうバスに乗って成都を離れ、雅安で一泊。そして二〇日の午後、ぼくは康定に着いたのだった。だが、この町は目的地への中間地点でしかない。この町から、さらに西に行かなければならない。四川省とチベット自治区を分かつ金沙江(きんさこう)の東側、つまりは四川省の西端に位置するデルゲ(徳格)という町が、今回の目的地である。ここにはデルゲ印経院と呼ばれる、チベット仏教の経典を刷る寺院がある。その印経院をこの目で見ることが、今回みずからに課した目標であった。

北海道大学の文学部中国文学専攻課程の四年であったぼくは、中国文学にまったく興味が持てず、たまたま始まった中国政府奨学金留学制度に乗っかって、一九八一年、チベット放浪を遂行事項のひとつとして中国に留学した。上海の復旦大学に籍を置いていたぼくは、一九八二年の七月に青海省とチベット自治区を放浪したが、さらに調子に乗り、こんどはデルゲのある四川のチベットを放浪せんとの野望を胸に、ひそかに上海を出たのであった。

バスから降りるなり、ぼくはそのまま、デルゲに向かうバスに乗るために、長距離バスの切符売り場に足を運んだ。ところが——というよりはむしろ案の定、売り場の窓口は閉まったままで、人の気配はない。よくあることではある。壁には料金表が掛けられていた。ええっと、デルゲ、デルゲ……と。あった！　なになに？「旬」とあるぞ。「旬」といえば一〇日。バスはどうやら一〇日に一便しか出ないらしい。ぼくは顔をしかめた。さらに、そのかたわらに置かれた伝言板に視線を向ける。チョークでなぐり書きされた金釘流の文字を解読して、「ええッ！」とびっくり。そこには「今度の発売日は二五日」とあるではないか。五日後……ここで五日も待っていろってかい！　ぼくは茫然となった。それればかりか、さらにまたよくよく注意して読んでみれば、そのあとにつづいて、「これは五月二日出発分である」とある。このバスに乗るとしたら、康定で一二日も待っていることになる。バスで行くのは無理だな……と、ふと落とした視線が、床の上に、あるものをとらえた。それは一枚の破れた黒板であった。そいつが壁に立て掛けてあったのである。黒板の上には、やはりチョークでなぐり書きがしてある。ぼくの視線はこれをなぞった。「ん？　こいつは……」そこには次のように解読しうる文字が連ねてあったのである。

「デルゲに行きたい者は、人民飯店の六一号室に来られたし」

善は急げ、機を逸すると大事をあやまることになる。バス・センターを出てからしばらく歩き、道ゆく男を捕まえて、人民飯店はどこにあるかと訊ねると、そのまままっすぐ行けという。五分も歩くと、たしかにそれはあった。二階建ての小さな宿。その二階の端に六一号室はあった。なかば開いたドアの隙間からなかをのぞいてみると、男が三人、少女が一人、トランプに興じているようだ。部屋には机がひとつとベッドが四つ配されている。ここで切符を売っているといった雰囲気ではない。「どうせなにかのまちがいだろう……」と、あきらめモードに入りながらも、思い切ってドアをあけ、「あのオ、デルゲに行きたいんですけど、切符はここでよろしいんでしょうかねえ？」

かれらはチラとこちらに一瞥を与えると、トランプの手を休めることなく、こう答えた。

「ここだ、ここだ。まあ、そこにすわってな」

ぼくはベッドに腰をおろす。男どもはトランプに興ずる。トランプには参加していなかったらしい、リンゴのような形相の少女は、なんどもこちらに視線をよこして、頭のてっぺんから足の先まで、じろじろと検分する。ふと目が合って、ぼくが「どうも」と笑ってみせると、彼女は「ふんッ！」とばかりに、またトランプのほうに目をそらす。やがてゲームが終わると、男の一人がこちらにいろいろと話しかけてきた。だが、

康定（カンディン）人民飯店61号室

どうもなにを言っているのかよくわからない。こちらの言うことは、よくわかってくれているらしいのだが……。どうやらかれらはみな四川人らしく、四川語が聞きとれないぼくは、かれらにとって異境の人である。「日本人です」と告白したら、非常に驚いて、「日本人がなんで中国語を話すんだ?」と問いただされる。これもよくあることだ。

男の一人が部屋を出ていった。しばらくして、若いのやら年配のやら、一〇人ほどがぞろぞろとこの部屋に集まってきた。見た感じは、いずれも労働者といったところ。なかに一人、普通話(共通語)を操るおじさんがいた。鉄路局、すなわち国有鉄道の職員の制服を身にまとっている。

「つまり事情はこういうわけだ……」と、その鉄道員が普通話で話してくれたのは、おおむね次のようなことであった。

ここからデルゲ方面に行きたい人間が、いまこの康定の町にたくさんいる。ところがバスはとうぶんのあいだ、ない。そこで、みんなで金を出しあい、一台のトラックを借りきって、これに乗ってデルゲまで行こうということになったのだった。デルゲまでは一台借りるのに六〇〇元。メンバーが多ければ多いほど、一人あたりの料金は安くなる。荷台には四五人が乗れるが、いまのところ、三九人がこれに参加することになっている。バスほど楽ではないが、明日の朝には出発する予定だという。

「……というわけだが、どうだ、おまえさんもいっしょに行くか？」

「行きます、行きます！」

「ようし決まった。きょうはこの宿でゆっくり休め。明日の朝は早いからな」

　年長者たちは、さらにやることがあるらしく、ぞろぞろと部屋を出ていった。ぼくは居合わせた若者たち数人で夕食をとりに外に出る。ラパ君というチベット人の男といろいろ話す。食事の後で、みんなで映画でも見にいこうということになり、映

去徳格的
来康定人民飯店
61号
デルゲへの長距離トラックと
切符売場を書きつけた黒板
← ほとんど地面と同化していた

康定（カンディン）人民飯店61号室

画館に入る。映画は格安な娯楽の王様であった。『仇侶』というタイトルの、共産党の地下活動を描いた劇映画がかかっていたが、みんなは見たがらない。そこで『知力啓蒙』なる育児教育映画を見て時間をつぶした。

さて、腹いっぱいになって六一号室にもどったが、そもそもここはぼくの部屋ではない。まだ宿泊の手配をしていないのである。さっそく帳場に行ってみたところ、空いているベッドはひとつもないのだという。そこでラパ君に相談する。

「ラパ君よ。頼みがあるんだが、君の部屋の床を借りてもいいか？　寝袋は持ってるんだ」

「もちろんOKだ」

ふたたび六一号室へ。この部屋は、明日出発するメンバーが集まってきては雑談に興ずる場になっていた。時計を見れば夜の九時。日本人のぼくが珍しい存在であることもあって、人はどんどん集まってくる。そこに五〇歳ほどの男が、外からやってきた。ぼくのそばに来るなり、「実はいま、おまえさんの泊まる部屋を探しているんだ」という。どうやらかれは、この町の役人らしい。

「いや、もうおそいし、ぼくはここの宿の床で休ませてもらうことにしたのです。寝袋もありますし」

「床だって？　とんでもない！　あんたは外国人なんだ」――さらにまわりのれんじゅうに向かって、「だいたいおまえたちもけしからん。外国人を床に寝かせようってか。なにを考えておる！」

かれらは、いいあっているうちに、ベッドをひとつぼくにゆずり、中国人が二人でひとつのベッドに寝るという結論に落ち着いたらしい。役人はそれで納得し、帰っていった。かれが去ったあとで、ぼくは、「やっぱり床でいいよ。寝袋があるし、慣れてるから」とはいったものの、かれらには気まずい思いをさせてしまった。こうしてまたわいわい雑談していると、さっきお湯を汲みにいった若い男がもどってきて、「おまえ、ちょっと帳場に来てくれってさ」

なんであろうかと、ラパ君といっしょに行ってみると、そこでは帳場のお姐さんが二人待ち受けていた。ぼくに向かって四川語でまくしたてるので、「四川語わからん！普通話で！」そういうと、お姐さんがたは「えっ？」と少し驚いて、普通話に変えてくれた。なんだ、しゃべれるんじゃないの。

「あのね、ここからちょっと離れたところに、もっといい宿があるんだけど、あんた、そっちに移りなさいな」

「でも、もうおそいし、明日は出発が早いんだ。かれらといっしょにいたいしね」

「まあ、あんたがそうしたいのならいいんだけどさ……。でもあんた、見たところ痩せっぽちで、こんな安宿に泊まったら簡単に風邪をひきそうだよ」

なかなかスルドイことをおっしゃるものだと感心したものの、いささかくやしいので、ぼくはこう返した。

「いっとくけどね、こちとら日本国は北海道の生まれなんだ。このくらいの寒さなんてなあ、自慢じゃねえが暑いくらいだね」

「え？　あんた北海道の人なの？　たしか「雪祭」とかいうのを毎年やっている、あの北海道？」

「おや？　お姐さん、雪祭をご存知たあうれしいね。その北海道の生まれよ。ちったあ見直したかい？」

「へーえ、そうだったの」と、しきりに感心する二人のお姐さん。とくに「見直した」というほどではないらしい。さらに次のような二人の会話が、ぼくの耳にはいってきた。

「ところでさ、日本って、どこの省にあったっけ？」

「えーっと、たしか東北のほうだったと思ったけど。吉林省か黒竜江省じゃなかった？」

「まあ、そんなとこね。――ねえあんた、そうでしょ？」

ちがう。

こうして帳場での「外交」が一段落すると、ふたたび六一号室にもどる。もどって一〇分ほども経っただろうか、夜の一〇時ころ、突然、外からドアがあけられた。見るとそれは、青い制服に青い制帽の、二人の公安（警察官）であった。一人は五〇ほどの年格好のおじさん、いま一人は眼光炯々（けいけい）たる、寄らば斬られそうなおニイさん。

「旅行証を見せてみなさい」とおじさん。ぼくはあわててパスポートと旅行証を取りだして見せる。二人はしばしこれを矯（た）めつ眇（すが）めつしていたが、やがておニイさんが、ぼくに向かって尋問を開始した。

「おまえ、日本人なのか？」

「は、はい」

「日本人は中国人なのか？」

その面妖な質問に、どう答えたらよいものかと戸惑っていると、おじさんのほうが、おニイさんをたしなめて、こういった。

「このバカたれ！　日本人は日本人じゃろうが！」

「はあ、そうなんすか？　でも、こいつ、どうして中国語しゃべってるんすか？」

「だからおまえたち若いもんは勉強が足らんというのだ。よいか、そのむかし、秦の始皇帝が不老不死の仙薬を探すため、東方の仙島に徐福という方士をつかわした。徐福は、三〇〇〇人の童男童女を引きつれて船出したが、ついに帰っては来なかった。その子孫が、ほかならぬ日本人じゃ。もともと中国人だから中国語だってしゃべれるというわけなのだ。おまえ、そんなことも知らんのか。——はい、パスポートと旅行証はお返ししましょう」

ぼくは、その不思議な学説をあえて否定することはせずに、それらを受けとる。

「さすがはおやっさんだ。学があるんすねえ！」と、おニイさんは腹の底から感心している。

「おまえはだまっとれ。——ところでお客人。やっぱり外国人を床に寝かせるわけにはゆかんのじゃ。これからベッドのある宿を探すから、わしらについてきてくだされ。いま、こいつをやって探させますので」——おやっさん公安は、おニイさん公安に、なにやら耳打ちをする。

「がってん承知！」と、おニイさんは元気にいって敬礼をすると、外に飛び出していった。

ほどなくして帰ってきたおニイさん、おやっさんにバカでかい声でそっと耳打ちする。

「部屋がありました！」

「そうか。——お客人、部屋があったそうじゃ。さあ」

ここまでやってもらったからには、もはや辞退するわけにもゆかない。六一号室のみんなにおやすみを告げる。「じゃあ、明日の朝、また——」

宿の外に出たぼくは、公安局のサイドカーに乗せられた。三角形の紅い旗をはためかせながら、おニイさんの運転するサイドカーは深夜の康定の街路を疾駆する。——やがて到着したのは、いま一か所のバス・センターのようであった。おニイさんは、テキパキと手続きを済ませると、ぼくを、併設されていたホテルの部屋まで連れていき、溌剌とした顔で言った。

「むこうのれんじゅうには、ここの場所は伝えてあります。それではおやすみなさいッ」

時計を見れば、もう一一時過ぎ。まことに長い一日であった。それにしても、こんなホテルがあったとは。そういえば、康定（カンディン）に着くなり人民飯店に駆けこんで、宿を探すことなど考えもしなかった。やはりベッドの部屋はゆっくり眠ることができる。日記を書いてから、部屋の灯りを消した。

六時半に目を醒まして服を着ているところに、今回の同行者のおじさん三人がやってきた。

「おう、もう起きていたか。トラックはすぐそこだ」

リュックを背に部屋を出ると、トラックが待っていたのは、宿から歩いて一〇分ほどの、もとのバス・センター。さっそく荷台に乗ると、はやる気持ちをおさえきれない。ほどなくして、「おまえ、写真を撮りたいんだろ」というみんなの計らいで、ありがたいことに、ぼくは荷台ではなく助手席に乗せてもらえることになった。助手席には、左端に運転手、右端にぼく。これに挟まれるかたちで、郵便配達人の女房という女性がすわった。さらにもう一人、それは彼女に抱かれた赤ん坊である。

トラックが出発したのは八時だった。三〇分後、折多山(ゼドォ)に入る。この山を越えると、もう民家の造りは、屋根の平らなチベット風のものであった。一〇時過ぎ、瓦沢(ワツェ)で停車し、食堂にて昼食。一二時半、八美にてトイレ停車。二時半には、道孚(ダオフ)という町で運ちゃんが昼飯を食うというので、みんなはじっと食べ終えるのを待って、ふたたび出発。三時過ぎ、いきなりみぞれが降りだした。

このあたりのチベット族の民家は、木造が大半を占める。上から見るとL字型で、焦げ茶色の地に、軒が白、窓枠には精緻な植物紋の装飾が施されている。新築ブームなのだろうか、山の斜面には建てかけ、あるいは建てたばかりの家屋が散在していた。少し大きめの村落には、白地に赤や青で彩紋を施されたラマ塔が建っている。また、縦長の白い布に経文を印刷したものをポールに結びつけた、ルンタと呼ばれるものが、川沿いや山頂などに何本も寄り添って立てられていた。

農村に入るとまた違うのだろうけれど、街道沿いで会うチベット人には、チベット語が話せない者が多かった。康定では、看板は漢字とチベット文字の両方が掲げられていたが、街道沿いでは、ほとんどが漢字である。それでも、ふと山の斜面に目をやると、大きな岩の表面にチベット文字の経文が彫られていたり、また崖壁に赤いペンキで書かれていたり、宗教面においては、チベット文字は活躍している。土地の者たちや、みずからの足に頼って巡礼の旅をするチベット人が、旅の安全無事を祈って彫ったり、書いたりしたものであろうか。

しばらくすると、同乗していたある男が、腹が痛いといいだした。ぼくは携帯していた薬を与えた。しばらくしてから「どうだ?」とたずねると、「いい調子!」と笑っていた。

四時五五分。爐霍(ルーフォ)に到着した。先ほどから雪が降りつづいている。

「きょうはここで泊まりだ。雪さえ降らなかったら、きょうはガンツェ(甘孜)まで行けたんだがなあ」と、トラックの運ちゃんがつぶやく。ぼくは、運ちゃん、ラパ君、そして郵便配達のおじさんと同室になった。宿の炊事場で手を洗っていると、どこからともなくラジオ放送をがなりたてるスピーカーの声が聞こえてきた。四川語による放送だというが、まるでチベット語のように聞こえる。

明けて翌日、あいもかわらず、みぞれの降るなか、トラックは六時一五分に出発した。九時、トラックはガンツェにて給油する。そのあいだ、乗客は自由時間となる。ぼくはラパ君といっしょに街をぶらつき、食堂に入って肉を炒めた料理を注文したが、ゴムのように堅い白肉ばかりで食えたものではなかった。ラパ君が注文したスープの残りをご飯にかけて食べたら、これがなかなかうまかった。ラパ君は雑貨屋で煙草と飴を買う。一〇時一五分、出発。

民家の土塀の色がおもしろい。縦縞の模様が入っているのである。それも、はじめは薄い緑色であったのが、しだいに白色が多くなってきた。大地の岩磐の色が緑色を呈するところでは縞も緑色、大地が白いところでは縞もまた白色なのである。縞模様の色は、岩や土を溶いて作られるのであろうか。集落を飾る色彩は、川ひとつ隔てただけで一変してしまうのである。

一二時半、マニガンゴ（馬尼干戈）にて停車して、ふたたび給油。停車場にたむろしていたチベット人たちと話す。

一時五〇分、チョーラ山（雀児山）に入ったところで、トラックは凍りついた道にスリップする。ここでタイヤにチェーンを履かせることになった。ふと気がつくと、隣にすわっていた郵便配達人の女房が、赤ん坊をあやしながらも、目をぎゅっと閉じ、眉間にしわを寄せて苦しそうに、手を額に当てているではないか。

「どうしたの？　頭痛がするのかい？」

彼女は目を閉じたまま、首を縦にふった。

「そういう時には、こいつが効くんだ」

と、ぼくは清涼油を鼻のあたりに塗り、仁丹を飲ませた。海抜の高いところでは、いつもこいつが重宝するのだ。

トラックは、前進と後退を繰り返しながら、タイヤにチェーンを履かせる。うまくタイヤに巻きついたところで、チェーンの両端を針金で結ぶのだが、いささか手こずっている様子だ。

やがてみぞれは激しさを増し、吹雪となる。正面に聳えていた山が、だんだんかすんできた。天候が悪化したせいか、ぼくも少しばかり頭痛がしてきたが、たいしたことはない。

康定（カンディン）人民飯店61号室

二時四〇分、チェーンの装着が完了した。それとともに吹雪も晴れてきた。こんどは陽光が、雪で真っ白に染まった野原に反射し、まぶしくて目をあけていられないほどだ。

三時五分。チョーラ山をゆっくり登っていくと、前方に一台の郵便車が立ち往生しているのが見えた。運転手が車から降りて雪かきをしている。チェーンは履いていない。これを避けて前進すべく、われらがトラックは左にハンドルをきったのだが、凍てついた路の上を、タイヤはズルズルと右のほうに滑っていく。右側は崖である。ぼくは助手席の右端にすわっていたので、迫り来る断崖絶壁に、ひたすら恐れおののくのみであった。われらがトラックも、雪と氷に足を取られてしまったらしい。運ちゃんとラパ君が雪かきを始めた。空気はかなり薄いが、それでも隣のかあちゃんは、わが適切なる施療のおかげをもって、少しばかり元気になったらしい。前方の郵便車は、後輪の下に毛布を敷き、また、氷と化した路面を鉄棒で打ち砕いて、活路を拓（ひら）こうとがんばっている。

三時五〇分、やっとの思いで郵便車ともども脱出。と、ホッとしたのもつかの間、前方を走る郵便車が、またしてもスリップに悩まされている。われらがトラックは、巻き添えを喰ってたまるかと、すばやく追い抜いて、これをあとにした。事情が許せば助け合う。そうでなければ見棄てる。

四時五〇分。対向車のなかに、断崖に向かって後輪をひとつ突き出したまま、にっちもさっちもいかなくなっているトラックがあった。路幅が狭く、こちらのトラックは、これをすり抜けるのにひと苦労する。こいつも見棄てていく。

六時五分。やっとの思いで最大の難所、チョーラ山を越えると、そこは渓流が水音を立てる森林地帯であった。ここでチェーンを外す。道路の標識を見ると、デルゲまであと四七キロとある。高い断崖絶壁に挟まれた細い路を、川の流れに沿ってひた走る。上を見あげると、空はひとすじの青い帯となって、頭の上をついてくる。深くて狭い谷底の道を走っているのだ。

七時三〇分。デルゲの少し手前の村で、ラパ君はトラックから降りた。「さようなら!」——やがて川のなかの大きな岩の上に、いくつものルンタが翩翻とたなびいているのが目に入った。これこそは聖地デルゲの玄関のしるしなのであろう。壮観である。峨々たる雪山と深い谷とによって「内地」から隔絶された海抜三、二〇〇メートルの地に、目指すデルゲはあった。成都からバスとトラックを乗り継いで、九五四キロ。四日かかってデルゲに着いたのは、その日の夜八時であった。トラックの乗客たちはみな、バスを降りると、それぞれ四方に散っていった。ぼくは、なにはともあれ、宿を探さなければならない。そうして歩き出したその時である。ぼくの袖をひっぱる者がいた。ふりかえると、それは、同じトラックに乗っていたとおぼしい二人のチベット人であった。一人は黒いチベット服を着ており、一人は白いチベット服を着ている。白さんがいった。

「この町に泊まるのなら、わしらもいっしょに宿まで連れていってはくれぬかの?」

「ぼくも初めてだからよくわからないけど、いっしょに探しましょう」

聞けば二人は、お経を購入するためにやってきたラマ僧なのだそうだ。宿を二軒ほどたずね歩いてみたが、いずれも帳場には人がいない。人がいたのは、三軒目の「徳格県国営旅館」なる宿。さっそく手続きを済ませた。部屋に案内されると、広いとはいえない土間に、鉄パイプの簡易ベッドが四つ、ところせましとロの字に置かれていた。ややおくれて、例の鉄道員のおじさんが入ってきた。かれを含めた四人が同室となった。

その夜、ぼくらの部屋には数人の宿泊客が、申し合わせたわけでもなく集まってきた。いずれも同じトラックでここまで運ばれてきた「同志」である。郵便配達人もいた。

「おれは女房とガキをつれて、この先の山の奥に行かにゃなんねえ」

「車はあるのか？」

「車があったって行けないよ。この先は馬に騎っていく」

「馬か。たいへんだなあ……」と、みな、しきりにうなづく。

「――あ、そうだ。この薬、頭痛に効くから奥さんにあげてくれ。なにか食べてから飲むように」と、常備薬を差し出すと、

「こりゃどうも」と、かれは薬をポケットにねじこんだ。


なかに宿の従業員であるチベット人の娘さんがいた。名前はシカちゃん。ぼくが印経院の話題を出すなり、

「ウチらの印経院はスゴイんだから！　どんなお経だってあるのよ！」と、しきりに自慢する。それを聞いた白さんと黒さんは、合掌して、ありがたそうにうなずく。ぼくはまだ見ぬ印経院を夢想する。だまって聞いていた漢族の鉄道員は、あきれかえった顔でこういった。

「こんな秘境までわざわざ買いに来なけりゃならないなんて、愚の骨頂だね。まったくおくれてるよ。ひとセットを内地に持っていって、内地の出版社で大量に印刷すりゃあいいじゃないか。まったく、おまえさんがたチベット人の気が知れない」


これを聞いた白さんと黒さん、「と、とんでもない！」――まわりのチベット人も

「もちろんだ」を繰り返す。

　ここで白さんと黒さんの話に耳を傾ける。二人は、経典を求めて青海省互助県の佑寧寺から来たのだが、じつは土族（トゥ）なのだそうだ。お経はその場で買えるものと思いきや、そうではなく、今回は印経院と複雑な交渉をおこない、もしも許可が出たら、今回はしかるべき金額を払う。そして一年後、刷り終えたお経を取りに来るのだそうだ。この部屋に集まった敬虔な仏教徒たるチベット人たちの気持ちもわかるが、鉄道員が合理性を説くのもわかるような気がした。

　鉄道員は、チベット人のことが生理的に嫌いなようだ。ぼくはチベットの各所で漢族に出あったが、年配の漢族のなかには少数民族を嫌悪している者が多かった。いっぽうで若い漢族には、チベット人とその文化に憧れを抱く者が多かった。特に、絵を描くためにチベット地区で旅行をしている北京の美術大学の学生には、よく出くわしたものだ。

　鉄道員は、まわりから総すかんを喰らってムッとしていた。ところでこの鉄道員の服を着た初老の男だが、大きな麻袋を四つもひきずって旅をしていた。いったいなにが入っているのだろう？　チベット嫌いのくせに、なんのために、わざわざデルゲくんだりまでやってきたのだろう？　みんなが部屋を引きはらってから、ぼくはたずねてみた。

「おれはな、河北省の石家荘から来たもんで、名は徐という。こんな服を着ているのは、むかし鉄路局につとめていたからさ。いまはもう定年で退職したが、退職したあとも仕事がほしいと思って、お役所からおおせつかったのが、こいつを売ってこいという仕事さ」

徐さんはそういいながら、四つの大きな麻袋を指さした。

「なかみはなにかって？　まあ、見てみな」——鉄道員は、部屋の隅にころがっている麻袋のひとつをズルズルと引き寄せると、その口のヒモをほどき、なかに詰められていたものを、ひとつ取り出していった。

「こいつだ」

「え？　四袋とも、これがつまってるの？」

「そうだ」

それは、大きな法螺貝であった。

「なんでまた、こんなものを？」

「それがこういうわけだ……」と、徐さんは語りはじめた。「おまえも知ってるだろうが、チベットのラマ僧は、経を読むときに法螺貝を吹くだろう」

「ああ、表面に銀細工なんかで装飾したやつね」

「いかにもそうだ。この法螺貝だが、どこの産だと思う？　驚くなかれ、海南島から運んできたものなのだ。おれに与えられた仕事というのは、こいつを四袋、ラマ僧どもに売ってこいっていうものさ」

「なるほど、で、これはひとついくらするの？」

「二〇元だ」

「そんなに高いの？」

当時は、一元あれば、一日の食費にはじゅうぶんだった。

「しかたないだろ！　元手がかかってるんだからな。そこでだ、雅（ヤー）ちゃん」――徐さんはぼくのことを「雅哉（ヤーツァイ）」と呼んだが、「雅（ヤー）ちゃん」に聞こえた――「おまえは明日、印経院に行くつもりなんだろう？　その時におれもいっしょに行く。うまく見学できるように話をつけてやろう。おれのほうは、この貝を買ってもらえないか相談してみる」

「はいはい、どうぞお好きなように」――ぼくは、こんなものがほんとうにラマ僧に売れるものかどうか、半信半疑であいそ返事をした。

ここデルゲで、ぼくは印経院の取材をし、徐さんは法螺貝を売る。それでお別れと思いきや、康定人民飯店六一号室で出あったこのおっさんとの旅は、まだしばらくつづくことになる。紙数も尽きた。それについては、またの機会にしよう。——機会があれば、な。

かくも長き中国駐在

井口淳子

［いぐち・じゅんこ］
専門は音楽学、民族音楽学。文学博士。主な研究テーマは中国農村の音楽・芸能、および東アジアの洋楽受容（とくに上海租界と大阪）。大阪音楽大学教員。
主な著書に『上海、対岸のヨーロッパ――租界と日本をつなぐ芸術家群像』（岩波書店、二〇二五年刊行予定）、『送別の餃子（ジャオズ）――中国・都市と農村肖像画』（灯光舎）、『亡命者たちの上海楽壇――租界の音楽とバレエ』（音楽之友社）、『中国北方農村の口承文化――語り物の書・テキスト・パフォーマンス』（風響社）など。

不思議なことに、一五年前に亡くなった父は私の夢に現れない。しかし、ふだん私は家族が辟易するほどに父の思い出をよく語る。それは一介の名もなき中国駐在員のことを娘が語らなければ誰が知りえるのか、という意地のようなものになっている。その意地が高じてこれから始まる文章に「父自身の語り」という形をとらせたのかもしれない。

＊＊＊

梅が見頃と聞き瀬戸内海にのぞむ室津（むろつ）の山を登ったところ、下山時に倒れて入院し、早や二ヶ月が過ぎた。病室の窓からは川沿いの土手に連なる満開の桜が見えると見舞客は言うが、私は点滴につながれて仰臥するのが精一杯だ。そしてもはや桜を見ようという気力もない。

おそらく私は末期の肝臓癌であろうが、誰も病名を口にしない。うつらうつらしているとベッドの横から妻と娘の話し声が聞こえてきた。娘は時々、大阪から見舞いにやってくるのだが、その間隔が徐々に狭まっている。

母娘の話し声が聞こえる。

「お父さん、なんであんなに取引先の中国の人を家に連れてきたんかなあ」

「すぐ誰とでも親しくなる人やったし、日本人とか中国人とか関係なかったねえ」

「忘れがたいのは四川省の網タイツ女！　あの人はひどかった。一週間くらい家にいて、我が家みたいに遠慮なくご飯を食べてたね。自分の下着もポイポイ洗濯機に放り込んでた。上海の美人社長は音信不通だったのにおばあちゃんのお葬式に突然現れたね。どこで情報をキャッチしたのか、びっくりした……」


我が家には実にさまざまな中国人がやってきた。私が日中貿易の仕事をしていたからだ。ビジネスはビジネスと割切らずに、徹底して付き合うのが私の流儀で、取引相手が来日すれば自宅でささやかな宴を開きもてなした。彼（女）らもそうやって私を自宅に招いて手厚くもてなしてくれたからだ。好客（ハオカー）（もてなし好き）ではない中国人を私は知らない。それに巻き込まれる家族は「またか」とため息をついていた。


上海は私が最も長く滞在した街だ。前半は駐在事務所長、最後の数年は日本メーカーの上海工場長として二〇〇名ほどの労働者を束ねていた。

まだ学生だった娘が上海に来た時、あの頃（一九八七年）は今の上海とは全く別世界

だった。黄浦江を挟んで向かい側の浦東区にはビル一つなく、真っ暗闇が広がってい
た。当時は中国の賃料が異常に安いので、事務所はバンド（旧租界のビル街）の由緒あ
る東風飯店の一室を借りた。この建物は戦前の「上海クラブ」で、大理石の入り口階
段とパリのアパルトマンのような扉がついたエレベーターに風情があった。

駐在員は年間契約でバンドのランドマーク、和平飯店南楼（パレス・ホテル）の広い
二間続きの部屋に住んでいた。当時、和平飯店は外国人しか泊まれない高級ホテルだ
ったが、自由に出入りする特権階級もいた。その中の若者グループを率いる王嬢がう
ちの駐在員と仲良くなり、娘も顔見知りになった。

丁度、上海蟹の季節で、王嬢は娘をパーティーに招待したらしい。和平飯店には北楼
と南楼があり、北楼はバンドのビル群でもひときわ目を引くユダヤ人富豪サッスーン
が建てたキャセイ・ホテルだ。その高層階で王嬢の友人が集まりパーティーを催した。
街は電灯も少なく暗いし、人々はいまだに紺や灰色の粗末な人民服を着ている。そん
な社会主義・上海でも特権階級は着飾り、ワイングラスを傾けバスタブに生きた上海
蟹をどっさり買い入れ、戦前の豪奢な租界時代を懐かしんでいた。

北京など他の都市と違い、街のあちこちにイギリスやフランス、ロシアの残り香が
あった。ボルシチなどの洋食や洋菓子が供され、骨董市では西洋人が残していった家

具や食器が売られていた。

フランス租界の並木道を朝のラッシュ時にはぎっしり自転車が埋め尽くし、欧風の豪邸は、社会主義中国ではアパートと化して、一軒に数家族が分居し洗濯物を派手に干し、玄関には自転車がズラリと並んでいた。

私はその後、一九九五年には街の南にある古刹、龍華寺（ロンホアスー）近くの戸建ての会社社宅に住むことになった。中に入って驚いたのがハリウッド映画に出てくるような螺旋階段がつけられていたことだ。部屋数は多かったが、映画のセットのような安普請の家だった。

ある時、二階で寝ていたら階下からゴトゴト物音が聞こえてきた。泥棒だ！　と慌てて、いざとなれば窓から脱出しようと身構えていたら、侵入者は外に出たようだった。次の日、公安（警察）にきてもらい、犯人探しが始まった。盗られたものは現金くらいで大した被害ではなかったが、全く同じ手口で会社の金庫も荒らされていた。犯人は驚くことにうちの社員だった。全くもって油断がならない、この国は。

その後、防犯のために戸建てから再びマンションに移った。上海植物園が隣接していたので、毎日のように広大な園内を散歩するのが日課になった。顔見知りになった管理人はそのうち私を顔パスで通してくれるようになった。さらには勤務時間が終わると私のマンションにやってくるようになった。私もひとり、彼もひとり、独居暮らし同士だった。彼の上海語は理解できず会話はなかったが、黙って冷蔵庫からビールを出して飲んでいた。一日の勤務の終わりに私のマンションで、一風呂（シャワーを）浴びてビールを飲むのが彼の習慣になっていた。

ある夏の夜、私は夕飯の後、激烈な腹痛に襲われた。下痢と嘔吐が続き、最後は床に座り込み立ち上がることもできなくなった。管理人が私を背負って病院に連れて行ってくれなかったら、と考えるとゾッとする。彼は私を背負い、黙々と病院までのかなりの距離を歩いてくれた。おかげで医師の治療を受けることができたが、なかなか体調は元に戻らなかった。

工場では毎週月曜の朝に社長がスピーチをするという習慣があった。私は新聞やニュースから材料を得て、中国語で訓示の原稿を作った。これは楽しみでもあった。最後にオチがあると皆が大笑いした。皆の勤労意欲を引き出し、願わくば日本や日本人に親しみを感じてほしいと思っていた。が、ある旧正月にこんな出来事があった。私は腹心の部下に「旧正月には特別に社員全員にプレゼントを贈ろうと思う、何がよいと思うかね？」と尋ねた。部下は間を置かず「紅包（ホンパオ）（金一封）！」ときっぱり一言。

つまり現金を贈れということだ。現金、カネ、それにまさる慰労の品はないということだ。郷に入れば郷に従え、全員に紅包が配られた。

さて、紅包というと、もう一つ、忘れられない思い出がある。

私は六三歳を区切りとして退職し、郷里に戻り気ままな隠居生活を送ろうとしていた。ちょうどその年、郷里にほど近い漁村で牡蠣の養殖業のために大勢の中国人女性を「技能実習生」として雇用することになった。

町役場から「通訳として協力してほしい」と依頼された。

女性たちは皆若く、ほとんどが内陸農村地域の未婚女性だった。到着直後は日本語教室が開かれ、私が講師となって形ばかりの語学研修をした。日本語を覚えてもそれを使う場面はほとんどなく、大量の牡蠣が彼女たちを待ちうけていた。

私は通訳というには雀の涙ほどの謝礼に関わりなく、毎日のように彼女たちの作業場を訪問した。四、五人で一グループとなり、網元の持ち家に泊まり込み、半年ほどを過ごす。冬場とはいえ、暖房は牡蠣の鮮度のために厳禁であり、凍えそうな海風が吹きすさぶ作業小屋で終日、牡蠣の殻をむく彼女たちは我慢強かった。日本で貯めた賃金で故郷の家を新築もしくは改修したいと考えていた。食費をギリギリまで節約するので、見て見ぬ振りもできず、食料を携えて、作業小屋に出向いた。中には病気になる者もいた。網元や役場に知られると強制的に帰国させられるというので相当な重病でも我慢に我慢を重ねて内緒にしていた。顔面神経痛になり、顔半分が異様な形相になっても牡蠣むきを休もうとしないので、無理やりクルマに乗せて病院へ連れて行ったこともある。病院への付き添い、医師との通訳、各種手続きなど私は病人が出るたびにテンテコ舞いの忙しさだった。

ところが、彼女たちが帰国する早朝、見送りに出かけた時のことである。前の夜に網元から全員に「紅包」が配られたらしく、網元を取り囲んで女の子たちが口々に礼を言っていた。私は、そうか、毎日通って世話をした老人よりも気前よくボーナスを渡した網元の方がありがたいわけだ、長年、中国人と付き合ってきたのに、うっかりしたことよ、と自嘲せずにはいられなかった。

だからといって翌年もやはり冬場の作業小屋が気になり、あれこれと世話を焼かずにはいられなかった。

また少し眠ったようだ。付き添いの妻たちも夕飯を食べに出かけたようだ。

夢の中に高先生が現れた。あの鷹のように鋭い眼で「井口君、君もいよいよ北京に行くのか」とおっしゃった。君の語学力で、という皮肉が込められているようでヒヤりとした。

北京、ベイジン、若い頃からあこがれをつのらせていたこの街から私の駐在員人生は始まった。

一九七二年、私が三七歳の秋に突然、時の首相、田中角栄が北京を訪問し、周恩来と人民大会堂で乾杯した。自宅の居間でテレビ中継を食い入るように見ながら、私の頭の中に「転職」の二文字が浮かんでいた。

「日中国交正常化」が始まると、私はそれまで長年勤めていた鉄鋼メーカーからの慰留を振り切り、商社に転職した。高い給料にひかれたのではない、とにかく中国語を話せる仕事に就きたかったのだ。どの商社も中国語要員を必要としていた。外国語大学で中国語を専攻した私に、卒業時には皆無だった語学を生かせる就職のチャンスが巡ってきた。ただし、私が卒業した当時の外国語大学のレベルは低く、教員の中には発音がまずすぎて、使いものにならないという先生も多かった。私は卒業後も神戸という地の利を生かして、中国語を学ぶ「講習会」に毎週通っていた。講習会は語学教室というよりも、当時、国交がない大陸についての情報交換や、大陸にシンパシーを抱く人たちの交流の場となっていた。その講習会で生徒たちの尊敬を集める教師が高先生だったのだ。高という姓から中国人ではないか、という噂もあったが、複雑な幼少期の苦労話の中で繰り返し語られるのは、幼い頃、大陸の夜を一人、星を目印に歩き続けたことや、酷い貧乏暮らしの話ばかりで両親については触れなかった。年齢も経歴も秘密のベールに包まれた先生ではあったが、中国語の実力はかつて周恩来の通訳をしたことがあるというほどのレベルであり、その発音はまさに中国人であった。

その先生が、私の転職が決まり北京へ赴任する際、わざわざ、伊丹空港まで見送りに来てくださったのだ。私は意気揚々と北京に着任した。

ところが、赴任してみると、思い描いていた生活とは全く違う殺伐とした日々が続くことになった。

というのも、一九七三年といえば、いまだ「文化大革命」が続いており、外国人は滅多なことでは中国人と交流してはいけないことになっていた。ひとり事務所で電話の応対に明け暮れ、政府指定のホテルに缶詰状態になった。監視がついているとは思えなかったが、常に行動には強い制限がかかっていた。無論、休日には紫禁城や明の十三陵、万里の長城などに出かけ、北京の迷路のような胡同（フートン）や書店巡りの楽しみもあったが、現地の人たちに声をかけることはできなかった。もし外国人と通じていると見なされたなら彼（女）らに迷惑がかかるからだ。

明の十三陵(一九七六年)、街で目立たないよう
人民服を着用した父(右から三人目)

ある時、一人の男性が私に近づき、小さな紙片を見せた。そこに書かれていたのは政治とは無関係な他愛もないことだったが、彼は私が読み終わるとあっという間にその紙片を飲み下してしまった。証拠を確実に自分の腹中に隠滅したのだ。さほどに外国人に近づくことは厳禁とされた時代であった。半年も経つ頃にはこの軟禁状態のような生活に疲れ果て、うつ状態になっていた。

帰国し、間をおかず、次の出張命令が下されると、私は迷うことなくこの会社を辞職した。もう一度、あのホテルで軟禁状態になれば、うつの症状が悪化するのは目に見えていた。

とは言え、家族四人が生きていくために、仕事を探さねばならない。生き馬の目を抜くような商社ではなく、国内勤務ができる地方の貿易会社に転職した。が、それはそれでしばらく国内が続くと、次第に中国に出たいと思うようになったのだから人間とは勝手なものだ。

一九七六年、再びの北京でも、依然として外国人は指定されたホテルに宿泊する決まりであった。米国から団体でやってきた学生がホテルのワンフロアを占拠したことがあった。私の部屋だけがなぜか学生たちの部屋に挟まれており、早朝、当番学生が大きな掛け声とともにドアをノックする音で毎朝、目が覚めてしまった。数日後、謝りにきた学生の顔を見ると、日系人であった。のちにジャーナリストとなる活発な女子学生、ナンシーと親しくなり、やがて彼女は頻繁に部屋にやってきては日本のあれこれについて私を質問ぜめにした。[★1] ナンシーだけでなく、外国人専用ホテルでは、さまざまな国から北京にやってきた人たちとの親密な交流があった。社会主義国の首都に滞在する息苦しさを互いに親しく交際することでなんとかしのいでいたのだった。

やがて、外国人に一般のホテルが解放されると、このような交流はなくなり、逆に日本人が常宿とするホテルが出現した。北京ではいくつかのホテルが商社やメーカーの常駐ホテルとなった。そしてそういったホテルの周辺には日本料理店が駐在員を目当てに開店した。

実のところ、私は極端な偏食で、中華料理の中に口に合うものがない。長年、中国でどうしていたのか、と不思議に思われるかもしれないが、極力、味の淡白なもの、例えば、粥や白米、野菜料理、そして果物を食していた。あとはビールや酒でごまかす。

★1　二〇二三年、ナンシー・ウカイはジャーナリストとして来日し、日系人、ジェイムズ・ワカサ（一九四三年にトパーズ収容所内で射殺）について調査を行った。連絡をとると、父と出会った北京のホテルでの驚くほど鮮明な記憶を書き送ってくれた。

日本料理店がまやかしであっても油を使わない日本風の料理を出すようになってからは一層、中華料理から足が遠のいていった。

九〇年代に入ると、同僚たちとともに小さな貿易会社を興し、自分が先頭になって地方都市を回る日々が始まった。田舎町であっても工場があり製品があれば、汽車を乗り継ぎ出かけていった。確実で早い連絡方法は電報で、相手に電報を打ち、何時の汽車で到着すると伝えれば、出迎えの車がやってきた。田舎の土煙が上がる畑道を延々と進むと工場が現れる。宿泊所は賓館（ホテル）とは名ばかりで故障していないものを探す方が難しかった。水が流れず紙もないトイレ、湯が出ないバス、閉まらないドアと窓、大抵、予想通りの有様だった。そんな田舎まで出かけても、結果としてまとまらなかった商談もあった。ルールがルールとして機能しない国で、万策尽きる事態も少なくなかった。徒労感は強い酒で紛らわせるしかなかった。

あれは鄭州（チェンチョウ）という大陸の南北と東西を結ぶ交通の要所でのことだった。真夜中の列車の乗り継ぎがうまくいかず、厳寒の駅で朝まで次の列車を待つことになった。取引先の社長を連れていたのだが、その寡黙で温厚な社長が鄭州の夜空に向かって「バカヤロウ！」と叫んだことは時折、思い出す。中国では思い通りに事は運ばず、騙されることも多かった。納品しても未払い踏み倒しも多く頭を抱えたが、この大陸では日本の常識は通用しないと諦めるしかなかった。

しかし、たまに奇妙にウマが合う人物に遭遇した。そういう人たちから自分の家族や親戚が日本に留学するので身元引き受け人になってほしいと頼まれることも次第に増えていった。空港に出迎えに行くと、布団をグルグル巻きにして持ってきていたのは初期の留学生。布団は必要不可欠な身の回り品だが、日本人には海外に布団を自分で運ぶという発想はない。

地方に出張すると、時に思いがけないことが起きた。徐州の工場ではズラリと並んだ女性工員が器用な手つきで頭像を作っていた。粘土を使い、生きた人間そっくりに形を作り上げていく。見学するうちにある考えが頭に浮かんだ。工員の顔を一人一人見て、一番実直そうな女性に声をかけた。「今晩、このホテルの私の部屋に来て、私の頭像を作ってほしい。謝礼はあなたが希望する金額でよいから」と言った。彼女はびっくりして目を大きく見開き、私の顔をポカンと眺めていた。

夜、約束の時間ちょうどに彼女は夫とともにやってきた。一人では危ないと思ったのだろう。椅子に腰掛けた私を真剣な表情で見つめながら手早く頭像を作っていった。出来上がりはまさに私そのものだった。これは今も我が家の居間の隅に置いてあるはずだ。

九〇年代は日本企業が輝いていた。そのおかげで、一介のサラリーマンであっても日本人というだけで紹介者がいれば文化人の自宅を訪問できた。もちろんそれ相応の贈り物は携えていた。

中国画の代表的画家、李可染（リーカーラン）氏★2の自宅にお邪魔したことも忘れ難い。話が弾み、数枚の書画をさらさらと気前よく描いて手渡してくださった。「不生不滅」という書には特別な表装をほどこし軸に仕立てて我が家の家宝となった。魯迅の息子、海嬰氏や孫とも知遇を得た。

研究者となった娘が世話になった中国の知人が来日したと聞けば、我が家に招き、気のきかない娘の分まで返礼を尽くした。それは義務というよりも私の楽しみでもあった。ビジネス界の中国人と異なり、文化人であれば、話題は尽きず、はてはこちらが作った短歌の中国語訳を見せて、相手に漢詩を作ってもらい別れの際には漢詩の墨蹟を残してもらう、そんな愉快な交流もあった。

大陸で不思議な地形や砂漠、海かと見まごうばかりの大河を見るたびに、写真を撮

★2　李可染（一九〇七～一九八九年）は現代中国山水画の第一人者。生誕百年を記念して、作品の切手が発行された。

るだけではなく、何かを残したいという思いにかられた。そこで始めたのが短歌だった。中国を詠んだ短歌を投稿すると、小さな結社の季刊誌に掲載されるようになった。

面舵（おもかじ）をいっぱい切りて傾けり冬の至（きわみ）の播州平野　（中国出張へ向かう機内より）

その言葉学びし故に隣国を祖の国のごと目守りておりぬ

大陸の群衆の中に物失せり不意に殴打をあびたるごとく

厚顔に虚偽の報道続きおり死者の数言うに笑みさえ浮かべ　（天安門事件）

智恵しぼり吾を輪タクに誘える少年どこか日吉丸に似る

今となっては、細々した苦労は記憶から剥落し、辺境の町やそこで出会った人々を懐かしく思い出す。私の手帳には黒龍江省から広州に至る出張先や電話番号、人名がぎっしり書き込まれていた。三七歳から六三歳まで四半世紀を中国と関わり、中国語を喋り続けた。娘によると私は方言を聞き取る能力が高い割には発音がよくないそうだ。確かに、大学時代にまともな発音ができる先生も学生もいなかったわけだが、母音を延ばす関西方言が中国語の発音の邪魔をしていたのかもしれない。

いずれにせよ私に残された時間はわずかだ。中国はおろかこの先、病院から数キロの自宅にすら戻ることはないだろう。

今しばらく大陸の夢を見ることにしよう。

後日譚

二〇〇九年、父は入院してわずか三ヶ月で旅立った。医師が「余命は三ヶ月」と宣告した通りの正確な入院日数であった。七四歳の誕生日を迎えたばかり、桜が散り終えた頃であった。

長年の中国駐在は確実に彼の寿命を縮めたかと思う。中国に関わらなければ、鉄鋼メーカーに勤務し続けていれば、と思わぬこともない。それでも残された短歌に父が見たもの、感じたことを見出すことができるのは幸いである。

ここで蛇足ながら後日譚を少々紹介したい。

父の葬儀は二〇〇九年四月、近所の寺で執り行われた。通夜も本葬も多くの人が集まり、田舎ならではの手厚い葬儀と読経が続いた。

これから出棺というとき、突然、見ず知らずの若い大柄な中国人女性が棺にすがりつき大声で泣き始めた。とにかく大音声なので、皆はあっけにとられて切れ切れに聞こえてくる中国語と号泣に呆然としていた。私はなぜか猛烈に腹が立ってきた。この女性を私も家族の誰も知らないし、会ったこともない。おそらく父と最近知り合ったばかりの知人であろう。そのような知人が大切な最後の別れの時間を独り占めしているのだ。

「負けていられない！」と私も号泣し始めた。家族によると二人の声が重なりすこぶる喧しい出棺風景だったそうだ。今思えば大人げない振る舞いをしてしまったと恥ずかしい。

私たち親族が乗った車が霊柩車に続き、寺から出発した時、振り返ると、その若い女性は仁王立ちになってまだ子どものように泣きじゃくっていた。一体、彼女は何者だったのだろう。

中国では「泣き女」が葬儀の際に大仰に泣き叫ぶことは有名だが、まさか瀬戸内海沿いの田舎の寺でこの「泣き女」に遭遇するとは思いもかけないことだった。

もう一つは父が亡くなって四年後に起きたある事件だ。

二〇一三年、広島の牡蠣の養殖加工会社で中国人研修生が会社社長ら八名を殺傷した事件である。その事件をニュースで知った父の幼馴染から一通の手紙が届いた。達筆で綴られた手紙に「井口君のような（中国人研修生に寄り添う）人が広島にいたら、このような悲劇は起きなかったでしょう」とあった。この幼馴染こそ、あのサントリーの烏龍茶のCMを一九八〇年代に制作した広告会社の元幹部社員であった。

一九八四年、サントリーの烏龍茶のCMが放送されると、その映像の美しさに釘付けになった人は多かったと思う。桂林や福建の山水画のような自然の中でほっそりした透明感のある美少女が歌ったり踊ったり、中国語が小鳥の囀りのようにささやかれる。一九八〇年代前半、そのCM制作のために中国ロケに出かけることになった友人は帰国後、父に「ひどい目にあった、あんな体験は二度とゴメンだ、まったくなんて国なんだ！」と毒づいたらしい。そういう国で駐在生活を送っている父は友の率直な感想をどう受け止めたのだろう。

二〇二〇年春からの新型コロナウィルス感染症のパンデミックによる渡航ストップの三年間が終わった今も日中関係はどんどん冷え込んでいる。報道も中国政府批判や中国脅威論に傾きがちだ。一方で中国紹介番組は人気があり、高山大河、水郷地帯、少数民族、食文化などが美しい映像などで紹介され続けている。映像からは当然のことながら、喧騒を極める群衆の声や臭いは消されている。また、絶景に辿り着くまでに延々と続く荒涼とした風景や、汽車はともかくとして、バスやクルマの一筋縄ではいかない道中のゴタゴタも視聴者には見えない。

駐在員とは、この美しくもなく、面白くもない道中と文化摩擦を日常とする人たちだ。父が現役時代に撮りためた膨大な枚数の写真はいずれも場所こそ違え、同じような工場、似たような駅舎や賓館、丸テーブルの宴席の写真ばかりだ。移動、商談、契約成立と宴会、そのような「日常中国」を生きる駐在員はピーク時より随分減ったと言っても、一〇万人を数える。もちろん駐在する国との付き合い方は人それぞれだ。頑なに日本式生活を守ろうと空輸された食材を求め、日本人としか交わろうとしない人もいるし、逆に日本人コミュニティに近寄らない人もいるであろう。いずれにせよ、その一人一人が黙々と大小さまざまな摩擦の中で生きている。

あとがき

描かれる年代も地域も題材もさまざまで、笑えるほどにてんでんばらばらの一三章。初校を読んだとき、「これは中国らしすぎる！」と喜んだ。五〇以上の民族が暮らし、地域によって話し言葉も異なり、さらには同じ省内でも都会と農村では別世界、たった数年で街並みも変わっていく。「中国とはこうである」なんて、誰にも言えない。てんでんばらばら、それが中国だ。

日本のメディアや本（学術書以外）における中国のトピックといえば、経済や政治が圧倒的に多く、そうでなければキッチュな文化をおもしろおかしく取り上げるもの、最悪の場合は蔑視や差別……。そして「中国とはこうだ！」と見得を切る論調が多い。私は非常に不満だった。灯光舎の面髙悠さんよりこの企画にお誘いいただいたとき、この本で、日本における中国のイメージを変えてやろうと思った。井口淳子さんから六名、私から五名、中国と縁深い方々に声をかけ、それぞれのミクロな体験を仔細に紡いでもらった。そうしたら、綴じられているだけで統一感のない、混沌とした本になってしまった。おもしろい。

そんな本だから、ルビは全体統一しておらず各著者の表記を採用している。編者二名と灯光舎の三者で編集実務を担い、それぞれに意見が分かれ協議を重ねたこともあったが、著者が望む表現を尊重した。

書名について。井口さんと私は当初、面髙さんが強く押したファンキーという言葉にポカンとしていた。中国で長年活躍している偉大なミュージシャン（ファンキー末吉氏）が思い浮かぶし、元は黒人音楽を発端とする言葉である。事典を引けば「臭い」という意味だったらしいともある。しかし現在は、イケてる、キマってる、躍動的、興奮、というような意味合いに変化して、全世界に浸透してしまっている。音楽の枠をも飛び越えて乱用されている向きもあるが、時代につれて変化してきた魅惑的な言葉だ。校正を重ね何度も原稿を読むたびに、〝ファンキー〟しかもうありえない！　と思うようになった。

ページをめくるごとにジェット機に乗ったりタイムマシンに乗り換えたりして、一三名の旅に同行した読者の皆様、お疲れさまでした。今、きっとこう思っていることでしょう――「中国、ぜんぜんわかんない！」

その通り。中国なんて巨大な国のことは、誰にもわからない。〝国〟ではなく〝人〟との出会いを紡ぐ本が、このあとにどんどん続きますように。

山本佳奈子

装幀・装画・挿絵

佐々木 優

ファンキー中国
出会いから紡がれること

二〇二五年二月一〇日　初版第一刷発行

編　者　井口　淳子
山本佳奈子

装幀・装画・挿絵　佐々木　優
発行者　面髙　悠
発行所　株式会社灯光舎
電　話　〇七五（三六六）三八七二
ＦＡＸ　〇七五（三六六）三八七三

印刷・製本　創栄図書印刷株式会社

ISBN978-4-909992-04-8　C0098

灯光舎　関連書のご案内

‘ねえ、知ってる？「送行餃子、迎客麺」といってね、
麺は初めて出会ったときに、餃子は送別のときにつくるのよ’

井口淳子［著］
佐々木優［画］

送別の餃子（ジャオズ）

中国・都市と農村肖像画

1988年、民族音楽を研究する著者が選んだ調査地は、文化大革命後の「改革開放」へと舵をきった中国。それも、当時、外国人には「秘境」ともいえる中国の農村だった。
以後数十年のあいだに出会ったあまたの人々。
1988年以降の中国という大舞台を中心に駆け巡った数十年間に生まれた出会いと別れの14のエッセイを、40以上のイラストとともにお届け。

A5変型判並製／本体価格1800円＋税／ISBN978-4-909992-01-7

その重なり合う響きと繰り返される旋律は大地を震わし、
人びとを集め、精霊を喜ばせる

柳沢英輔［著］

ベトナムの大地にゴングが響く

古くより東南アジアに伝わるゴング。ゴングとは、丸い青銅製の体鳴楽器（打楽器）のこと。
この楽器に魅せられた、音文化の研究者で近年はフィールド録音作家としても活躍する柳沢氏の研究の集大成。
ゴングはどのように作られ、奏でられ、そして受け継がれていくのか。
著者撮影の現地の録音と映像資料や視聴できるQRコードも掲載し、ベトナム中部高原とその周辺地域のゴング文化の実態に立体的に迫る。

四六判並製／本体価格2700円＋税／ISBN978-4-909992-00-0